庫

31-184-1

久生十蘭短篇選

川崎賢子編

岩波書店

目次

猪鹿蝶……………二五〇
ユモレスク…………二六九
母子像………………二九二
復活祭………………三〇八
春 雪…………………三四〇
解 説(川崎賢子)……三五五

黄泉《よみ》から

一

「九時二十分……」

新橋のホームで、魚返《おがえり》光太郎が腕時計を見ながらつぶやいた。

きょうはいそがしい日だった。十時にセザンヌの「静物」を見にくる客が二組。十一時には……夫人が名匠ルシアン・グレエヴの首飾《ペンダント》のコレクトを持ってくることになっている。午後二時には……家の家具の売立。四時には……詩も音楽もわかり、美術雑誌から美術批評の寄稿を依頼されたりする光太郎のような一流の仲買人《アジャン》にとっては、戦争が勝てば勝ったように、負ければまた負けたように、商談と商機にことを欠くことはない。

こんどの欧洲最後の引揚げには光太郎はうまくやった。みな危険な金剛石を買い漁って、益もない物換えにうき身をやつしているとき、光太郎はモネ、ルノアール、ルッソオ、フラゴナール、三つのヴェルメェルの作品を含むすばらしいコレクションを耀《せ》りおとし、持っていた金を安全に始末してしまった。
仲介業者の先見と機才は、倦怠と夢想から湧きでる詩人の霊感によく似ていて、この仕事に憑《つか》れると抜け目なく立ち廻ることだけが人生の味になり、それ以外のことはすべて色の褪せた花としか見えなくなる。

光太郎がホームに立ってきょうの仕事の味利《あじき》きをしていると鸚鵡の冠毛のように白髪をそそけさせた六十歳ばかりの西洋人が、西口の階段からせかせかとあがってきた。

「おや、ルダンさんだ」

上衣はいつもの古ぼけたスモオキングだが、きょうは折目のついた縞のズボンをはき、パラフィン紙で包んだ、大きな花束を抱えている。ジュウル・ロマンの喜劇、「恋に狂う翰林院博士トルアデック氏、花束を抱えて右手から登場」といったぐあいである。

メタクサ伯爵夫人が早稲田大学の仏文科の講師をしていたのは二十年も前だが、ルダンさんはそれよりもまた十年も早いのだから、もう三十年ちかく日本に住んでいるつつましい老雅儒で、光太郎が記憶するかぎりでは、こんなようすはまだいちども見たことがなかった。

ルダンさんの家庭《フォアイエ》塾には光太郎ばかりではなく、光太郎のただひとりの肉親である従妹のおけいもお世話になっていて、ルダンさんの指導で大学入学資格試験の準備をすすめ、この戦争がなければソルボンヌへ送りこんでもらっていたところだった。

ルダンさんは弟子たちをじぶんの息子のように待遇する。弟子のためなら智慧でも葡萄酒でも惜しげもなくだしつくしてしまう。どうやら資格も出来、いよいよフランスへ出発ときまると、貧乏なルダンさんが、アルムーズとか、シャトオ・イクェムとか、巴里の「マキシム」でもなかなかお目にかかれないような、ボルドオやブルゴーニュの最上古酒を抜いて門出を祝ってくれる。

光太郎もこうして送りだされた一人で、フランスで美術史の研究をするはずだったのが、新進のアジャン・ア・トゥフェ(万能仲買人)になって八年ぶりで日本へ帰ってきた。ルダンさんの家は光太郎の家からものの千メートルと離れていないが、さすがにばつがわるく、いちど玄関へ挨拶にまかり出たきりで、その後、それとなくごぶさたしていたのである。

光太郎は困ったと思ったが、隠れるところもないホームの上なので、ままよと観念してとぼけていると、ルダンさんは光太郎を見つけて、

「おお、光太郎」

といいながらそばへやってきた。

「ごぶさたしております。きょうはどちらへ」

ルダンさんは光太郎の手提鞄《セルヴィエット》をじろりと見てそっぽをむくと、

「きまってるじゃないか。きょうはお盆だから、墓まいりさ」

と、つっけんどんにいった。

七月十三日……そういえばきょうはお盆の入りだった。それはともかく、十月二日の「死者の日」には、いつも亡くなられた夫人《おく》さんの写真に菊の花を飾るが、お盆に墓まいりとはきいたこともなかった。

「失礼ですが、どなたの墓まいりですか」

とたずねると、ルダンさんはめずらしくフランス語で、

「アンシュポルタブル！（手がつけられない！）」

とつぶやいてから、

「この戦争でわたしの弟子が大勢戦死をしたぐらいは察しられそうなもんじゃないか」

と、とがめるような眼つきで光太郎の顔を見かえした。

ああそうだったと思って、さすがに光太郎も眼を伏せた。

「ほんとうにたいへんでしたね。何人ぐらい戦死しましたか」

「十八人……一人も残らない。これで少なすぎるということはないだろう。日本へ来

てまでこんな目にあうなんて」

ハンカチを出して鼻をかむとそれを手に持ったまま、

「まあ、愚痴をいったってはじまらない。ともかく、よかれあしかれ、この戦争の「意味《サンス》」もきまった。なんのために死んだかわからずに宙に浮いていた魂も、これでようやく落着くだろう。だから、今年のお盆は、この戦争の何百万人かの犠牲者の新盆《にいぼん》だといってもいいわけだ。それできょうはみなに家へ来てもらって大宴会《バンケエ》をやるんだ」

「なんですか、大宴会《バンケエ》というのは」

「わたしはみなに約束したんだ。戦争がすんだら王朝式の大宴会《バンケエ》をやるって。つまり、これからその招待に行くんだ……本式にやれば、提灯をつけて夕方お墓へ迎いに行くんだろうが、みなリーブル・パンスウルだから形式にこだわったりしないだろう。もっとも、間違いのないように名刺は置いてくる」

「でも、降霊術《ネクロマンシィ》のようなものは、カトリックでは異端なんでしょう」

「どうしてどうして、カトリックの信者ぐらい霊魂いじりのすきな連中はない。故人がうんざりするほど呼びだして、愚問を発して悩ますんだ。一年に一度、迎い火を焚いて霊を待つなんていう優美なもんじゃない。来ないと力ずくでひっぱりだしかねないんだから」

「では、わたくしもお供しましょうか」

「まあ、やめとけ。死したるものは、その死したるものに葬らせよという聖書の文句は素晴らしいね。昨日わたしはみなの墓を廻ってみたんだけれども、掃除をしてあるのはただの一つもなかった。日本人は戦争で死んだ人間などにかかずらっているひまはないとみえる。それも一つの意見だろうが、死んだやつは間抜け、では、あのひとたちも浮ばれまいと思うよ」

「それで、おけいも呼ばれているのですか」

「君はだんだんフランス人に似てきたね。それも悪いフランス人にさ。そういう質問は、冷酷というよりは無思慮というべきものだよ。おけいさんの遺骨はまだニューギニアにある。これは遠いね。ちょっと迎いに行けないが、おけいさんはきっと来てくれるよ。君のような俗人にはわからないことだ」

「ひどいことをいわれますね」

「ひどいのは君さ。君はこの八年の間、一度もおけいさんに手紙を書かなかったそうだね」

「おけいがそんなことをいいましたか。あいつだって八年の間一度も手紙をよこしませんでしたよ」

「それはそうだろうさ。君が書けないようにしたんだよ。君がおけいさんをあまり子供扱いにするので、おけいさんは手も足も出なくなってしまったんだ。おけいさんは君が好きだったんだが、あきらめてしまったらしい。おけいさんが別れに来た晩はたいへんな大雪でね、雪だらけになって真青になってやってきた。そして君のことをいろいろいっていた。君にだれかと結婚してもらって、はやく楽になりたいといっていた」

「あの子供が？」

「あの子供がさ……そうして、君が帰ってきたら、じぶんの友達の中からいいひとをお嫁さんに推薦するんだといっていた……つまらない、もうやめよう。おけいさんがしょっちゅう君のことばかりかんがえていたといってみたって、それがいまさらどうなるんだ。もう死んでしまったひとなんだから……さあ、さあ、君は早く事務所へ行って取引をはじめたまえ。日本橋へ行くんだろう。ほら、電車がきた」

二

神田で降りると、ここの市場もたいへんな雑踏で、炎天に砂埃とさかんな食物《くいもの》の匂いをたちあげ、修羅のようなさわぎをしていた。

売るほうも買うほうも、動物的な生命力をむきだしにしてすさまじいコントラストを見せ、三百万人も人が死んだ国のお盆にふさわしい哀愁の色などはどこにもなかった。

光太郎はふと十月二日の巴里のレ・モール(死者の日)のしめやかなようすを思いだした。巴里中の店は鎧扉をしめ、芝居も映画も休業し、大道は清々《すがすが》しい菊の香を流しながら墓地へいそぐ喪服のひとの姿しか見られなくなる。

巴里の山手、ペール・ラシェーズの墓地の上にBelle-vue de Tombeauという珈琲店がある。「墓地展望亭」とでもいうのであろうか。そこのテラスに掛けると、眼の下に墓地の全景を見わたすことが出来る。

光太郎は「死者の日《レ・モール》」によくそこへ出かけて行った。手をひきあう老人夫婦、黒い面紗《ヴォアール》をつけた若い未亡人、松葉杖をついた傷痍軍人、しょんぼりした子供たち……喪服を着たものしずかな人達が、いま花束を置いてきたばかりの墓にもういちど名残りをおしむためにこのテラスへやってくる。みなテーブルに頬杖をつき、悲しげな眼ざしを糸杉の小径《こみち》のほうへそよがせる。どの顔も死というものの意味を知り、それを悼むことの出来る深い顔つきばかりで、こういう国ならば死ぬこともたのしいかなと、感慨にしずんだことがあった。

「これはどうもいけなかったな」

とつぶやいて、光太郎は汗をふいた。

光太郎の一族はふしぎなほどつぎつぎと死につぎ、肉親というのはおけいひとりだけになってしまったが、それが婦人軍属になってニューギニアへ行き、カイマナというところで死んだときいたときもかくべつなんの衝動もうけず、きょうルダンさんに逢うまではほとんど思いだしたことさえなかったのである。

光太郎は事務所へ行くと、きょうの約束をみな電話で断ってしまった。明日からまた卑俗な世渡りにあくせく追いたてられるのであろうが、せめてきょう一日だけは全部の時間をおけいの追憶についやそうと思った。

光太郎の家は下町にあったので、祖母が生きているころまでは、お盆のまつりはなかなか派手なものだった。真菰《まこも》の畳を敷いてませ垣をつくり、小笹《おざさ》の藪には小さな瓢箪と酸漿《ほおずき》がかかっていた。巻葉《まきは》を添えた蓮の蕾。葛餅に砧巻《きぬたまき》。真菰で編んだ馬。蓮の葉に盛った団子と茄子の細切《こまぎ》れ……祖母があさあ、どなたも明るいうちにおいでくださいなどといいながら迎い火を焚いていたことが記憶に残っている。

霊棚《たまだな》をつくり、苧殻《おがら》を焚いて、古いしきたりのようにして迎えてやったらどんなによかろうと思うのだが、棚飾りのようすがぼんやりと思いだせるだけで、細かい手続きはなにひとつ知っていないのが口惜しかった。

光太郎は椅子に沈みこんでかんがえていたが、このうえはもう自己流でやるほかはないと思って友達に電話をかけた。

「きょうはひとつ骨を折ってもらいたいね」

「むずかしそうですな……モノはなんでしょう」

「ショコラ、キャンディ、マロン・グラッセ、プリュノオ……まあそんなものだ」

「へへえ、いったいどういうことなんですか」

「それから、女の子が飲むんだから、なにか甘口のヴァン・ド・リキュウルがあったろう」

「これは恐れいりましたな。オゥ・ソーテルヌならあてがありますが」

「ああ、それをもらおう。どうだね。夕方の五時までということに」

「かしこまりました。お届けいたします」

夕方、届いたものを包みにし、銀座のボン・トンへ寄ってキャナッペを詰合わせてもらい、それを抱えて家へ帰ると、居間の小机へごたごたとならべてみたが、どうもしっくりしない。暖炉棚《マントル》へ移したり、ピアノの上へ飾ってみたりいろいろやったが形式がないというのはしようのないもので、どうしてみても落着かない。

写真でもと思って、さがしてみたが一枚もない。八年前、欧羅巴へ発つとき、ひっかかりになっていた芸者の写真といっしょに焼いてしまったような気もする。

手も足も出なくなってぽつねんと椅子にかけて蟋蟀《こおろぎ》の鳴く声をきいていると、これでもうこの世にひとりの肉親もないのだという孤独なおもいが胸にせまり、じぶんにとっておけいは、かけがえのない大切な人間だったことがつくづくとわかってきた。

いまさらかえらぬことだが、じぶんにもうすこしやさしさがあったら、おけいを巴里へ呼びよせていたろうし、そうすればニューギニアなどで死なせることもなかったわけで、いわばじぶんの冷淡さがおけいを殺したようなものだった。

おけいが肉体のすがたをあらわすとは思わないけれども、来たなら来たでなにかしらおとずれがあるはずで、光太郎の感覚にそれがふれずにすむわけはないのだが、露台からそよそよと風が吹きこむばかりでなにひとつそれらしいけはいは感じられなかった。

「どうして、どうして」

ピアノの上にしらじらしく立っている葡萄酒の瓶や、生気のない皿のキャナッペをながめながら、光太郎はじぶんの虫のよさに思わず苦笑した。

ルダンさんのところはどうだろうと思って露台を出てみると、食堂の窓からあかあかと電燈の光が洩れ、もう宴会がはじまったのだとみえ、ルダンさんが上機嫌なときに奏《ひ》くまずいピアノがきこえていた。

光太郎のうちはもと銀座の一丁目にあって、おけいの家は新堀《しんぼり》にあった。

おけいは父の五十五の齢に産れたはじめての女の子だったが、上の三人はみな早く死んでいたので、そのよろこびかたといったらなく、一家中気がちがうのではないかと思われたほどだった。

そのころ堀川《ほりかわ》はまだまださかんなもので、派手堀川といわれた先代がまだ生きていて、福井楼へ百人も人を招んでさかんな帯夜《おびや》の祝いをした。芸者の数だけでもたいへんなものだ。その夜の料理は一人前四百円についたというので評判だった。

たぶんおけいが六歳ぐらいのことだった。光太郎が堀川へ遊びに行っているとおけいの父の新造が、きょうおけいとお月見をしますが、あなたもと誘った。

おけいのお守りに芸者が七人、橋光亭から船をだして綾瀬まで漕ぎのぼると、おけいの父が用意してきた銀の総箔《そうはく》の扇を山ほどだして、さあ、みなでこれを放っておくれといった。芸者たちが、おもて、みよし、艫《とも》とわかれておもいおもいに空へ川面へ銀扇を飛ばすと、ひらひらと千鳥《ちどり》のように舞いちがうのが月の光にきらめいて夢のようにうつくしい。おけいは中《なか》ノ間《ま》の座布団に坐って父の膝にもたれ、ニコニコ笑いながらながめていた。

こんな育てられかたをしたので、鷹揚なことはこのうえもなく、放っておけば一日でもご飯を食べずにおっとりと坐っている。けっしてものをねだったり、催促したりしない娘だった。

昭和十年の冬、堀川が自火をだして丸焼けになり、両親は東京を遠慮するといって鵠沼へひっこんだが、間もなく死んでしまった。おけいは赤坂表町の須藤という弁護士の家へあずけられ、三崎町の仏英和女学校へ通っていたが、水曜日にはルダンさんのところへきてフランス語の勉強をしていた。いまにして思うと、光太郎がフランスへ連れて行ってくれるものときめ、その用意をしていたわけだった。

日本を発つ前の晩、おけいは別れにきた。茄子《なす》紺《こん》の地に井桁《いげた》を白く抜いた男柄《おとこがら》の銘仙に、汚点《しみ》ひとつない結城《ゆうき》の仕立おろしの足袋というすっきりしたようすでやってきて、おばあさまの琴爪《ことづめ》をちょうだいといった。

おばあさまの琴爪というのは、鼓琴《こきん》の名人だった光太郎の祖母が死ぬとき、これはおけいに、といって遺したものだった。

光太郎がどうしたんだとたずねると、あなたはもう日本へ帰っていらっしゃらないでしょうから、きょういただいておかないと、もういただけなくなってしまうからといった。

「お客さまでございます」

という声がした。おどろいて顔をあげると女中さんが立っていた。

「だれだい」

「あの、二十二、三の若いお嬢さまでございますが」

光太郎は、えっといって椅子から立ちあがった。

三

玄関へ出てみると、眼に張りのある、はっきりした顔だちの、いかにもお嬢さんと呼ぶにふさわしいような品のいいひとが立っていて、

「失礼ですけど、こちらさま、もと銀座にいらした魚返《おがえり》さんではございませんかしら」

とたずねた。

光太郎がそうだとこたえると、やはりそうだったわ、とうれしそうに口の中でいった。

居間へ通ると、千代は日本人にしては長すぎる脚を斜《なな》めに倒すようにして椅子にかけて、

「あたくし、もと銀座におりました今屋《いまや》の伊草《いぐさ》のもので、千代と申しますんですけど、こんどニューギニアから帰ってまいりましたので、おけいさんのこと、すこしお話しもうしあげたいと思って、それで、お伺いしましたのよ」

若々しい、そのくせよく練れた落着いた声でそういった。

「それはどうも、ごしんせつにありがとうございます。おけいの霊代《たましろ》もありませんので、こんなみょうなことをやっておりますが、お差しつかえなかったら、どうかゆっくりしていらしてください」

「ありがとうございます。じつは帰りますとすぐにもおたずねしたかったのですけど、こちらさまのお住居がわからなかったものですから」

「今屋さんの建物は、むかし銀座の名物でした。明治初年ごろの古い洋館で、油絵具をはじめて輸入なすったので、よくおぼえております。それで、おけいとはニューギニアで、いつごろ」

「おけいさんはすぐカイマナへ行かれたのですけど、あたくしどもはさんざん追いつめられ逃げこんだので、おけいさんにお逢いしたのは終戦の半年ぐらい前でしたの」

「カイマナというのはどんなところですか」

「帰りましてから、ジイドの「コンゴ紀行」を読んでそう思いましたんですけど、あの中の「パンギとノラ間《かん》の大森林」という章の描写にそっくりなのよ。……見あげると眩暈《めまい》のするような巨木が、一列になって歩き廻っていると書いてありましたけど、ちょうどそんな感じのところなんですの」

「わかるような気がしますね」

「あたしたちの仕事は、それは辛いんです。半年の間、毎日滝のように降りつづけていた雨がやんで雨季があけますと、急に温度があがるので、活字が膨脹してレバーであがってこないのに印字ガイドまで狂って、どうしたってミスばかり打つんですの……ちょうどバボ作戦の最中で、作戦関係の文書はみな暗号ばかりですから、五日がかりでしあげた大部なものでも、一字でもミスがあれば打ちなおしを命じられます。それはまるで命をけずられるようなひどい明暮《あけく》れで、あたくしどもは宿舎へ帰ると、もうなにをする元気もなくてすぐ横になってしまうんですけれど、おけいさんは池凍帖《ちとう》を置いてお習字をしたり、お琴をひいたり、ひとりでたのしそうに遊んでいらっしゃいましたわ」

「琴って、十三絃のあの琴のことですか」

「ええ、そうなんですの。病室の衛生兵に秋田というひとがいて、これは京都の有名なお琴師さんだそうで、おけいさんの部屋に琴爪があるのをみつけて、そんなら琴をつくってあげようといって、あのへんのラワンやタンジェールなどという木で琴をつくってくれましたの。甲《こう》におもしろい木目のある本間《ほんけん》の美しい琴でしたわ」

「そんなこともあるのですか。かんがえもしませんでした」

「あたくしたち、夜直《やちょく》でおそくなって、月の光をたよりに帰ってきますと、ジャングルの奥から「由縁《ゆかり》」なんかきこえてきますと、なんともいえない気持がいたしましたわ」

光太郎は下目《しため》に眼を伏せてきいていたが、玲瓏《れいろう》と月のわたる千古の密林を洩れる琴の音は、どんなに凄艶《せいえん》なものだろうと思っているうちに、あの琴爪で琴をひいているおけいのようすが眼に見えるようでふと肌寒くなった。

「おけいさんはあんな方ですから、なにもおっしゃらなかったのですが、そのころはもうだいぶお悪かったのです。終戦のすこし前でしたが、雨に濡れてお帰りになってたいへん喀血なさると、ずんずんいけなくおなりになって、病室へ移すとまもなく危篤ということになりました……それで、あたくしみなさんを代表してお別れにまいりますと、枕元に「謡曲全集」なんて本が置いてありますので、こんなものお読みになるのとたずねますと、ええ、ほんとうにいいコントばかりよ、すばらしいと思うわといって、「松虫」のはなしをはじめて、枯野を友とあるいているうちに、その友がいつの間にか死んでいたというところまできますと、だしぬけにふっとだまりこんで、大きな眼でじっと天井を見つめていらっしゃいますのよ。どうしたのだろうと思って顔をみていますと、ちっとも眼ばたきしないようなので、おけいさん、おけいさん、どうなすったのと大きな声をだしますと、おけいさんは夢からさめた人のような眼つきであたしの顔をごらんになりながら、面白かったわ、あたしいま巴里へ行って来たのよとおっしゃるの……そう、どんな景色だって、とたずねますと、あれはマドレーヌというのでしょう、太い円柱が並んでいるお寺の前の道を、光太郎さんが煙草を吸いながら歩いていたわ、とそんなことをおっしゃいました」

「それは、いつごろのことですか」

「六月二十七日。お亡くなりになる朝のことでした……日が暮れて、いよいよご臨終が近くなると、なんともいえない美しい顔つきにおなりになって、あたし「松虫」は文章がきれいだからすきなのよ、とおっしゃって、いい声で上《あ》げ歌《うた》のところを朗読なさいました。

そこへ部隊長がいらして、ご苦労だった。こんなところで死なせるのはほんとうに気の毒だ。お前、なにかしてもらいたいことはないか。遠慮しないでいいなさい。どんなことでもいい、といわれますと、おけいさんは、では、雪を見せていただきますとおっしゃいました。

雪……雪って、あの降る雪のことか。ええ、そうですわ。これは困った、神さまでないかぎり、ニューギニアに雪など降らせられるわけはなかろうじゃないかといいますと、おけいさんは笑って、冗談ですわ。内地を発つ晩、きれいな雪が降りましたので、もういちど見たいと思ったのです、とおっしゃいました。

そのとき、軍医長が部隊長になにか耳打ちしますと、部隊長は眉をひらいたような顔つきになって、じゃ、そうしようといっておけいさんを担架に移して下の谷間のほうへ運びだしました。

あたくしたち、なにがはじまるのだろうと思って担架について谷間の川のあるところまでまいりますと、空の高みからしぶきとも、粉とも、灰ともつかぬ、軽々とした雪がやみまもなく、チラチラと降りしきって、見る見るうちに林も流れも真白になって行きます。

部隊長はおけいさんに、さあ、見てごらん、雪を降らしてやったぞと高い声でいわれますと、おけいさんはぼんやり眼をあいて、雪だわ、まあ美しいこととうっとりとながめていらっしゃいましたが、間もなく、それこそ眠るように眼をとじておしまいになりました」

「その雪というのは、なんだったのですか」

「ニューギニアの雨期明けによくある現象なんだそうですけど、河へ集ってきた幾億幾千万とも知れないかげろうの大群だったのです」

「ありがとうございました。これを聞けなかったらなにも知らずにしまったところでした」

といっているうちに、この家をだれから聞いたろうとふしぎになって、

「この家はながらくひとに貸してあったのを、つい一昨日明けさせて越してきたばかりで、どちらへもまだ移転の通知をしてありませんが、よくここがおわかりになりましたね」

というと、伊草は光太郎の顔を見ながら、

「ええ、あたくし、きょうこの先の宋林寺《そうりんじ》へお墓まいりにまいりましたのよ。いつもは六阿弥陀《ろくあみだ》のほうから帰るのですけど、きょうはなにげなく長明寺《ちょうめいじ》のほうへ曲りますと、すっかりわからなくなって、このへんをいくどもぐるぐる廻っているうちに、ふと見るとお宅の表札に魚返と書いてありますでしょう。いちどおたずねしなければと思っておりましたもんですから、ふらふらと玄関へ入ってしまいましたのよ。でも、かんがえてみますと、ずいぶん頓狂なはなしね。あたしいやだわ」

といってうっすらと顔を赧らめた。

光太郎は、おけいが光太郎のお嫁さんはじぶんの友達を推薦するといっていたという、今朝のルダンさんの話を思いだし、この娘をここへ連れてきたおけいの意志をはっきりと理解した。

急に別な眼になってそのひとを見なおすと、いままで気のつかなかったいろいろなよ

さがだんだんわかってきた。

月の光を浴びたような無垢な皮膚の感じも、張りのある感覚のよくゆきとどいた深い眼の表情も、健康そうな生《なま》の唇の色も、どれもみないつかおけいに話してきかせた光太郎の推賞する科目だった。薄い梔子《くちなし》色の麻のタイユウルの胸の襞のようなものは、よく見ると、大胆な葡萄の模様を浮彫のように裏から打ちだしたもので、葡萄の実とも見えるガーネットの首飾と照応して、日本ではたいていの場合みじめな失敗に終るバロック趣味を成功させていた。

伊草の娘が帰ると、光太郎はそのまま玄関に立って腕を組んでいたが、おけいはこれからルダンさんのところへ行くのだろうと思うと、せめて門までででも送って行ってやりたくなった。

「提灯をつけてくれないか」

女中がおどろいたような顔をした。

「さあ、提灯は……懐中電燈でいけませんか」

「いや、提灯のほうがいい」

光太郎は提灯をさげてぶらぶらルダンさんの家のほうへ歩いて行ったが、道普請《みちぶしん》の壊《く》えのあるところへくると、われともなく、

「おい、ここは穴ぼこだ。手をひいてやろう」

といって闇の中へ手をのべた。

予言

安部忠良《あべちゅうりょう》の家は十五銀行の破産でやられ母堂と二人で四谷谷町《たにまち》の陽あたりの悪い二間《ふたま》きりのボロ借家に逼塞していた。姉の勢以子《せいこ》は外御門《そとみかど》へ命婦《みょうぶ》に行き、六十ぐらいになっていた母堂が鼻緒のつぼぬいをするというあっぷあっぷで、安部は学習院の月謝をいくつもためこみ、どうしようもなくなって麻布中学へ退転したがそこでもすぐ追いだされ、結局、いいことにして毎日絵ばかり描いていた。安部が二十歳になって襲爵した朝、これだけは手放さなかった亡兄の華族大礼服を着こみ、掛けるものもないのでお飯櫃《はち》に腰をかけ、「一ノ谷」の義経のようになって控えていると、その頃もう眼が見えなくなっていた母堂が臨終の床から這いだしてきて、桐の紋章を撫でズボンの金筋《きんすじ》にさわり、
「あなたもとうとう従五位になられました」と喜こんで死んだ。

安部は十七ぐらいから絵を描きだしたが、これがひどく窮屈なもので、林檎のほかなにも描かない。腐るまでそれを描くと、また新しいのを一つ買ってきてそれが腐るまで

描く。姉の勢以子は不審がって、「あなた、なにかほかのものもお描きになればいい」といい、おいおいは、「あなた、もう林檎を描くのはやめてください」と恐わがったが安部の努力というのは、つまるところはセザンヌの思想を通過して、あるがままの実在を絵で闡明《せんめい》しようということなので、一個の林檎が実在するふしぎさを線と色で追求するほか、他に興味はないのであった。

安部は美男というのではないが、柔和な、爽やかな感じのする beau garçon で、一人としてこの年少の友を愛さぬものはなかった。仲間の妹や姪達もみな安部の熱心な同情者で、それにわれわれがいいくらいに嗾《け》しかけるものだから、四谷見附や仲町《なかまち》あたりで安部を待伏せるのも三人や五人ではなく、貧乏な安部のために進んで奉加につきたいのも大勢いたが、酒田の二女の知世子《ちせこ》が最後までねばり通してとうとう婚約してしまった。

酒田はもとより、知世子自身生涯に使い切れぬほどのものを持っていて、そのほうからの流通で安部の暮しもいくぶん楽になったようだが、麻布の酒田の邸にはモネやルッソオを陳《なら》べた趣味のいいサロンがあり、バアナアド・リーチやブルノ・タウト夫妻などがよく遊びに来ていたので、そういう雰囲気が安部になにかしらいい影響をあたえたとみえ、一個の実在だけを飽くまでも試作反復するというような窮屈なところがいくぶん少くなった。

それから四年ばかりは何事もなく、安部は制作三昧の生活をつづけていたが、死ぬ年の春、五年越し維納《ウィンナ》で精神病学の研究をしている石黒利通《いしぐろりつう》が、巴里の有名な画商のヴォラールでセザンヌの静物を二つ手に入れ、それを留守宅へ送ってよこしたということを聞きつけた。安部にとってセザンヌはつねに深い啓示をしめす一種の神のごときものであったから、そうと聞きながら参詣せずにおけるわけのものではない。紹介もなくいきなり先方へ乗りこむと、石黒の細君が出てきて、「まだどなたもご存知ないはずなのに」といって、こだわりもせずにすぐ見せてくれた。一つは白い陶器の水差とレモンのある絵で、一つは青い林檎の絵であった。画集ではいくども見たが、本物にぶつかるのはこれがはじめてなので、これがセザンヌのヴァリュウなのか、これがセザンヌの青と黄なのか、物体にたいするこの適度の光、じぶんと物体の間にあるなんともいえぬ空気の適度の量、セザンヌが好んだといわれるすこし曇り加減のしっとりした午後の光線まではっきりと感じられ、ただもう恐れいるばかりだった。

それ以来、安部は石黒の留守宅へ入りびたっているようだったが、そのうちにむかしの待伏せ連が、「安部さんも案外ね」というようなことをいいだすようになった。安部が石黒の細君とあやしいというのだが、どうしたいきさつからか、石黒の細君がヴェロナールを飲んで自殺するという大喜利が出て、それを毎夕新聞が安部の名と並べていろいろ書きたてたのでだいぶうるさいことになった。

いちど安部に誘われてその絵を見に行って石黒の細君に逢ったが、臙脂の入った滝縞《たきじま》のお召《めし》にゴブラン織の丸帯をしめ、大きなガアネットの首飾をしているというでたらめさで、絵を見ているわずかな間にちゃんと酒の支度が出来、「お二人ともきょうは虜《とりこ》よ」などと素性の察しられるようなことをいいながら手をとって椅子へ押しつけると、安部の手をひっぱったり、しなだれかかったりしてしきりに色めくのだが、安部はすうっとした恰好で椅子に掛け、飲むでもなく飲まぬでもなくただゆったりと笑っている。石黒の細君は焦《じ》れたのか照れたのか、いきなりわッと泣きだし、なにかいいながらむやみに顔をこするので、鼻のあたまや頬がひっぱたかれたように赧くなり、もともと眉が薄く眼がキョロリとしているので、上野動物園にいたオラン・ビン・バタンという赤ッ面の猿そっくりの面相になり、見られたざまではない。とても手も足も出るどころか、どんなものずきな男でも懐手《ふところで》でごめんこうむってしまうだろうという体裁だった。

安部は、「べつになにもなかったよ」というだけで弁解しようともしなかったが、雪隠《せっちん》で饅頭を食うようなケチなことをしないのが安部の本領なので、知世子の健康で美しく、またそういう種類の情緒ならもっと上等なのが安部の周囲にありあまるくらいあるのだから、おおよそ考えたって世間でいうようなものでないことは、安部を知るくらいのものはみな承知していた。石黒の細君の自殺もへんなもので、嫌われたくらいで突きつめるような無邪気な人柄とも見えない。その頃、石黒はシベリヤの途中ぐらいまで来ていたので、それが日本へ帰る前に是非とも陥落させようといろいろやっているうちに、植えた南瓜《かぼちゃ》がつい瓢箪になったというようなことだったのだろう。

それから十日ほどして石黒が帰ってきた。その頃、石黒は四十五、六だったが、一面滑脱で理財にも長《た》け、落合《おちあい》にある病院などもなかなかうまくやり、理知と世才に事欠くようにも見えなかったが、内実は悪念のさかんな、妬忌《とき》と復讐の念の強い、妙に削《そ》げた陰鬱な性情らしく、方々の新聞社へ出かけて行ってそれとなく安部の讒訴《ざんそ》をしたり、なんとかいう婦人雑誌に「自殺した妻を想う」という公開状めいたものを寄稿して、安部が石黒の細君を誘惑したとしかとれないような言い廻しをするので、世間ではなにも知らずに安部を悪くいうようになった。

酒田などはひどく腹を立てて告訴しようかといきまいたが、なんといっても亭主の留守へ入り浸ったという一条があるので強いことばかりもいえない。それで仲間と伯爵団の有志が会館へ集っていろいろ相談した結果、このままでは懲罰委員会というようなことにもなりかねないから、いっそ早く結婚させて二人をフランスへでもやってしまえということになって、式は十一月二十五日、日比谷の大神宮、披露式は麻布の酒田の邸でダンス付の晩餐会、船は翌二十六日横浜出帆のメッサジュリイ・マリチーム(仏国郵船)のアンドレ・ルボン号とばたばたときまってしまった。

それから一と月ほど後、結婚式のちょうど前の日、維納《ウィンナ》から帰ったばかりの柳沢と二人でいるところへ、安部がモネのところへ持って行く紹介状をとりにきてしばらくしゃべっていたが、思いだしたように、「石黒って奴はえらい予言者だよ。僕はね、今年の十二月の何日かに自殺することにきまっているんだそうだ」と面白そうにいった。前日、石黒から手紙がきたが、それが蒼古たる大文章で、輪廻とか応報とかむずかしいことを長々と書いたすえ、つらつら観法《かんぼう》するところ、お前は何日に西貢《サイゴン》へ着くが、その翌日にはこういうことがある。また何日にはヂブチでこういうことが起る。何日にはナポリでこういうことをするが、その場の情景はこうと、アンドレ・ルボン号が横浜を出帆する日から向う何十日かの毎日の出来事を、その時々《ときどき》の会話のようすから天気の模様まで眼で見るように委曲をつくし、どど、なにかむずかしいいきさつののち、安部が知世子と誰かを射ち殺し、その拳銃で安部が自殺する段取りになっていると予言してよこしたというので笑った。「なにを馬鹿な。でたらめをいうにもほどがある。摩訶止観《まかしかん》とか、止観十乗《しかんじゅうじょう》とかいって、観法というのはむずかしいものなんだ。静寂な明智をもって万法を観照するというから一種の透視のようなものだが、そんなことが出来たのは増賀《ぞうが》や寂《じゃく》心《しん》の頃までで、現代には止観文《しかんもん》を読めるようなえらい坊主は一人だっていやしないよ。どうして石黒のような下愚《げぐ》が」といきまくと安部は、出来るなら和解したいと思って石黒を披露に招んだが、かえってそれが気に障ったのかもしれないといった。

柳沢は煙草をふかしながらだまって聞いていたが、「寂心や増賀のことは知らないが、ダニエル・ホームのようなやつなら欧羅巴にうようよしているぜ」といいだした。「いま石黒の話が出たようだが、石黒には前にこんな話があるんだ。墺太利の代理公使をしていたカレルギー伯爵と結婚して墺太利へ行ったれいのクーデンホフ光子《みつこ》夫人ね、あの人が維納の近くにいるんだが、そこへよく日本人が集まる。テニスのデヴィス・カップ戦がすんだあとで、S選手と女流ピアニストのTがベルリンから遊びに来ていたところへ石黒がやってきたら、SとTが顔色を変えて石黒をやっつけはじめたんだ。なんでもTの友達の女のひとに石黒が悪いことをしたというんだが、あまりこっぴどいんで光子さんが見かねて仲へ入ったくらいだった。それから間もなくTがベルリンでくだらない交通事故で死んでしまった。見ていた人の話だと、ちゃんと止れの標識が出ているのに、夢遊病者のようにふらふらと前へ出て行ってやられてしまった。あまりわからない話なんで、一時は自殺だという評判が立ったくらいなんだ。その翌年だよ、Sが日本へ帰る途中、なんの理由もなくマラッカ海峡で船から投身《みなげ》をしたのは」「えらいことを言いだしたね。二人がへんな死に方をしたのに、石黒がなにか関係があったというわけなのか」「さあ、どうかね、そこまではいえない。ただ僕は石黒が動物磁気学のベルンハイムの弟子だったということを知っているだけだ。しかしまあ、どういうんだろう。話はとぶが、ロマノフの皇室をひっかきまわしたれいのラスプーチンね、あれはメスメルの弟子なんだが、あいつを排斥しようとたくらんだやつはみなへんな自殺をしているんだ。宮廷だけでも十人はいたそうだ」「他人の心意を勝手に支配出来る能力が存在するというのは愉快じゃないな。でもそういう心霊的な力がほんとうにありえるものだろうか」「あるんだよ。それも、そういう人間にとっては、それくらいのことはわけなくやれるのだから困るんだ。僕は訳《わけ》があってシャルコーやベルンハイムのことを調べたからよく知っているが、それはどういうものだと理解のいくようにあえて語り分けることもいるまい。信じられない人間は信じなくとも一向かまうことはない。SやTの場合だけでも、まぎれもなくそういう事実が現実にあったことだけはたしかだ」といった。

翌日、三時過ぎに式が終った二人は麻布の邸へひきあげたが、すぐ四時から披露式がはじまるので、知世子は美容師の待っている部屋へ着換えに行った。安部は一人で居間にいると、四時近くになって、小間使が松濤の石黒さまからといって金水引《きんみずひき》をかけたお祝品《いわい》を持ってきた。四寸に五寸くらいのモロッコ皮の箱で、見かけに似ず、どっしりと持ち重りがする。なんだろうと明けてみると、コルトの二二番の自働拳銃が入っていた。まったくいやはやというほかないので、石黒がどんな顔で水引をかけたろうと思うとくだらなくて腹を立てる気にもなれない。御厚意だけは十分に頂戴したから、礼をいって小包で送りかえしてやろうとそんなことを考えているところへ知世子が入ってきた。びっくりさせるにもあたらないと思ってそっとズボンのヒップへ落しこみ、そのうちに時間が来たので階下へ降りた。玄関へ入ると、脇間の正面のユトレヒトの和蘭焼の大花瓶に、めざましく花をつけた薔薇の大枝を一と抱えもあるほど投げ込みにし、その両側に安部と知世子が立ってニコニコ笑いながら出迎えをしていた。そこへ酒田が来て二人のほうを顎でしゃくりながら、「どうだ、なかなかいいじゃないか」と自慢らしくいう。大振袖を着た知世子も美しいが、燕尾服を着た安部はまた美事だ。安部を知世子にとられたとも思わないがやはり忌々しい。「こりゃ、ちょっと口惜しいね」すると後にいた松久《まつひさ》が、「そうだ。いい気になるといけないから、すこしたしなめてやろう」といって知世子のところへ行った。「知世子さん、安部を一人でとってしまった気でいては困るよ。あなたにはいろいろ怨みがかかっているんだから。男の怨みも女の怨みも。気をつけなくっちゃいけない」知世子は、「ええ、それはもうようく承知していましてよ。もうさんざどやされましたわ」とうれしくてたまらない風だった。二人はそうして脇間に並んで、出迎えをしたり祝詞を受けたり五時頃まで花々しくやっていた。そのうちにホールで余興がはじまり、主《おも》だった人も来つくしたようなので、知世子は控えに集っている女子部時代の仲間へひきわたし、ホールへつづく入側《いりがわ》になった廊下のほうへ歩いて行った。一方は広い芝生の庭へ向いた長い長い硝子扉で、一方はホールの窓がずっとむこうへ並び、そこからシャンデリアの光があふれだしている。

暮れ切ったが、まだ夜にならない、夕まずみの微妙なひとときで、水色に澄んだ初冬の暮れ空のどこかに夕焼けの赤味がぼーっと残っている。樹のない芝生の庭面《にわづら》が空の薄明りに溶けこみ、空と大地のけじめがなくなって曇り日の古沼のようにただ茫々としている。はかない、しんとした、みょうに心にしむ景色だった。安部は眠いようなうっとりとした気持で人気のない長い廊下を歩いていると、ふいと眼の前に人影がさした。おどろいて右へよけようとするとむこうも右へよける。反対に動くと向うもついそっちへ寄る。二、三度ちんちんもがもがやっているうちに互いに立ちすくんで睨み合うようなかたちになった。

こんな破目になるとたいていは、やあ、失礼とかなんとかいってめでたく笑いほぐしてしまうものだが、相手はひどく機嫌を損じたふうで、むっとこちらの顔ばかりねめつけている。窓と窓との間のおどんだツボに立っているのであいまいにしか見えないが、眼の強い、どこか皮肉らしい、冷やかな感じのするとりつき場のない男だ。安部は気むずかしい妙なやつだと思ったが、その瞬間、これは石黒だなと直感した。

石黒なら、この際、これくらいの渋味を見せても一向ふしぎはないわけだが、明日、日本を離れるのだから、和解出来るものなら和解しておきたい。石黒がなにかいいだしたら、すまなかったくらいのことはいうつもりでいたが、石黒は狭く意怙地になっているとみえ和らぐ隙をくれない。しようがないので、失礼だが石黒さんではありませんかと切りだしかけると、ちょうどむこうもなにかいいかけ、こちらがひかえるとむこうもひかえる。そんなことをやっているうちに、気がさしてもういけない。キッカケをとちった芝居で、まずい幕切れになってしまった。

安部は気持にひっかかりを残したままホールへ入ると、ちょうど余興のかわり目で、十二聖徒の彫刻をつけたエラールのハープがステージに押し出され、薄桃色のモンタントを着た欧洲種《だね》らしい二十五、六の娘がいいようすでハープを奏《ひ》きだした。後《うしろ》の椅子に扇町《おうぎまち》と松久がいたので、その間に割りこんで古雅な曲をきいていると、どうしたのかあたりが急に森閑としてなんの物音も聞えなくなった。安部は、ああ、淋しいなとつぶやいていると、ステージの端のほうへ裃《かみしも》を着た福助がチョコチョコと出てきて、両手をついてお辞儀をした。安部は、「おや、福助さんが出て来た」とぼんやり見ていたが、こんなところへ福助などが出てくるわけはない。きょうはよほど疲れているなと思ってしばらく息をつめていると、間もなく福助はいなくなり、へんに淋しい感じもとれた。

老公のテーブル・スピーチなどあって賑々《にぎにぎ》しく派手な晩餐会で、八時からホールでダンスがはじまった。十二時すぎにそれも終り、みなを送りだして二階の居間へひきとったのはもう一時近くだった。知世子は疲れたようすもなく、幸福でしようがないというふうに安部の胸へ顔をおしつけたりしてからいそいそと着換えの手伝いをはじめたが、ズボンのヒップに入っていた拳銃を見つけると、顔色をなくして安部のほうへふりかえった。安部はなにかいおうとしたが、こんなものを石黒が送ってよこしたなどとは申せない。ともかく披露式の夜の新郎のズボンのヒップに拳銃が入っているなどというのは、決して平凡なことではないからこの説明はむずかしい。これは弱ったと思ったら安部の顔色も変ってきた。知世子は悧口だからなにもたずねなかったが、明るかるべき大切な初夜に、暗い影のようなものを残した。

アンドレ・ルボン号は真白に塗った煙突のない二万噸《トン》の優秀船で、ポール・クローデル大使が同じ船でフランスへ帰るのでにぎやかな出帆であった。夕方、チャイム・ベルが鳴ったので食堂へ出ると、一等の乗客には日本人は安部と知世子の二人きりで、食卓はチンダルという墺太利公使館の書記官とマカオの名家だというフェルナンデスという若い葡萄牙《ポルトガル》人の四人の組合せになっていた。夫婦もとりわけ新婚ということになると、水入らずに二人だけ組み合うようにするのが普通だが奇妙に婦人客の少い航海だったので、知世子のような若い美しい夫人を亭主だけに独占させておくのは公平でないという事務長の肚《はら》だったのかも知れない。チンダルは墺太利の古い貴族なのだそうで、いつも石のように固いカフスをつけ、作法のやかましい気むずかしいやつで、話といえば宗教論ばかり。フェルナンデスのほうは揉上げを長くして洒落たタキシードを着、切れの長い、いかにも好色じみた黒味がかった眼をもったジゴロ風の色男で立つにも坐るにも恭々《うやうや》しく知世子の手に接吻し、支那からマカオをひったくったアルヴーロ・フェルナンデスは私の大祖父で、銅像はいまもマカオにありますなどと愚にもつかぬことを口走るので、安部は最初の一日から食慾をなくしてしまった。

外国船の生活は一人で孤独を楽しむようなことは絶対に許さない念入りな仕組みになっているもので、九時の朝食にひきつづいて十一時のビーフ・ティ、一時の昼食、三時のアイスクリーム、五時のお茶、七時のアペリチフ、八時の正餐、十時のディジェスチフと一日に二十四品目もおしつけられるのに、酒場の交際、ポオカア、デッキゴルフ、カクテール・パァティ、日曜日の弥撒《みさ》、ティ・ダンス、サパァ・ダンス、運動競技、福引と手を代え品をかえ、出席しないと事務長から催促の電話がくる。知世子のほうはまたたいへんで、西貢《サイゴン》を出帆した夜、船長のアトホームがあり、敬意を表して美しい和服で出たらこれが大喝采を博し、それ以来、ティ・ダンスにもサパァ・ダンスにも義務のようにひっぱりだされ、午後と夜はほとんどラウンジか舞踊室で暮らして安部とは食堂で顔が合うくらいのものであった。

船はシンガポールへ寄らずにマラッカ海峡からすぐまだ荒れ気味の印度洋へ入ったが、安部は馴れない暑さで弱っているところへ、印度洋の妙なぐあいの長いうねりにやられて不機嫌になり、アンドレ・ルボンというちっぽけな枠にはまった社交と、一日中鏡の上に坐って人から見られる自分の姿ばかり気にしているような生活が我慢のならぬほどうるさくなり、船酔いをいい口実にしていっさい食堂へ出ず、船室に籠って汗もかかずに端然《たんぜん》と絵ばかり描いていた。

欧洲航路の外国船には婦人帽子商とか婦人小間物商とか名乗り、高級船員や乗客のそのほうの御用をうけたまわる courtisane が二人や三人はかならず乗っているものだが、ボンベイを出帆する頃から船の社交というものがそろそろ正体をあらわしかけ、そういう婦人連が二等からやってきて公然とダンスにまじり、西貢から乗ったあやし気なフランス人が徒党を組んで朝から甲板でアブサントをあおるという狼藉ぶりになった。ボンべイを出帆してから三日目の明け方、安部がふと眼をさますと、そばに寝ていたはずの知世子がいない。となりの化粧室にでもいるのかと思ったがそういうようすもない。しばらく待っていたが帰って来ないので水を一杯飲んで寝てしまった。翌朝、起きだしてから知世子にたずねると知世子は、「どこへも行きはしなくってよ。夢でもごらんになったんだわ」と笑い消してしまった。昨夜、水を飲んだコップが夜卓《やたく》の上にある。夢なはずはなかったが、言い張るほどのことでもない。しかし妙な気がした。

ヂブチへ入港したのがちょうど十二月の二十四日だった。ヂブチはいかにもアフリカじみた暑い殺風景な港だったが、長い航海にみな飽きあきしていたので、船でレヴェヨンをしたのはほんの老人組だけで、乗客のほとんど全部は夕方から上陸してホテルへ騒ぎに行った。知世子も事務長達といっしょに町へ行ったが、朝の五時頃、前後不覚に泥酔してフェルナンデスに抱えられて帰ってきた。靴はどこへやったのか靴下跣足《くつしたはだし》でソアレの脊中のホックがはずれて白い丸い肩がむきだしになり、薄赤いみょうな斑点が首から胸のあたりまでべた一面についている。安部は礼をいってフェルナンデスにひきとってもらったが、いくら安部でも、蕁麻疹《じんましん》だろうか蚤の痕だろうかなどと見当ちがいするほど単純でもない。蚤は蚤でもタキシードの襟に石竹《せきちく》の花をつけた大きな蚤なので、安部もむっとしないわけではなかったが、外国人の séduction というものはどれほど執拗で抜目がなく、日本の女性がそういうものにいかに脆く出来ているかということもよく承知している。こんな結構なエピキュウルの園に四十日もいたら相当に頭のしっかりした人間でもいくらか寸法がちがってくるのは当然至極のことで、つまりはこういういかがわしい習俗の中で暮らすようになったためぐりあわせが悪いのだと、無理やりそこへ詮《せん》じつけた。

地中海へ入ると急に温度が下った。海の形相もすっかり変って、三角波が白い波の穂を飛ばし、ミストラル気味の寒い尖った風が四十日目の惰気をいっぺんに吹きはらってしまった。安部は急に食慾が出て久振りに食堂へ行くと、半白《はんぱく》の上品な顔をした給仕長が安部を見るなり、給仕の一人になにかささやいてから安部のところへ来て、「只今、只今」とうろたえたふうにいった。見るといまささやかれた給仕が隅のほうの補助卓にナップを掛けクウヴェルを並べ、大あわてに安部の食卓をつくっている。なるほど食卓の組合せがすっかり変ってチンダルは奥の大卓へ移り、知世子とフェルナンデスが二人卓で向き合って食事をしている。つまるところここにはもう安部の食卓はないというわけなのだった。

安部は入口に突っ立って食卓の出来るのをぽかんと待っていた。奥の二人は気がつかなかったが、食堂の人間はみなフォークの手を休め、互いに眼配せをしながら間抜けな恰好で突っ立っている安部をくすぐったそうに見、おゆるしが出るならいつでも噴きだしますといった顔つきだった。知世子が気がついて立ち上ろうとすると、フェルナンデスが行かなくともいいと腕をとってひきとめるのが見えた。

安部はそのまま船室へひきとったが、考えてみると、毎日むっつりと絵ばかり描いていて、そうなるように知世子をむこうへ追いやった形跡もないではない。フェルナンデスなどというもくぞうはどうなったってかまうことではないが、なるたけ知世子を傷つけずにすむような解決にしたいと思った。それで頃合いをはかってバアへ行ってみると、知世子は奥の長椅子にフェルナンデスと並んで掛け、人目もなく相手の肩に手をかけてなにかしきりにかきくどいている。安部は急に痩せてしまった知世子の小さな顔を見ると、思ったよりもっとみじめなことになっているらしくて知世子がかあいそうになってきた。安部が二人のそばへ行くと、知世子はチラとあげた眼をすぐ伏せ、観念したように身動きもしない。フェルナンデスは立ちあがると微笑して腰をかがめ、健康はもういいのか、印度洋と紅海の暑さには誰でもやられるというようなことをいいながら、白い歯を見せ、流し眼をつかい、口髯をひねり、こういう種類の女蕩《おんなたら》しが当然果すべき科《しぐさ》を残りなく演じてみせた。安部は、「あなたがいてくれたので、家内が退屈しないですみました。どうもありがとう」と礼をいうと、フェルナンデスは、それで、明日ナポリへ着いたら、世界的に有名なカステル・ウオヴォ(卵の城)の魚料理へご案内しようといま奥さんにお約束していたところですが、あなたもご一緒にいかがですかと誘った。

翌日、午後一時頃、カプリを左に見ながらナポリ湾へ入った。出帆は七時だというので大急ぎで上陸し、暑い盛りのカンパーニャ平原を自動車で飛ばしてヴェスヴィオの下まで行き、またナポリへ戻って急傾斜の狭い町々を駆け廻ってから、海へ突きだした古い城壁のある島の、生臭い屋台店の並んだ坂の上にある「チ・テレース」という料亭へおしあがった。三人はテラスへ出て、夕陽に染まりかけたヴェスヴィオを眺めながらヴィーノを飲んでいると、エオリアンという小さなハープとマンドリンを持った二人連れの流しがきていい声で唄をうたった。そのうちに安部は、テラスにこうして坐っていることも、このナポリ湾の夕焼けの色も、流しの音楽も、すぐそばで揺ぐ橄欖《かんらん》の葉ずれの音も、なにもかもひっくるめてこのままのことがたしかに過去に一度あったようなみょうな気がしてきた。どういうところからこういう情緒がひき起されたのかと気の沈むほど考えているうちに、いつかの石黒の手紙の中にこの景色があったのではなかったかと、ふと考えがそこへ行くと、あの手紙を読みかえして事実かどうかたしかめないうちは安心出来ないような気がして落着かなくなった。ちょうどそれを読み終ったところへ知世子が入ってきたので、机の上のスケッチ・ブックの間へ挟んだようだったが、そのスケッチ・ブックなら船の倉庫室の大トランクに入っている。安部は早く帰って確かめてみたいと思うと、焦々《いらいら》して眼の前の景色が浮上ってくるような気がした。

船へ帰ると知世子はそうそうに着換えてラウンジへ出て行ったので、安部はクロークの大トランクを開けてみると、果して手紙はあの日のままスケッチ・ブックの間に挟まっていた。

あの時は笑ってすませられるようなものだったが、あらためて読みかえしてみると、とても可笑しいなんていうだんではない。いつかの明け方、知世子がふいに居なくなったことと知世子が泥酔して帰ってくること、食堂に安部の食卓がなくみなの物笑いになること、ナポリでは魚料理へ行くが、その料亭の名は「チ・テレース」と、その日その時の情景や状況が安部が自身で日記をつけたようにいちいち仔細に予言してあるので、安部はすっかり憔《やつ》れてしまった。

どういうお先《さき》っ走《ぱし》りな心霊がこんな細かいことまではっきりと見ぬいてしまうのか、理窟はともかくなにもかもいちいちみな適中しているのだから、どうしようもない。あの時の記憶では十二月の何日かに知世子と誰かを射ち殺し、じぶんもその拳銃で自殺すると書いてあった。今日までの毎日が石黒の予言通りに運んで来たものなら、これからもやはりそのように動いて行くと思わざるをえない。安部はその先を読んで行くと、手紙はちょうど卵の城から帰ってきたところで無くなっている。安部はあわててスケッチ・ブックを振るったり床を這ったりして探したがない。思えばあの時、残りの何頁かが畳んだまま机の上に残っていたような気もする。

船はナポリを出帆したらしく、窓の中で雲が早く流れている。その雲を眼で追っているともう絶体絶命だという気持が胸に迫ってきた。石黒の予言には十二月の何日とあった。きょうは二十九日だから、十二月はあとまだ二日と何時間ある。二人がどんなまずいところを見せつけたって絶対に逆上しないと決心しても、なにしろ生《なま》の神経を持っていることだから、場合によってはどんなひょんなことをやらかすか知れたものではない。

安部は汗をかいて、煙草の味もわからなくなるほど屈託していたが、どうでも生の神経が邪魔だというなら、今から二日半の間、見も、聞きも、感じもしないような状態に自分を置けばよろしかろうと、考えをそこへ落着けると、あやしいことには、このつまらない思いつきがとほうもない良識のような気がしてきてすこぶる上機嫌になったという。それで適当にジアールを飲んで置いて、給仕にアブサントを持ってこさせ、茴香《ういきょう》とサフランの香《か》に悩みながらあおりつけあおりつけしているうちに天地が混沌となった。

それからいくどか覚醒したが、そうすると矢庭にアブサントをひっかけ、ジアールを飲み、またアブサントをあおりとうとう夜も昼もわからなくなってしまった。何度目かにふと眼をさまして朦朧とあたりを眺めると、部屋のファニッシングがまるっきり見馴れないものばかりで、どうも自分の船室のようでない。おどろいて腰を浮かしかけると、なにか膝から辷り落ちて床で音をたてた。見ると石黒が送りつけてよこしたれいの二二番のコルトだった。安部はあわててヒップへしまいこみ、いつの間にこんなものを持ちだしたのだろうと重い頭で考えているうちになんともつかぬ一場面を思いだした。知世子が大きな眼で安部を見ながら、「あなたははじめっからあたしを殺すつもりでいらしたのね。今日まで待たなくとも、披露式の晩にお殺しになればよかった」といった。あれはなんのことだったのだろう。正面の寝室の扉がよくロックされず、船がローリングするたびにひとりでに開いたり閉ったりしている。ふと気中《きあたり》がして中をのぞいて見ると、寝台の上にフェルナンデスが俯伏せになり、知世子のほうはひどくちぐはぐな恰好で床の上にのびている。馬鹿な念は入れなくとも、二人の魂魄《こんぱく》はもう肉体にとどまっていないことが一と眼でわかるような光景になっていた。安部はそろそろと退却すると、船室の扉に外から鍵をかけ、冷たい風の吹き通る遊歩甲板へ出た。また今晩もお祭りがあるのだとみえ、舞踏室のほうからさかんなジャズの音がきこえてくる。安部はブールワークに凭れて星の光のきらめき落ちる暗い海を眺めていたが、どうせ自殺するにちがいなくとも、なにからなにまで石黒の予言どおりに動いてやることはない、せめて最後の一点だけを自分の力で狂わせてやりたい。コルトではなく、海へ飛びこんで死んでやろうと真面目になってそんなことを考え、力まかせにコルトを海へ投げこむと二十年の瘧《おこり》がいっぺんに落ちたようにさっぱりした。なにしろ面白くてたまらない。ざまァ見ろといいながら靴をぬいでプールワークにのぼり、その上に馬乗りになって、マラッカ海峡で投身したSもたぶんこんな具合だったのだろうなどとニヤニヤしていると、むこうの通風筒のうしろから紙の三角帽をかぶった船客が三人よろけながらやってきて、やあ、コキュ先生がこんなところで一人で遊んでいるといって無理やりひきずりおろして舞踊室へかつぎこんでしまった。今日はどういう趣旨のパァティなのか、よくまあこんなに振り撒いたと思うくらい、色とりどりのコンフェッチが食卓にも床にも雪のように積もり、天井から蜘蛛の巣のように垂れさがった色テープの下で三角帽や紙の王冠をかぶった乗客がしどろに踊っている。安部は酔いくずれそうになっているそばのフランス人に、今日はいったいなんの会だとたずねると、今日は聖《サン》シルヴェストルの聖日さ、除夜さ、つまり十二月三十一日さ。あと十分もすれば歳が一つ増えるのさ、どうもはばかりさまというようなことをいった。安部はなんということなくその辺の卓へおしすえられ、誰が注いでくれたともわからない三鞭酒《シャンパン》をわけもなくガブガブ飲んでいると、事務長が笑いながらやってきて、新しい年のスタータァの役をあなたにおねがいするといった。どんなことをするのかとたずねると、午前零時にピストルを射ち、それを合図に三鞭酒をみなの頭にふりかけておめでとうをいうんです。私がここにいて秒針を数えますから、Allez といったら射ってください。硝薬《しょうやく》だけで弾丸は入っていませんからご心配なくといって安部に拳銃を渡した。十二時五十九分になると、船長はコルクをゆるめた三鞭酒の瓶を高くあげ、事務長は三〇、二〇と秒針を数えはじめた。安部はすこしばかり石黒にからかってやれと思って、合図と同時に筒先を曖昧に自分の胸に向けて笑いながら引金をひいた。その途端、左の鎖骨の下あたりにえらい衝撃を受けたと思うと眼の前が芝居のどんでんがえしのように日本を発つ前の晩の披露式のホールの景色になった。みな椅子にかけ、むこうでハープを奏いている。眼を落す前に自分の過去の一生を一瞬に見尽すというが、するとおれはやはり死ぬんだなとぼんやりそんなことを考えているうちに天地がぐらりとひっくりかえった。

余興のハープがはじまるころ、安部がぶらりとやってきて扇町と松久の間に掛けたが、そのうちに安部はポケットからハンカチをだしてしきりに汗を拭くような真似をする。煖房はしてあるが暑いというほどではない。松久が「おい、どうした」と低い声でたずねたが安部は返事もしない。だいぶ気に入ったらしくて熱心にハープを聞いているようだったが、終りに近いころ、ヒップから拳銃を出してしげしげと眺めはじめた。へんだと思って扇町と松久がチラと眼を見合わせたその瞬間、筒先を胸へ向けたまいきなり引金をひいてしまった。扇町が、「馬鹿なことをするな」といって支えようとするはずみに、安部は椅子といっしょに床へひっくりかえって胸からたくさん血を出した。それでみな総立ちになった。そこへ知世子が飛んできて、「しっかり遊ばして」といって安部を抱き起した。安部はしげしげと知世子の顔を見ていたが、渋くニヤリと笑うと、「石黒にやられた。死にたくない、助けてくれ。早く病院へ」といった。

すぐ病院自動車で大学へ運んだが、鎖骨の下から肩へ抜けた大きな傷で、ついて行った人間だけでともかく輸血した。病室へ帰ると安部は元気になり、気楽そうに酒田に、「へんなことをやっちゃった。船はいやだからシベリアで行く。一日も早くモネのところへ行きたいから査証のほうをたのむよ」といった。酒田は「よし、やっておこう。それはいいが、どうしてあんな馬鹿な真似をしたんだ。驚かせるじゃないか」というと安部は澄んだいい顔で、「石黒の催眠術にひっかけられたんだ。よくわからないが、ホールへ入る前、廊下で石黒にひどく睨みつけられたから、たぶんあの時だったんだろう。面白いには面白い。僕はハープを一曲奏《ひ》き終える間に、これでもちゃんとナポリまで行ってきたんだぜ」とくわしくその話をしてきかせた。安部は死ぬとは思っていないので、愉快そうに話していたが、われわれはもう長くないことを知っていたので、なんともいえない気がした。

鶴鍋

一

冬木郎《ふきお》が懐手《ふところで》でぼんやりしているところへ、俳友の参亭《さんてい》がビールと葱をさげてやってきて、きょうは鶴鍋《つるなべ》をやりますといった。

「ツル菜鍋《ななべ》とは変ったものだね」

「ツル菜じゃない、鶴。それも狩野派のりゅうとした丹頂の鶴です。鶴は千年にして黒、三千年にして白鶴《はっかく》といいますが、まだほんとうに白く抜けていないようなところがありますから、二千六百年ぐらいのやつでしょう」

「それくらいのものなら意張ることはない。いぜん、鶴の缶詰というのがあって、子供のときに食べたことがあったよ。丹頂の鶴が短冊をくわえて飛んでいる極彩色のレッテルが貼ってあって、その短冊に「千年長命」と書いてあるんだ。こんなものを食ったおかげで千年も長生きをしてはたまらないと思って、子供心ながらだいぶ気にした」

「あなたのお話はみょうにずれるので困ります。それは人魚のまちがいではありませんか。鶴を食べて長生きしたという俗伝《フォルクロール》はまだ聞きません。のみならず、あの正体は朝鮮の臭雉《くさきじ》というやつなんです。知らないとはいいながら、よけいな心配をしたものです」

「まことしやかになにかいうね。君はどうしてそんなことを知っているの」

「おはずかしい話ですが、あれをやっていたのはあたしの叔父なんですから、あきらめていただきましょう。朝鮮の南にそいつがむやみにいましてね、粟を食ってしょうがないんです。それで大袈裟に害鳥捕獲をやるんですが、どうにも泥臭くって、煮ても焼いても食えないんです。あたしの叔父は悧口ですから、それであいう見事なことを思いついたんですが、日本人にはだいたいあなたのようなひとが多いのだから、これは大いに当りました」

鶴の話ばかりしていて、鍋はいっこうにはじまらない。冬木郎は落着かなくなって、もうそろそろやろうかと催促すると、参亭は、

「やろうといったって、鶴はまだない。これからひねりに行くんです」

と昂《たか》ぶったようにいった。

鹿島《かしま》の邸の庭にいる鶴が毎晩のように飛んできて、参亭が飼っている鯉を十何匹か食

ってしまったので、そのしかえしにおびきだしてひねってしまうという話なのである。

「あたしは脚を抱えこみますから、あなたは嘴《くちばし》を摑んでいただきます。あいつでこつんとやられると頭に穴があきますから」

冬木郎は冗談じゃないと思って、

「僕はまだなんともいっていないぜ。あっさりいうけど、むこうだって生《しょう》あるものだから、そうたやすく摑ませはしまい」

相手になりたくないようすを見せたが、参亭はまるっきり感じないで、

「なあに、わけはないですよ」

というと、両手をひろげて眼の前の空気をかき抱くようなしぐさをして見せながら、

「あたしがこんなふうに、諸手《もろて》でパッと抱えこんでしまいますから、あなたはバットを握る要領でぐいと摑んでくだされればそれでいいのです」

冬木郎はなんといわれても動かないことにきめて、

「そういうことなら鶴鍋も億劫だ。ぼくは葱だけでいいよ。鶴はいらない」

じゃけんにつっぱねると、参亭は怒ったような顔になって、

「そんなことをいったって、あんな大きなものを一人でひねれやしないですよ。ぜひやっていただかなくてはこまります」

強くいって立ちあがると、

「お立ちなさい。行きましょう、さあ」

物ものしく尻はしょりをして、子供のように足をじたばたさせた。冬木郎は横をむいてしらん顔をしていると、参亭は痩せ脛《ずね》を寒肌《さむはだ》にしてしょんぼり立っていたが、

「嫌ならいやでいいですが、懐手ばかりしていないで、せめて手ぐらいはお出しなさい」

というと、縁《えん》のほうへ行ってすねたように胡座《あぐら》をかいた。

参亭の胡座というのは、このながい交際《つきあい》の間にもまだいちども見たことがなかった。めずらしいことをするものだと思って、それとなくようすをうかがっていると、参亭は縁無し眼鏡をチカチカさせながらこちらへむいて、

「馬鹿野郎」

と一喝した。

冬月師《とうげつし》の句会ではじめて参亭に逢ったとき、冬月師は、こちらは土井さん、大学で美学を講じていられる助教授で、と紹介した。細っそりした優《や》さおもてに縁無しの眼鏡がよくうつり、美学の先生といっても、これ以上美学の先生らしいのはちょっとほかにあるまいと思った。日ごろ淑《しと》やかで、大きな声でものをいうためしもない参亭にしては、

ありそうにもないいきりかたで、冬木郎は呆気にとられて笑ってしまった。

鶴鍋などというのはたぶん冗談なのにちがいない。起居《たちい》に音もたてないような参亭に鶴など殺せようはずがなく、参亭と鹿島家との間にはむずかしい加減の入訳《いりわけ》があって、むこうの庭へ入りこんで乱棒なぞ働けないような立場になっている。葱やビールまでさげてきて無理にも鹿島の庭へ連れだそうというのは、するとなにかべつなことなのだと思うほかはない。冬木郎は腕を組んで頭をひねっているうちに、ああ、これは句が出来たのだ、と考えがそこへ行くと、それでようやくいきあたったような気がした。

参亭の俳名はフランス語のSentier《サンティエ》、小径《こみち》からきている。参亭はヴェルレーヌの詩の中に新しい句境をうちひらこうという、迫害の多い、むずかしい仕事を心がけ、じぶんの俳句の生涯は、人知れぬ孤独な小径だと、絶苦の境界をすでに覚悟しているふうだった。ものやさしい見かけに似ず、作句の態度は凄味のあるところまできていて、なんとしてもヴェルレーヌをうちやぶってしまわなくては、もう行きも戻りも出来ないという苦しいところで呻吟していた。

風よ惜しめ一つこもり居る薔薇の紅《あけ》

という最近の句は、例によってさんざんな目に逢った。冬木郎も一《ひ》と太刀浴びせた組だが、冬月師は、次に出てくるものを待とうといい、なにか期するところがあるようで、参亭としては、次の句会にどうしても秀作をしなくてはならない絶命にいた。察しるところ、秋色の池の汀《みぎわ》で白い鶴を摑まえるというような秀句が先に出来てしまい、かたちだけでも鶴を追いまわすような真似をしなければならなくなっているのではないかと思えば思える。無理強いにぜひとも連れだそうと企てる以上、句の中にはたしかに冬木郎も入っているので、断って一人でやると、みすみす参亭の秀句を殺してしまうことになるのかもしれない。参亭の句境は冬木郎は異端とするにはばからないが、弟弟子にたいする愛情はもちろんべつなものであった。冬木郎は立ちあがってかいがいしくじんじんばしょりをすると、

「参亭氏、なんだか面白くなってきた。おれも行くよ」

というと、参亭はすぐ機嫌をなおして、

「そうですか。行ってくださいますか。冬女氏《とうじょ》も……」

といいかけて顔を赧くした。冬木郎はわざと聞きとがめるように、

「え、なんだって」

と、はぐらかしてしまったが、すると、きょうの鶴鍋は句のことではなく、冬女氏に関係のあることなのだと思って、はっとした。

冬女氏は横浜の親戚へ見舞いに行って昼のあの大空襲にあい、その後いまだに消息が

知れない。参亭はそのころ毎日横浜の焼跡へ出かけて日ねもす冬女氏を探しまわり、秀麗な趣きのある顔が見るかげもなく悴《やつ》れてしまった。

鹿島の長女の滋子《しげこ》が参亭のところへ作句の手ほどきを受けに来るようになったのは、日華事変のはじめごろだったろうか。冬月師の門下に加って冬女という俳名をもつようになってからも、参亭のところへ句作をもって行って批評をきいていた。

冬女氏は肉置《ししお》きのいい大柄なひとで、身の振りも大きくゆったりとし、坐りはじめたら、褄《つま》もうごかさず何時間でも坐っているといったどっしりした風格だった。はじめて参亭の書斎で逢ったとき、ひきつめにして薄紅い玉の簪《かんざし》をしていたが、その玉はなにか途方もないものらしく、深く沈んだ光が冬木郎の眼をうってやまなかった。藍系統のくすんだ着付にざっとした帯をしめているので、更紗かと思っていたら、それはゴブラン織で、シャンチョン宮の狩猟の図を織りだした精巧きわまるものだった。

参亭と冬女氏が向きあって坐っている光景は、これはまたふしぎなもので、参亭は煙草ものまず膝に手をおいたままで、冬女氏のほうは下眼にうつむいて、なにひとつ話らしい話もせずに二時間も三時間も坐っている。冬木郎がその席にいたというせいではなく、そういうのが毎度のことなのらしかった。ちょうどそのとき、書斎の窓から木瓜《ぼけ》の大きな花梢《はなうれ》が見えていたが、その長い対座の間、冬女氏は、

「花というものは、花を見ているあいだは、ほかになにもいらないような気持にさせますのね」

と、いったきりだった。

二人の気持がどういうふうに向いて行ったのか、もちろん冬木郎は知らないが、そのうちに、いつ行っても冬女氏が来ているようになった。どうも句作のことではないらしく、冬女氏が参亭のところへ通いつめているというのはただごとではないようにみえてきた。

冬女氏の両親は七年ほど前に亡くなって、鹿島の家には祖父の与兵衛が坐りなおしていた。与兵衛はむかし欧羅巴で艶名《えんめい》を流した有名な粋人だが、一面、家柄や格式にこだわる頑冥《がんめい》なところもある老人で、日常は勝手な真似をさせているけれども、最後のぎりぎりのところで、それはいけないと一と言できまりをつけるのだろうということははじめからわかっているので、そのむずかしいところを、二人がどう切りぬけて行くのだろうと心配でならなかった。

二

黒鉄の大きな裏門をおして入ると、マロニエの並木のある築山の裏へ出た。

明るい小径が築山の裾をうねりながらむこうへつづき、小径のうえにマロニエの落葉がいいほどにたまっていた。参亭はなんのつもりかマロニエの丸い実を拾っては袂へ入れながら、

「この落葉には巧《たく》みがありますね。たぶん毎日手をかけて敷きなおさせるのでしょう。ああいうひとだったのだから、仏蘭西の秋の追懐《ついかい》にはいい知れぬ深さがあるのでしょうが、座敷へ坐ったきりで、こんなところまで眼を利かせるというのはうるさい老人です」

というと、カサコソと落葉を踏んで先に立って歩きだした。

西園寺公や天宮暁《あまみやぎょう》などとはすこし時代がちがうが、鹿島老は欧羅巴で一世の豪遊をした三大通《つう》の一人で、艶歴は巴里、ロンドン、ヴェニス、維納、遠くは瑞典《スウェーデン》のストックホルムあたりまでも及び、ル・トゥ・パリやモンテ・カルロの老人たちは、雪洲《せっしゅう》の名は知らなくともムッシュウ・カシマの名はよくおぼえていて、風流と豪奢をいまも語草《かたりぐさ》にしている。

日本へ帰って、伜の与一に家産《かさん》を譲ってからも相変らず寛濶《かんかつ》な遊びをつづけていたが、与一と妻君の水枝《みずえ》が巴里で自動車事故で死ぬと、伊那の奥からひいてきた柾屋《まさや》の離屋《はなれ》へひきこもり、メンバという木の割籠《わりご》からカサカサとかき餅をだし、それを下物《さかな》にして酒

を飲みながら、仏蘭西の新刊小説を滋子に読ませるのを日課にし、滋子が横浜へ行く最後の日までつづけていたということだった。

落葉の道を行きつくすと、だしぬけにひろびろとした池がひらけた。汀石《みぎいし》はほとんど見えないほど根入りが深く、水のきらめきがそれとかすかに暗示するだけで、遠い池の端はあいまいに草の中に消え、水と空がいっしょになってはてしなく茫々とし、倪雲林《げいうんりん》の「西林図《せいりんず》」の湖でも見ているような広漠とした感じを起させる。蘆雪庵《ろせつあん》の系統をひいているのか池の汀に紅葉した白膠木《ぬるで》の若木を一本残しただけで立動するものはなにひとつ置かず、白膠木の荘重な朱の色が清逸の気にみちた簡楚な空間に華麗な彩りをあたえていた。

参亭は露もしとどな秋草の中へ分け入って、あちらこちらと池の岸をながめていたが、そのうちに、

「ああ、あそこに鶴がいる」

と大きな声をだした。水門のほうへゆるく弧をひろげた池の隈《くま》の、ちょうどそこだけが夕陽で茜色に染まった乱杭石《らんぐいせき》の上に、へんに煤ぼけた真鶴《まなづる》が一羽、しょんぼりと尾羽《おば》を垂れて立っているのが見えた。冬木郎はつまらなくなって、

「再び一点をつくれば、すなわち俗、というのはこれだね。あんなものがいるのでせ

っかくの庭が俗っぽくなってしまった」

といぅと、参亭は秋草の中にしゃがみこんで煙草を吸いながら、

「そうです。あの乱杭石のあるあたりは大切な空間なんですから、鶴なんかいるのは困ります」

と気のない調子でいった。冬木郎も気が滅入ってきて、片付けるものは早く片付けてしまえと思って、

「じゃ、そろそろやろうか」

と催促すると、参亭はしぶしぶ立ちあがって、桔梗の花を一茎手に持ったまま鶴のいるほうへぶらぶら歩きだした。

汀について水門のほうへ行くと、そうそうとはげしい水音がきこえ、築山の影が迫ってひときわ濃くなった暮れ色の中で、鶴は嘴を胸にうずめ、片脚だけで寂然《せきぜん》と立っていた。近くで見ると、薄い黒いものがただもっさりとしているだけで鳥のようではなく、大きな煤のかたまりでも空から舞い落ちてきたような感じで、赤葵《モーヴ》色がかった脚の赤さがへんに無気味だった。

参亭は岸に立って漠然と鶴をながめていたが、

「眠っているのですね。ひとつ起してやりましょう」

というと、袂からマロニエの実をだして鶴に投げつけた。鶴は首をあげてじろりとこちらへふりかえると、冷淡なようすでちょっと羽づくろいをし、脚を踏みかえただけでまた動かなくなってしまった。冬木郎はむらむらと腹がたってきて、参亭といっしょにマロニエの実を投げていると、うしろで、

「お戯《たわむ》れなすっちゃ困ります」

と、ひどく錆《さび》のある声がした。ふりかえって見ると、枸杞《くこ》の繁みのそばに、髪も眉も雪のように白い、上背のある七十ばかりの老人が、ゆったりとした着流しに巻帯《まきおび》という恰好で立ってじっとこちらを見ていた。夕闇の中で足袋の白さがまわりを明るくするほどあざやかに浮きあがっていた。

参亭はすらすらと老人の前へ行っておじぎをすると、

「失礼ですが、鹿島さんでいらっしゃいますか。わたくしは土井でございます。いちどお目にかかりたいと思っておりました」

老人は甘味も渋味もない顔で、

「わたしは鹿島です。あなたが土井さんですか。わたしもいちどお目にかかりたいと思っておりました」

と挨拶をかえすと、まじまじと参亭の顔を見ながら、

「それで土井さん、あなたはこの鶴をどうなさろうというんですか」

とたずねた。参亭は急に苦しそうな顔になって、

「この鶴が毎晩のようにわたくしのところへ飛んでまいりましてね、飼っている鯉をみな食べてしまいましたので、こいつをしめて鶴鍋にでもしてしまおうと思っているのです」

老人はおだやかにうなずいて、

「ああ、そうですか。この池へ降りてきたというだけのことで、わたしの鶴だというわけではありませんから、そういうことでしたら存分にしてくださっていいのですが、それはそれとして、ま、こちらへおいでになりませんか。お茶でもさしあげましょう。あなたも」

というと、後手に組んでいま来たほうへゆっくりとひきかえした。

ながながと池の縁をまわって、南下りになった櫟林《くぬぎばやし》の中をすこし行くと、はるかむこうの芝生の端に、マンサルドのついた、宏壮な洋館のスレート葺の屋根の片っぺらが見え、それを見おろすような位置に、檐《のき》の低い、暗ぼったい山家風の柾屋がたっていた。

老人は土間の入口で、

「さあ、どうぞお入り」

と慇懃に二人を招じ入れた。

信州あたりにある三つ割式の家作《やづく》りで、家のちょうど真中あたりを、表口から裏まで土間がつきぬけ、土間からすぐ框《かまち》座敷になってそこに大きな囲炉裏が切ってあった。一方は出居《でい》の間、ほかの一方は勝手で、奥に板戸の大きな押入のついた寝所らしい部屋があった。窓にはみな半蔀《はじとみ》がつき、勝手の棟から柾屋根を葺きおろして、そこが吹きぬけの風呂場になっているらしかった。

囲炉裏には黒く煤けた竹筒の自在鍵がかかり、手焙《てあぶ》りは粗末な今戸焼、床の間には木の根ッこの置物が一つあるだけで、香炉にも柱掛《はしらかけ》にもへんに茶がかったものはいっさい無かった。

囲炉裏に三方から囲むようにして坐ると、老人は茶釜から茶を汲み、すすめるでもなくすすめぬでもなくそれを炉端へ置きながら、

「いま鳴いておりましょう。あれは夜鶯《ロシニョール》です。欧羅巴でもチロルあたりまで行きませんと、このごろはなかなかロシニョールはきかれません」

余談的なことをながながといってから、だしぬけに、

「さきほどの鶴の話ですが、あれを食べてしまうことはごかんべんねがわれませんか。たぶんご承知のことと思いますが、わたしの孫が横浜で空襲にあい、生きているのやら

死んでいるのやら今日まで消息が知れません。生きているなら、どうしたって帰って来ぬわけはないのですから、これはもう、死んだものとあきらめるほかはないのですが、あの鶴は、横浜の空襲の後、間もなく庭へまいりまして、そのままずっと居付いておりますが、わたしにはあの鶴が滋の身代りのように思えてなりません。滋が死んで鶴になったともかんがえませんけれども、なんとなくそんな気がいたしましてね。それで、お償いしてすむものならどのようにも償いいたしますが、土井さん、いかがでしょう。あの鶴をゆるしていただくわけにはまいりませんでしょうか、いろいろお察しくださいまして、おききずみねがいとうございます」

参亭は顔を赧らめて、

「そういうことでございましたか。存じませんことで、たいへんな失礼をいたしました」

といって頭をさげた。

「失礼したとおっしゃるのは、おゆるしくださるという意味なのでしょうか。馬鹿な念を入れるようですが、はっきり伺っておきませんと、安心がなりませんので」

「ゆるすもゆるさないもありません。つまらぬことでお騒がせして、恐縮でございました」

老人はおだやかな顔のまま、

「わたしは鶴は滋の身代りだと申しましたが、それでも鶴をゆるしていただけますのでしょうか。どうぞ言葉を重ねずに、ひと言で返事をおきかせねがいとうございます」

参亭はなにかいいかけたが、すぐ思いかえしたように口をつぐむと、手を膝に置いたままましずまりかえってしまった。老人は夜鶯《ロシニョール》の声をききすますように、夕月の光のさしかけた半蔀のほうをながめていたが、すこし座を下って畳の上に両手をつくと、

「鶴に罪はありません。こういう不幸にたちいたりましたのは、みなわたしの我儘頑固から起りましたことで、それにつきましてはこのとおり手をついておわびいたします。鶴はこの冬、越後で雪にあって長ながく患い、その後も心細く暮しているように聞いております。おゆるしいただけましたら、さぞ鶴もよろこぶことだろうと思いますが」

というと、顔をあげてじっと参亭の眼を見た。

三

風よ惜しめ、一つこもり居る薔薇の紅、という参亭の句の中に、たしかに若い女のひとがいると冬木郎ははじめから感じていたが、冬女氏は横浜の空襲で死んでしまったものと、そちらへばかり考えがかたむいていたのでそれをそうと読みとることが出来なか

った。籠り居るという以上、これは冬薔薇にちがいないので、すると薔薇の紅は冬女氏なのだとすぐ疎通しなかったのがふしぎなくらいだった。きょうの鶴鍋はなにか複雑な含みがあるのだと察してはいたが、こういう発展のぐあいから推すと、参亭はいまいうにいわれないむずかしい立場にあるのだと思われ、眼を伏せてしずまっている参亭の肩の瘠《や》せが急に痛々しく見え立ってきた。

いつまでたっても参亭がなんともいわないので、老人はあきらめたのか手を膝へ戻して、

「横浜へまいります前日、妙滋大姉《みょうじだいし》がいろいろと申しましたが、その結婚は絶対に不賛成だったので、あくまでも反対いたしました。わたしがあまりわからないことばかりいうので愛想をつかして、それでわたしを捨てることに決心したのだろうと思います。ちょうどああいうひどい空襲のあとですから、失踪いたしますと無籍準死《むせきじゅんし》の人間になってしまうということは承知していたのでしょう。妙滋大姉としては、むしろ無籍の人間になって引取っていただくのがのぞみだったのでしょうが、お引取ねがえませんでしたそうで、それで越後の高田の在に乳母がまだたっしゃでおりますところから、それを頼って越後へまいりましたのだそうです」

いよいよ感情の翳のささぬ淀みのない調子になって、

「妙滋大姉はいちどお逢いくださるようにと、越後からたびたびお手紙をさしあげたのですが、そういう不分明なことは出来ないとおっしゃって、とうとういちどもお逢いくださらなかったというようなことも聞きました。わたくしはこういうひねくれものでございますから、やすやすと信じる気にはなれませんので、いろいろ手をつくして調べさせましたが、微塵の嘘もございませんで、まことにお立派ななされかただとお見あげ申した次第でした」

老人はふくよかな顔つきで茶碗をとりあげると、掌のうえで糸底をゆっくりとまわしながら、

「わたしはすぐにもおたずねしてつくづくお詫びをいたしたいと思いましたが、申そうにも言葉もない次第で、なんといいましても一人はすでに故人だという入訳《いりわけ》もありまして、間にひとを入れるようなことにもまいりません。きょう庭でお見かけいたしましたので、お詫びとまではなく、せめて心のほどだけをおうちあけしたいと思いましたが、さまざまとお戯れのようすなので、ご本意もはかりかねて当惑いたしました。さきほど鶴鍋などとおっしゃいましたが、かねて伺っておりますところでは、ああいうお戯れをなさるお人柄ともぞんじられません。きょうわざわざおいでくださいましたのは、どういうご趣意だったのでございますか」

といいながら、参亭のほうへおだやかな笑顔をむけた。参亭は釣りこまれたようにニコニコ笑いだして、

「先日、新潟からお手紙をいただきました。この長いあいだ辛抱していたが、もうどうしても我慢が出来ないので、よそながらひと眼老台の顔を見に行くことにしたが、ああいう不孝のあとなので、とても構内《かまえうち》へ入りこむことが出来ない。池の汀の蘆《あし》の間にしゃがんでいるから、老台をそこまでひきだしてもらいたいと、まあ、こういうことでした。なにしろまだご昵懇を得ておりませんことですし、めったに庭先などへお出にならないように伺っておりますので、わたしも困りはてましたが、ご心情を察しますと、なんとしてもかなえてさしあげたいと思いまして、それでああいう馬鹿なことをいたしました」

老人は思わずというふうに顔をゆるめて、

「そういうわけだったのでございますか。するとあのとき、誰か蘆の間にひそんでいたのでございますね」

「きょうの午後、上野へ着かれるとすぐお電話をいただきました。この上京はもっぱらそのためだけのように伺っておりますので、大切な折をおはずしになるようなことはなかったろうとぞんじます」

老人はちょっと頭を低めて、

「わたしがお礼をいう筋ではありませんから、なにも申しあげませんが、それほどにしていただきまして、さぞかし故人も恐悦したことだったでしょう」

冬木郎へも軽く目礼すると、いつとなく笑顔をおさめて、

「またさきほどのくりかえしになりますが、妙滋大姉もあなたのおいいつけどおり、この一年の間、越後の雪の中で謹んでおりまして、相当むずかしいところもやりとおしたように見受けられますので、そこまでなすってくだすったついでに、いっそ越後からお迎い取りくださるわけにはまいりませんのでしょうか」

参亭は、はッと頭をさげて、

「さきほどからさまざまご懇情をいただきまして、ありがたくぞんじておりますが、わたくしのほうにもひとつおねがいがございますのです」

「それはどういうことでございましょうか」

「どんな事情がありましょうとも、ただ一人の肉親を捨て去るというのは、これは由々しいことでして、あなたさまといたしましては、ゆるしがたくお思いになっていられることとぞんじますが、あの方もそのためにいろいろとお苦しみになり、十分にむくいも受けていられるのでございますから、それにめんじて、まげてもとどおりにお戻し

ねがいたいのでございます」

老人は脊筋を立てると厳しい顔つきになって、

「せっかくのお言葉ですが、滋はもうこの世にはおりませんので、冥途におるものをわたしがゆるすといってみたところで、戻れるわけのものでもございますまい。わたしがあなたにおねがいいたしますのは、ああして肉親を捨て、そのうえまたあなたに見放されたのでは、さぞ辛かろうと思ってそれでおねがいいたしますので、わたしのゆるすゆるさぬなどとは別なことにしていただきましょうです」

参亭は顔に血の色をあげて、

「わたくしはあの方を愛しておりますので、そばにいていただきたいと思わないこともございませんでした。しかし、それでは翳りのある暗い人生になりますので、それはいたしませんでした。東京と新潟に別れてつらい辛抱をしておりましたのは、あの方をお戻しねがいたいというそれだけのためでしたが、どうしてもならぬとおっしゃるのでしたらおゆるしの出るまでこのままでいるほかはございません」

老人は森閑と考え沈んでいたが、眼をあげると急に晴れやかな顔になって、

「それで滋はいまどこにおりますのでしょう」

とたずねた。

参亭はまじまじと老人の顔を見かえしながら、

「わたくしはぞんじません。夕方の汽車ですぐ新潟へ帰られるようにいっていらっしゃいましたから、いまごろはたぶん上野の駅にでもいられるのではないでしょうか」

と静かな声でいった。

老人は笑って、

「わたしの粗忽です。まだおゆるしはいただいていないのですからあなたにおねがい出来る筋ではございませんでした」

そういって、冬木郎のほうへ膝をむけると、

「どういうご関係の方かぞんじませんがたぶん土井さんとお親しい方とお見受けいたします。唐突でごめいわくでもありましょうが、卒爾《そつじ》ながら仲人をおねがいいたします。滋を探して池の汀までお連れ下さるわけにはまいりませんでしょうか」

冬木郎はうなずいて、

「それはいまわたしのほうからおねがいいたそうかと思っておりましたことです。それで、門はどちらの門からお入れしましょうか」

「これはどうもご念の入ったことで、今日は、表門ではなく、裏のくぐりからお入れくださいまして池の乱杭石のあたりへおとめ置きねがいます」

「時刻は、何時といたしましょうか」

「只今、七時でございますから、では、正十時ということに」

「たしかに、承りました」

蘆の葉先が雲のようにもやい、茫々とした池の面が薄光りしながら鱗波をたて、差し水か、湧き水か、しっとりと濡れた乱杭石のそばの葎《むぐら》の中に、紋服に袴をつけた参亭と薄袷の冬女氏がしずかに立っていると、遠い向う岸に提灯の光が見え、それが池の縁について大きく廻りながらだんだんこちらへ近づいてきた。

老人は左手に家紋入りの提灯を、右手に白扇を持ち、二人の前までくると荘重に白扇をかまえて、

「ようこそ、お帰り」

と錆のある声でいった。冬女氏は低い声で、

「おじいちゃん」

というと肩を震わせて泣きだした。

無月物語

一

後白河法皇の院政中、京の加茂の河原でめずらしい死罪が行われた。

大宝律には、笞《ち》、杖《じょう》、徒《ず》、流《る》、死《し》と、五刑が規定されているが、聖武天皇以来、代々の天皇はみな熱心な仏教の帰依者で、仏法尊信のあまり、刑をすこしでも軽くしてやることをこのうえもない功徳だとし、とりわけ死んだものは二度と生かされぬというご趣意から、大赦とか、常赦とか、さまざまな恩典をつくって特赦を行うのが例であった。死罪者は別勅によって一等を減じて流罪に処せられるのはもちろんだが、そのほかの罪も、流罪は徒罪に、徒罪は杖罪ということになってしまうのである。また検非違使庁《けびいしちょう》には、布十五反以上を盗んだものは、律では絞《しば》り首、格では十五年の使役という擬文律があるが、それでは聖叡にそわないから、死罪はないことにし、盗んだ布も使庁のほうで十五反以内に適宜に格下げして、十五年の徒役が半分ですむように骨を折ってやる。強盗が人を殺して物を盗んでも、盗んだ品だけを問題にして、人を殺したほうにはなんの刑科もない。法文は法文として、実際においてこの時代には死刑というものは存在しなかったのである。その後、文治二年に北条時政が検非違使にかわって京の名物ともいうべき群盗を捕まえ、使庁へわたさずに勝手に斬ってしまった。これは時政の英断なので、寛典《かんてん》に流れた格律に目ざましをくれたつもりだったが、朝廷ではむやみに激怒して、時政を鎌倉へ追いかえすのどうのというさわぎになったような世だから、死刑そのものがめずらしいばかりでなく、死刑される当の人は、中納言藤原泰文《やすぶみ》の妻の公子《きんこ》と泰文の末娘の花世《はなよ》姫で、公子のほうは三十五、花世のほうは十六、どちらも後々《のちのち》の語草になるような美しい女性だったので、人の心に忘れられぬ思い出を残したのである。

公子と花世姫の真影は光長の弟子の光実《みつざね》が写している。光実には性信親王《しょうしんしんのう》や藤原宗子のあまり上手でもない肖像画がたくさんあるが、この二人の真影は光実の生涯におけるただ一つの傑作であろう。

刑台に据えられた花世が着ている浮線織の赤色唐衣《からぎぬ》は、最後の日のためにわざわざ織らせたものだといわれるが、舞いたつような色目《いろめ》のなかにも、十六歳の気の毒な少女の心の乱れが、迫るような実感でまざまざと描きこめられている。

長い垂れ髪は匂うばかりの若々しさで、顔の輪郭もまだ子供らしい固い線を見せているが、眼《まな》ざしはやさしく、眼はパッチリと大きく、熱い涙を流して泣いているうちに、ふいになにかに驚ろかされたといった、どこか霊性をおびた単純ないい表情をしている。公子のほうは平安朝季世《きせい》の、自信と自尊心を身につけた藤原一門の才女の典型で、膚の色は深く沈んで眉毛が黒々と際立ち、眼は淀まぬ色をたたえて従容と見ひらかれている。肥《ふと》り肉《じし》の豊満な肉体で、瘦せて霊的な花世の仏画的な感じと一種の対照をなしている。

いまの言葉でいえば、二人の罪は「尊族殺」の共同正犯というところで、直接に手こそ下さなかったが、刺客を本業にしている雑武士《ぞうざむらい》を邸へ呼びこみ、尻込みするのを左右から鞭撻して、花世にとっては親殺し、公子にとっては夫殺しの大業をなしとげたのである。あえて当時の律によるまでもなく、尊族殺が死罪になるのはいうまでもないことだが、比類のない不幸と戦いぬいた、この美しい元気な娘が死刑になるなどとは、誰一人思ってさえいなかった。

寛典に馴れて甘やかされた考えからではなく、妻と娘に殺された、父にして夫なる当の中納言藤原泰文は、かねて放埒無残な行いが多く、極悪人といわざるも、不信心と不徳によって知られた定評のある人物で、名を聞くだけでも眉を顰《しか》めるものが少くなかった。のみならず、その妻と娘に現在の父、そうして夫である男を殺させるようにしたのには、徹頭徹尾、泰文のほうに非があるのであって、二人の女性は無理矢理おしつけられ、やむにやまれずそうした手段をとったものである。公平な立場に立てば、公子と花世に罪があるかどうか容易に判定しかねるような性質のものだったから、当然、この二人は寺預けか贖銅《しょくどう》(罰金刑。少々、高くつくであろうが)ぐらいですむはずだと、誰もみな安心しきっていたのである。

従三位《じゅさんみ》藤原ノ朝臣《あそん》泰文は「悪霊民部卿」という忌名《いみな》で知られている藤原ノ忠文《ただぶみ》の四代の孫で、弁官、内蔵頭を経て大蔵卿に任ぜられ、安元二年、従三位に進んで中納言になった。比叡の権僧正《ごんのそうじょう》である弟を除くと、兄弟親族はみなほとんど兵部《ひょうぶ》に関係した職についていたが、泰文だけは異例で、若いころから数理にすぐれて、追々《おいおい》、大学寮の算博士《さんはかせ》も及ばないような算道の才をあらわした。大蔵卿になってからは、見捨てられていた荘園の荒蕪を処理して宮廷の収入を一躍倍にするという目ざましい手腕を見せたが、その間に抜目なく私財も積み、なお深草の長者太秦《うずまさ》王の次女の朝霞子《あかこ》を豊饒な山城十二ヶ所の持参金つきで内室に入れるなど、ようやく三十になったばかりで、藤原一門でも指折りの物持になり、白川のほとりに方三町の地幅をとって、そのころまだ京都になかった二階屋の大第《だいてい》をかまえ、たいへんな威勢だったが、忠文の悪名は泰文の代になってもまだ消えず、そのためにだいぶ損をした。

忠文はそのかみ将門《まさかど》追討の命を受けて武蔵国へ馳せ下ったが、途中で道草を食っているうちに、といっても余儀ない事情によることだが、将門は討ちしずめられ、なんのこともなく京へ帰還した。忠文としてはそれはそれなりに大いに働いたつもりだったが、大納言実頼の差出口で恩賞が沙汰やみになったことを死ぬまで怨んでいた。臨終の床で、

「かならず怨みをはらしてみせる」

などと言わでもの怨みをいうあきらめの悪い死にかたをしたが、忠文が死ぬとすぐ、実頼の息子や娘がつぎつぎに変死した。

平安朝の中期は、竜や、狐狸《こり》の妖異《ようい》や、鳥の面《つら》をした異形の鬼魅《きみ》、そのほか外道頭《げどう》とか、青女《あおおんな》とか、そういった怪物《あやしもの》が横行濶歩する天狗魔道界の全盛時代で、極端に冥罰《めいばつ》や恠異《かいい》を恐れたので、それやこそ忠文の死霊の祟りだということになって、以来、忠文を悪霊とか悪霊民部卿とかと呼びならし、忠文の一族を天狗魔道の一味のように気味悪がり、泰文が異常な数理の才にめぐまれていることまで、天狗の助けでもあるかのようにいいふらした。

泰文はこれも面白いと思ったのか、どこかの家で慶事があるとかならず出掛けて行って、

「悪霊民部卿、参上」

と、中門口《ちゅうもん》に立ちはだかって、無類の大音声《だいおんじょう》で見参する。稚気をおびた嫌がらせにす

ぎないが、輿入れや息子の袴着祝などにやられると災難で、大祓《おおはらい》をするくらいでは追いつかないことになる。

泰文は中古の藤原氏の勇武をいまに示すかのような豪宕《ごうとう》な押出しで、とりわけ声の大きいので音声《おんじょう》大蔵といわれていたが、一般に、泰文という人間から受ける印象は底知れない薄気味悪いもので、逢魔ケ時のさびしい辻などではあまり逢いたくないような、なんともつかぬ鬼気を身につけていた。外道頭といって、大入道で、手足が草の茎のように痩せた化物が、夕方通りすがりに血走った大眼玉でグイと睨みつけて行く。それがしの中将などはそれで驚死したということだが、つまりはそういった感じである。いつも眠むそうに眼を伏せているが、時折、瞼をひきあげると、ぞっとするような冷い眼付で相手を見た。武芸に自信のある手練者も、泰文の冷笑的な眼付でジロリとやられると、なんとなく勝手がちがうような気がして、手も足も出なくなってしまう。当代、泰文ほど人に憎まれた男もすくないが、ただの一度も刀杖《とうじょう》の厄を受けず、思うぞんぶんに放埒な所業をつづけられたのは、そのへんに謂《いわく》があるとみていい。

凡下《ぼんげ》や一般の庶民は別として、公家堂上家の生活は風流韻事《いんじ》に耽けるか、仏教の信仰にうちこむか、いずれにしてもスタイルが万事を支配する形式主義の時代だったが、そういうなかにあって、泰文はたしかに一風変った存在だった。詩にも和歌にも、わかりもしない文学じみたことは一切嫌い、琵琶や笛の管絃の楽しみも馬鹿にして相手にせぬばかりか、かつて自分の手で拍手《かしわで》を打ったことも、自分の足を寺内へ踏みこませたこともないという徹底した無信心で、そのためにも評判を悪くした。実際よりも何倍かひどい誤解を受けつづけたのは、そういうひねくれ根性のせいだったが、そのくせ侮辱にたいしてはおそろしく敏感で、馬鹿にされたと感じると、三月ぐらいの間に刺客をやって、かならず相手を殺すか傷つけるかした。

　このほかにも泰文には人の意表に出るような奇怪な振舞が多かった。泰文の身体のなかに陳腐な習俗に耐えられない、ムズムズする生物のようなものがいて、新奇で、不安な感覚を与えてくれるような事柄にたえず直面していないと生きた気がしないといったように、恥も情《なさけ》もなく、野性のままの熱情をむきだしにして、奔放自在にあばれまわっていた。衒勇《げんゆう》を振うことも趣味の一つであった。当時、京から大津へ出る美濃路の口にあたる粟田口や逢坂越《ごえ》には、兇悪無慙な剽盗《ひょうとう》がたむろしていて、昼でも一人旅はなりかねる時世だったが、泰文は蝦夷《えぞ》拵《ごしら》え柄曲《えまげ》の一尺ばかりの腰刀を差し、伴も連れずに馬で膳所《ぜぜ》の遊女宿へ通った。遠江《とおとうみ》の橋本宿は吾妻鏡にも見える遊女の本場だが、気がむけばそのまま遠江まで足をのばすという寛濶さで、馬が疲れると自分のを捨てて通りがかりの馬をひったくり、群盗の野館《のだち》のあるところは、

「中納言大蔵卿藤原ノ泰文」

と名乗りをあげて通って行く。声の大きなことは非常なもので、賊どもは気を呑まれて茫然と見送ってしまうというふうだった。

また泰文は破廉恥な愛欲に特別の嗜好を持っていた。すまし顔の女院や上﨟《じょうろう》などは目もくれない。遊興はすべて下司《げす》張った、刺戟の強いほうが好ましい。醍醐《だいご》の花見や、加茂の葵祭、勧学院《かんがくいん》の曲水の宴、さては仙院の五節舞《ごせつのまい》などというありきたりな風流ごとにはどうしてもなじめない。宿場の遊女を単騎で征伐に出かけるのも仕事の一つだが、そのほか毎夜のように邸を抜けだして安衆坊の散所へ出かけて、乞食どもと滓湯酒《かすゆざけ》を飲みわけたり、八条猪熊で辻君を漁ったり、あげくのはて、鉢叩や歩き白拍子《しらびょうし》を邸へ連れこんで乱痴気騒ぎをやらかす。恋の相手も、従ってまともな女どもでは気勢があがらない。大臣、参議の思いものや、夫婦仲のいい判官や府生《ふせい》の北ノ方、得度したばかりの尼君、というふうにむずかしければむずかしいほどいいので、これと見こんだら、尼寺の築泥《ついじ》も女院の安主《あんじゅ》も、泰文を食いとめることができない、かならず奇怪な手段で成功した。

二

泰文には、文雄、国吉《くによし》、泰博《やすひろ》、光麻呂の四人の息子と、葛木、花世という二人の娘があったが、頸居《くびすえ》というお七夜の祝儀に立合っただけで、それぞれ奥の離屋へ捨ててしまった。子供というものは泰文にとっては、わけのわからない、手のかかる、人に迷惑をかけることを特権と心得ているうるさいやつで、男の子は学資をかけて大学寮を卒業させなければ七位ノ允《じょう》にもなれず、女の子は女の子で、莫大な嫁資をつけなければ貰ってもらえぬという不経済極まる生物《いきもの》ぐらいにしか思っていなかったのだろうか、そういう勘定はぬきにして、自分のことで忙しすぎるので、子供のことなどはすっかり忘れてしまったのである。

朝霞が泰文のところへ輿入れしたのは十六の春で、十年のあいだに六人の子供を生んだ。朝霞がどういう顔だちの婦人だったかわかっていない。花世が母親似だとしたら、朝霞という女は当時としては美人の部類に入るくらいのことはあったろうと想像されるが、朝霞というひとも朝鮮から移ってきた秦氏の血をうけ、外来民特有のねばり強い気質をもっていたようである。泰文が朝霞を迎えたのは、大金持の娘と結婚するという功利的な打算から出たことで、女体にはたいした興味がなく、朝霞のほうも当然のことと諒承して、毎夜のように対ノ屋で演じられる猥《ろう》がわしい馬鹿さわぎを眺めても怨みがましいようすもせず、庭の北の奥に一劃だけ分離している葵ノ壺という別棟で、ひっそりと六人の子供を育てながら、庭の花のうつりかわりを見て、時がすぎていくという感覚をおぼろに感じる、植物さながらの閑寂な日々を送っていたのである。

　泰文は吝嗇というのではないが、徹底した自己主義者で、金銭のことにかけては前例のないほどキッパリした割切りかたをし、子供の一代に金をかけることなどになんの意義も感じていなかった。あるだけの金は自分ひとりのもので、子供らなどに使われるのはこのうえもない損だと思っているふうで、子供にかかる費いなどは青銭一枚出すのではなかった。朝霞は父や兄から泰文の評判をきき、おおよそそんなことだろうと見こみ、嫁資のほかに自分の身につくものをこっそり持ってきたので、子供たちの養育費はすべてその土地のあがりから出していた。

　それはよかったが、子供たちが大きくなり、上の三人の男の子を大学寮へ送らなければならない齢がすぎかけているのに、泰文はなにも言いださない。今年は今年はと、隠忍して待っていたが、辛抱しかね、ある日、おそるおそるそのことを切りだした。

　泰文は羅の直衣《ひとえ》を素肌に着、冠もなしで広床の円座にあぐらをかいていたが、

「お前のいう子供とは、いったい誰の子供のことか」

と欠伸《あくび》まじりに聞きかえし、それが自分の子供らのことだと諒解すると、雷にでもうたれたような顔をした。

　なるほど自分には何人か子供がいたようだと、それでようやく思いだしたらしかった

が、なにかまた忙しい思いつきがあるのだとみえ、いいようにしたらよかろうと、あっさり話をうちきってしまった。その翌年、長男の文雄が省試の試験に及第して秀才の位をとったという話をよそで聞いたが、フトそれらの学資はいったいどこから出ているのかと疑問をおこした。もし家計のなかから朝霞がひねりだしていたのだったら、ゆるしがたいことなので、帰るなり葵ノ壺へ行って問いつめると、朝霞はやむなく身付きの自領の上りから払っていたことを白状した。泰文は無気味な冷笑をうかべて、それはもともと嫁資の一部をなしているはずのものだから、こちらの領分へとりこむが、そのほかの隠し田をあるだけさらけださなければ、童めらを勘当すると脅しつけた。

そのころ泰文は東山の八坂の中腹に三昧堂のようなものを建てた。有名な無信心者がどういう気で持仏堂など建てたのか。招かれたある男が可笑がって笑うと、泰文は堂の縁端まで連れて行って眼の下の墓地を指さし、

「あれはうちの墓地だが、童めらが一人残らずあそこへ入ったら、おれはここに坐ってゆっくり見物してやるのだ。そのための堂よ」

と笑いもせずにいった。

その男は泰文は隠居して、自分の子供らの墓を縁から見おろしてやるという奇怪な欲望からそういう堂を建てたということを了解して呆気にとられたが、あわれをとどめた

のは仕送りを断たれた三人の息子で、長男の文雄だけは方略の論文を書いて試験に及第し、河内の国府の允になって任地へ発つ運びになったが、二男の国吉は灯心売りになり、三男の泰博は二条院の雑色になって、乞食のような暮しをしていた。泰文のやりかたがあまりひどいので、親戚のものどもも見るに見かね、関白の基房を通じて法皇のご沙汰をねがった。法皇も呆れて、二人の子供を見てやるようにと注意したので、泰文は渋々子供の学費を出すことに同意したが、基房の差出口がよくよく癇にさわったとみえ、間もなくひどいしっぺい返しをした。

祇園《ぎおん》の八坂の社《やしろ》の東南のあたりに後白河法皇の寵姫が隠れていた。江口の遊女で亀遊といい、南殿で桜花の宴があったとき、喜春楽を舞って御感《ぎょかん》にあずかったという悧口者で、世間では祇園女御と呼んでいたが、毎月、月始めの三日、清水寺の籠堂でお籠りをすることを聞きつけると、走水の黒鉄という鉢叩きに烏面《からすめん》をかぶせ、天狗の現形《げんぎょう》で籠堂の闇に忍びこませて通じさせたうえ、基房の伽羅の珠数をそばに落してきた。亀遊は基房の珠数を見知っていたので、むずかしいことになりかけたが、走水の黒鉄が捕まったので、すべて泰文の仕業だったことがわかった。黒鉄は磔木《はたもの》に掛けられてさんざんに打たれたが、泰文の後楯があると思っているのか、いっこう平気な顔で、「ほとほとに（女洞の掛言葉）舟は渚に揺《ゆる》るなり、あしの下ねの夢ぞよしあし」などと猥《ろう》がわしい和歌を詠み、面憎いようすだった。

後白河法皇の院政中は、口を拭っておとなしくさえしていれば、なにをしてもゆるされた寛大な時代だったが、泰文の放埒はいささか度をこえているので、法皇も困りきり、都離れのしたところでしばらく潮風に吹かれてくるがよかろうと、泰文を敦賀ノ荘へ流すことにした。

あばれだすかと思っていた泰文は、意外に素直に勅を受け、二十騎ばかりの伴を連れて宇治の平等院でひとしきり水馬《すいば》をやったうえ、一糸纏わぬすッ裸で裸馬に乗り、京の大路小路を練りまわしたうえ、悠然と敦賀へ下って行った。

泰文が京にいなくなると、魔党畜類《まとうちくるい》が姿を消したような晴々しさになり、二人の息子は白川の館へ帰り、一家団欒して夢のように楽しい日を送っていた。ある日、ちょうど長男の文雄も上洛して曹司《ぞうし》にいたが、長女の葛木姫が、

「父君がいなかったら、なんとまあ毎日が楽しいことでしょう」

と思いこんだようにいった。

それはみなの心にあって口には出さずにいたことだったが、こういう日々が永久につづけばいいというのは誰しもが願うところだったので、文雄が、

「父帝《ちちみかど》（後白河法皇）へお願いしてみよう」

といい、このうえとも泰文が家名を傷つけぬよう、京へ帰さずに長く敦賀へとめおかれるようにという願文をつくり、兄弟三人の連名で上書した。

ところで泰文のほうは、こんなことでおめおめひっこんでいるわけはなかった。関白基房は基道の伯父で、基実が死んだとき基道が小さかったので摂政になったが、基道の義母は清盛の女の盛子で平氏と親戚関係になっていることから、基道にたいする清盛のひいきが強く、基房はあるかなしかの扱いを受けていた。泰文はこういう機微をのみこんでいるので、そのとき五位ノ侍従だった基道の筋に途方もない金を撒いて流罪赦免の運動をした。清盛は些細な罪で有能な官吏を流罪するなどは当をえた政治と思えないと妙な理窟をこねだし、基道を突ついてしつっこく法皇にせっつかせた。気の弱い法皇はうるさいのでまいってしまい、いいなりに赦免状を出したので、ろくろく敦賀の景色も見ないうちに京へ呼びかえされることになった。泰文は外道頭そっくりの異形な真額に冠をのせ、逢坂あたりまで出迎えた、鉢叩き、傀儡師《かいらいし》、素麺売などという連中に直衣を着せ、なんと形容のしようもない異様な行列をしたがえて入洛すると、馬を早乗りにして白川の邸へ馳せ戻った。

誰が告口したのか、伜どもが連書して法皇に不届きな願をしたことを耳にしていたらしく、すごい形相で式台に上ると、長い渡廊から廊ノ間、対ノ屋の広間と、邸じゅうを馳けまわって伜どもを探したが、国吉と泰博は下司の知らせで、逸早く邸から逃げだしたので、きわどい瀬戸で助かった。

二人はまた食うあてがなくなり、以前よりいっそうみじめな境涯に堕落して、安衆房の散所で人にいえぬようななりわいをしてかすかに命をつないでいたが、国吉はその冬、馬宿《うまかた》と喧嘩して殺され、泰博は翌年の春、応天門の外でこれも何者かに斬られて死に、二男と三男は泰文の望みどおりに持仏堂の下の墓へ入った。

泰博が殺されたとき、さる府生《ふせい》が役所で悼《くや》みをいうと、泰文は、

「やっと二人だけだ。祝辞を述べてもらうにはまだ早い」

と毒々しいことをいったということである。泰文ほど上手に刺客を使う男も少ないので、国吉と泰博は泰文が人をやって殺させたのだという風説が当時あった。「京草子」の作者も、それらしいことをにおわせているが、これは信じにくい。

泰文は時流に適さない魁偉な容貌をしているので、ことさらに残酷なことを好む変質者のように見られているが、人をやって自分の子供を殺すようなことまではしなかったろうと思われる。稚気に近い粗暴な振舞いや、思いきった悖徳《はいとく》無残な言動が多く、妻や子供らに酷薄な所業をしたが、それは考えるような悪質なものではなく、うちあけたところ、なにか変ったことをしでかして、同時代の人間をあっといわせたいという慾求か

ら出ているのだと見る向きもある。残忍も無慈悲も、おのれを見せびらかし、自分というものを世間にしっかり印象づけたいという執念によることなのであるから、風説どおりに人をやって自分の子供たちを殺させたのなら、泰文がそれを吹聴もせずにおくわけはないからである。

三

国吉と泰博が陋巷《ろうこう》で変死したとき、葛木は十八、花世は十一、四男の光麻呂は六つだったが、伜どもの願書の件以来、泰文は猜疑心が強くなり、子供らをいっしょにしておくとろくなことをしないとでも思ったのか、葛木と光麻呂をひき分けて東の台で寝起きさせるようにした。それでも朝霞は世をはかなむこともせず、出世間《しゅっせけん》の欲もださず、いつかまた葛木や光麻呂に逢える日のあることを信じて、花世と泰文の遠縁にあたる白女《しらめ》という側女《にょうぼう》を相手に、蔀《しとみ》もあげずに、一日中、写経ばかりしていた。

そういうわびしい明け暮れに、泰文の従弟の保平が十八になる保嗣《やすつぐ》という息子を連れて安房の北条から出てきた。保平はもと山城の大掾《だいじょう》をつとめ、太秦王などとも親しく、朝霞との間にもなにがしかの想いがあったもののようである。保平が安房へ引込んだのが、朝霞が泰文のところへ輿入《こしい》れした直後だったことなどを思い合わせても、保平の側に相当な遺憾があったのではないかといわれている。こんどの上洛は安房から出た砂金や、土産の鹿毛や、少からぬ土産があったので、泰文は保平の親子を釣殿に住ませ、下にもおかぬような歓待をしたが、側女の白女が曹司へ出てとりもちをしているうちに、どこか野趣をおびた、保嗣の公達振《ぶり》にうたれてもの思いに耽けるようになった。これでもれっきとした藤原一門の女だから、朝霞さえ後楯になってくれれば、保嗣への恋もものにならないものでもない。それにはまず朝霞の心を摑んでおくにかぎると浅墓《あさはか》な才覚をし、側見するところ、保平は口にこそ出さないが、いまだに朝霞のことを忘れかねて悩んでいるらしいというようなことをいって朝霞の気持をそそりたてた。

そんなことを言われるまでもなく、朝霞にとって保平は幼な馴染みのなつかしい人間で、心のやさしいことも身に沁みて知っており、ひょっとしたら泰文にでなく保平に嫁いでいたかもしれないという微妙な思いがあったので、釣りこまれたわけでもあるまいが、つい白女に本心をもらしてしまった。白女はこれで朝霞の退引《のっぴ》きならぬ弱身を摑んだと思い、正面切って保嗣に働きかけたが、保嗣は冷静で賢い青年だったので、ここでなにかしでかしたら泰文の腰刀の一と突きを食うだけだと、浪花《なにわ》の国府の府生に任官したのをさいわい、事のおきぬうちと、淀から舟に乗ってだしぬけに浪花へ発って行ってしまった。

白女の落胆はたいへんなもので、朝霞をつかまえては嘆きに嘆いた。朝霞のほうはおなじ繰言《くりごと》のまきかえしにうんざりし、ある日、たまりかねて素ッ気ないことをいうと、白女は朝霞の冷たい態度から、急に曲ったほうへ解釈した。保嗣が急に浪花へ下ったのは、朝霞が細工して追いだしたのだと一図に思いつめ、うらめしさのあまり、朝霞と保平のことをあることないこと泰文に告げ口した。月のない夜、保平が朝霞の寝殿へ忍んできて夜明けまでいるというようなことから、次第に手のこんだものになり、眼で見るように委曲をつくした。

この間に泰文のほうは、新《あらた》な恋の悦楽にはまりこんでいた。相手は敦賀の国府にいた貧乏儒家藤原経成の娘の公子という女歌人で、父について敦賀に下っていたのが、京へ帰ることになり、敦賀ノ庄を出るときから泰文の道連れになっていたのである。

肉置《ししお》きのいい、天平時代の直流のような豊満な肉体をもち、よく頭のまわる、聡明な女だったが、当代のえせ才女のように文才を鼻にかけて男をへこます軽薄な風もなく、面白ければ笑い、腹をたてれば怒るといった屈託のない性質だった。泰文は女と深いかかりあいをつけるような無意味な振舞いはしない男だが、ウマがあうというのか、公子にはすっかりうちこんで、口実をつくっては、参殿の行き帰りに四条の公子の家の前に車をとめた。そういう事情から、泰文の気持が浮きあがっているので、薹《とう》のたった古女房のことなどはどちらでもよく、白女のいうことなどは身にしみて聞いてもいなかった。

白女としては、朝霞に復讐することだけがただ一つの生甲斐のようになっているので、泰文の冷淡な態度に業を煮やし、外へ出てあることないことに尾鰭をつけて触れまわったものである。閨房の乱は一般の風で、めずらしいことはなにもなかったが、それが泰文の内室ではじまったことをみな痛快がった。泰文にしてやられた女房連や、怨を含んでいた亭主どもは、このときとばかりにはやしたてたので、洛中洛外にこの話を知らないものは一人もないほどになった。奇怪なのは泰文の態度で、湧きたつような醜聞を平然と聞流しにしているばかりか、自分のほうからほうぼうへ出かけて行って、自分が毎日どんな情けない目にあっているかというようなことを言ってあるき、自分の話のあわれさにつまされて泣きだしたりした。この間、泰文という男はなにを考えていたのか、他人にはまったく窺い知れぬことである。ふしぎなのはそれだけではない。保平をそのまま邸に置きながら、保平の家従や僕を車部屋の梁へ吊るし、保平と朝霞の間にどれほどのことがあったのか白状しろと迫った。このへんの心理はまったく不可解である。

最初にやられたのは天羽《あまば》透司《とうじ》という家従で、保平の友人でもあり、打明け話の相手だと思われている男であった。泰文はかねて手なずけていたあぶれ者に天羽の寝所を襲わせて車部屋へひきこむと、いつそんなものを作ったのか、柱に十文字にぶっちがえた磔木《はたもの》に縛りつけてまず鞭で精一杯に撲りつけた。

「本当のことを言ってもらいたい。保平が朝霞のところでなにをしていたか、あなたはよく知っているはずだ」

「私はなにも知らない。この二十日ばかり、保平殿は私を疎外し、打明けたことはなにもいってくれない」

泰文はあぶれ者を呼びこみ、天羽の手首を括り、縄の端を梁の環に通して綱を引かせた。天羽は床から指四本のところまで吊りあげられ、十五分ばかりは頑張っていたが、腕が抜けそうになったところでいった。

「おろしてください。知っているだけのことを言います」

天羽をおろすと、あぶれ者どもを車部屋から追いだし、天羽と二人だけ残った。

「さあ言え」

「保平殿の供をして、北ノ殿の近くへ三度ばかり行ったが、それ以上のことはなにも知らない。と申すのは、明け方まで中庭で待っているのが例だったからです」

あぶれ者が呼びこまれ、天羽はまた梁に吊りあげられた。こんどはすぐ降参した。

「本当のことをいいます。保平殿が奥方とねんごろにしていることはとくに気がついていました。奥方は、毎日のように白女に文を持たしておよこしになり、また見事な手箱を保平殿へおつかわしになりました」

「もうたくさんだ」

泰文は天羽を縛って雑倉《ざつぐら》へ放りこむと、こんどは僕を吊しあげた。

「お前は保平と奥方がなにをしていたか見て知っているはずだ。天羽がそういった。お前はいったいなにをしてくれた。夜の明けるまで二人の傍にいて」

僕は知らぬ存ぜぬといっていたが、腕の関節が脱臼しかけたので、しどろもどろに叫びだした。

「なるほど、私はそういう不都合な時刻に葵ノ壺へ入りました。けれどもお二人の傍にいたわけではありません。じつはそばの局で白女と遊んでおりました」

「言わぬならもう一度吊しあげるだけのことだ」

僕は震えだした。

「もうお吊しになるには及びません。なにもかも申します」

そこへ白女が呼びこまれた。

「お前がねんごろにした女房がいる。こいつの前で、あったことをみな言ってみろ」

「申します。私はお二人の前でさる実景を演じる役をひきうけました。ここにいるこの白女という女房が、そうするように強請いたしたからです。最初に保平さまが下着をとられ、それから奥方が下紐を解かれました」

「よくわかった。お前がいま言ったことをこの紙に書くがいい」

「かしこまりました」

僕は助かりたいばかりにすぐ筆をとったが、肩を痛めているのではかばかしくいかなかった。しかしともかく書きあげた。泰文は誓紙をひったくると、腰刀を抜いて三度僕の胸に突き通し、死にゆくさまを立ったままで冷淡な眼つきで見おろしていたが、僕が布直衣の胸を血に染めてことされると、白女のほうへ向いていった。

「こんどはお前の番だろうな」

「どうぞ命だけは」

白女が狂乱して叫んだ。

「いやいや、そういうわけにはいくまいよ。とんだところを見せものにして、主人の淫慾をそそるとは出来すぎたやつだ。この俺だって、そこまでのことはしないぞ」

そういうと、白女の垂れ髪を手首に巻きつけ、腰刀で咽喉を抉った。白女はむやみに血を出して死んだ。泰文は二つの死骸を芥捨場《ごみすてば》へ投げだし、裏門から野犬を入れて食わしてしまった。そうして置いて、その足で保平の部屋へ行って陽気に酒盛をはじめた。すさまじい絶叫や叱咤の声で、保平は事の成行を案じていたので、どうされることかと生きた空もなかったが、泰文は徹底的な上機嫌で、なにがあったかというような顔をしている。保平はいよいよ薄気味が悪くなって、翌日、なにやかやと言いまわして泰文の邸から逃げだした。京にいる間、刺客を恐れてたえずビクビクしていたが、どうしたのか何事もなく、その秋、命《いのち》つつがなく安房へ帰り着いた。

朝霞のほうはどうだったかというと、このほうも恐れていたようなことはなにも起きなかった。それどころかいままでにないほどのご愛想で、ときどき橋廊下を渡って葵ノ壺へでかけ、調子をはずした大音声で、二時間ばかりずつ世間話をするようになった。朝霞は泰文の気持を忖度しかねて悩んでいたが、そういうことも度重なると、つい心をゆるし、将来の不幸を見越して、子供たちのために別にしてあった……どんなに責められても言わなかった隠し田のありかを白状してしまった。

「これは光麻呂と娘の分なのですから、そこのところをどうぞ」

「わかっている。俺にあずけておけば、悪いようにはしない」

泰文は素ッ気ない顔でうなずいてみせたが、これははじめから予期していたことだったのである。

四

朝霞と保平のいきさつはこれで無事に落着するはずだったが、事件は意外なところから新に掻き起されることになった。

朝霞の兄弟と泰文の弟の権僧正《ごんのそうじょう》光覚《こうかく》は融通のきかない武骨者ぞろいで、こんどの事件の始末のつけかたをあきたらなく思っていた。朝霞は亭主を裏切ったばかりでなく、一族兄弟の顔に泥を塗ったものであるから、泰文がひとりどう諒解をつけようと、こんないい加減なことですまされては、自分らの立つ瀬がないということなのであった。

光覚は壇下《たんか》に尊崇をあつめている教壇師だったが、朝霞の処置をつけてくれないと講《こう》莚《えん》にも説教にも出ることができないので、「朝霞の始末はどうしてくれるのだろうか」と手紙や使いでうるさくいってくるし、朝霞の兄弟は兄弟で、「こう延び延びにされては拷問にかけられるより辛い。一家の名誉が要求することに応じてくれなければ、われわれは衛門《えいもん》を辞するほかはない」などときびしく詰め寄ってくる。

いったいこの頃の北ノ方というものは、奥深いところで垂れこめているうちに、いつ死んだかわからないような死に方をすることが多く、葬いも深夜こっそりとすましてしまうという風で、まったく取るにも足らない存在であった。殊に泰文などときたら、いまあってもう無い自然現象のようなものとしか見ていなかったのだから、朝霞と保平の一件などは、事実だろうと否だろうと、なんの痛痒も感じない。保平の僕と白女を殺したのは、それはそういったもののはずみでそうなったまでのことで、立腹したのでも逆上したのでもなかった。ただうるさいと思うばかりで、手きびしい抗議も軽く念頭を擦過するだけのことだったが、際限もなくせっついてくるので、そんなに朝霞が邪魔なら、尼寺へやるなり殺すなりいいようにしたらよかろうといってやると、では勝手ながらこちらで埒を明けるから悪しからずという返し文が届いた。

それから三日ばかり後の夜、泰文の留守へ朝霞の兄の清成と清経が五人ばかりの青侍を連れてやってきて、朝霞のいる葵ノ壺へ行った。朝霞は褥《しとね》に入っていたが、橋廊下を渡ってくる足音におどろいて起きあがると、長兄の清成が六尺ばかりの綱を、次兄の清経が三尺ほどの棒を持って入ってきたのを見た。

「あなたたちはこの夜更けに、なにをしにいらしたんです」

「気の毒だが、お前を始末しにきた。なにしろこんな因縁になってしまって」

「それは泰文の言いつけなんですか」

「そうだ」

と清経がうなずきながらいった。

「なにかしたいことがあったら言いなさい。ここで待っているから」

「なにといって、べつに。どうせこんなことになるのだろうと思っていましたから」

「それはいい覚悟だ。花世はとなりに寝ているのだろう。むこうへやっておくほうがよくはないか」

「そうですか。そうしてください」

清成が几帳の蔭から花世を抱きあげて出て行ったが、すぐ戻ってきた。

「ではやるから」

「いまさらのようですが、保平とはまるっきりなにもなかったのです」

「そうだろう。しかしこういう評判が立ったのだから、なんともいたしかたがない。あきらめてもらうほかはない」

「わかっています」

「怖くないように帛《きぬ》で眼隠しをしてやる。なあに、すぐすんでしまうから」

「どうでもよろしいように」

清成が几帳の平絹をとって朝霞の顔にかけると、清経が綱を持って朝霞のうしろにまわった。綱の塩梅《あんばい》をして、棒をカセにして締めだしたが、うまくいかないのでべつな綱をとりに行こうとした。足音を聞いて朝霞が顔から帛をとった。

「いったいまあなにをしているんです」

清成がふりかえりながらいった。

「この綱はよく滑らないから、べつなのを探してくる」

そういって出て行った。間もなく車部屋から簾の吊紐をとって帰ってきて、眼隠しをするところからやりなおしたが、その紐もぐあいが悪いかしてまたやめてしまった。

「どうしたんです」

「それもぐあいがわるい」

また綱を探しに行き、棕梠の縄をもってきてそれに燈油をとって塗った。

「こんどこそうまくいきそうだ」

綱はカセの棒にうまく絡んだ。兄弟が力をあわせて一トひねり二タひねりするうちに、事はわけなくすんでしまった。

朝霞の亡骸は用意してきた柩におさめ、青侍どもに担がせてその夜のうちに深草《ふかくさ》まで持って行き、それから七日おいて、泰文のところへ、朝霞が時疫《じやみ》で急に死んだと、実家からあらためて挨拶があった。

「時疫とは、いったいどのような」

「脚気が腹中《ふくちゅう》へ入って、みまかられました」

泰文は薄す眼になって聞いていたが、

「かわいそうな。さぞ痛い脚気だったろう」

と人の悪いことをいった。

朝霞が死んだのは承安三年の十月のことだったが、それから二年ほどなにごともなくすぎた。泰文は相変らず公子のところへ通い、子供らは母のいない葵ノ壺でしょんぼりと暮らしていた。すさまじい扼殺《やくさつ》が行われた夜、葛木と光麻呂は遠い別棟に居り、花世はまだ十一で、眠っていたところを清成に抱きだされたのだったから、三人の子供らは母がそんなひどい死にかたをしたことは露ほども知らなかった。召使どもの言うとおり、深草の実家で病気で死んだのだと信じこんでいたので、心の奥底にある死んだ母の影像は、さほど無残なようすはしていず、母に死なれた悲しみも、月日の経つにつれてすこしずつ薄れ、あきらめて母のことはあまり言いださぬようになった。

母が死んでから二年目のおなじ月に新しい母がきた。前の母は、どちらかといえば、あまり口数をきかない、とりすました冷い感じのひとだったが、こんどの母は、見るからに豊かな、明るい顔だちのよく笑うひとで、前の母より年をとっているくせに、子供らといっしょになって扇引《おうぎひき》や貝掩《かいあわせ》をやり、先にたって蛍を追ったり、草合せのしかたをおしえたり、一日中、にぎやかにしているので、この陰気な邸のなかででも、こんなに面白く暮らせるのかと、呆気にとられるくらいだった。とりわけ敏感な花世には、急に新しい世界がひらけたような思いで、公子が自分を生んだ実の母ではなかったかと、うつらうつらするようなこともあった。

泰文は公子が子供らに馴れすぎるのを面白くなく思っていたが、さすがにそうは言いだしかね、子供らにあたりちらして、わけもなく鞭で打ったりした。泰文の不機嫌の真の原因は、娘たちに相当な嫁資をつけて嫁にやらなければならなくなっていることで、それが頭にうかぶと、むしゃくしゃして、つい苛立ってしまうというわけなのであった。泰文としては、どう考えてもそういう風習と折合をつける気にはならないので、いっそ邸を尼寺にしてしまえとでも思ったのか、葵ノ壺の入口に別に中門をつくり、男と名のつくものは一切奥へ入れぬようにしたが、そういう企てがどれほど浅墓なものかということを間もなく思い知らされた。というのは、姉娘の葛木姫が泰文の眼をぬすんで法皇に嘆願の文を上げたからであった。父は娘を家からだすことを嫌って壺へおしこめ、手紙の行来さえとめている。そればかりか、事ごとに鞭や杖で打つので、辛くてたまらない。嫁入るなり、尼寺へつかわされるなり、ともかくこの苦界からぬけださせるようにしていただきたいと書き、「さく花は千種《ちぐさ》ながらに梢を重《おも》み、本腐《もとくだ》ちゆくわが盛かな」という和歌を添えてつくづくにねがいあげた。法皇はあわれに思って、東宮博士大学頭範雄の三男の範兼を葛木の婿にえらび、一千貫の嫁資をつけ嫁入らせるようにと沙汰された。

一説には、葛木の上書は公子が文案し、和歌も公子が詠んだものだといわれているが、たぶんこれは事実だったろう。おのれを持することの高い、公子のような悧口な女が、どういうつもりで泰文のような下劣な男のところへ後添いに来る気になったのかと、いろいろに取沙汰されたものだが、国吉や泰博のはかない終りや、常ならぬ虐待を受けている子供たちをあわれと思い、朝霞にかわって、泰文のでたらめな暴虐から子供たちを護ってやろうと思ったのではなかろうか。葛木を泰文の邸から出したのは、いわれるように公子の才覚だったとすれば、公子が進んで後添いにきたという意外な行動も、いくぶん説明がつくのである。

そういった状況のうちに、この物語の本筋の事件の起きた治承元年になり、花世は十五、光麻呂は十一の春を迎えた。花世と光麻呂は、母親の面ざしをそのままに受けついだよく似た姉弟で、光麻呂が下げ髪にしているときなどは、姉とそっくりだった。花世の美容については、「かたちたぐひなく美しう御座まして、後のために似せ絵《にえ》などとどめおかましう思ひける」とか「カカル美容(ミメ)ナシ」といったような記述が残っている。薄命な花世の身のすえに同情するあまり、いくぶんの誇張もあるのだろうが、光実の肖像画で見る美しさくらいのことはたしかにあったのにちがいない。

泰文は権勢にかけて捥《も》ぎとられた一千貫のうらみが忘れられず、大酒を飲んではひとりで激発していたが、日に日にたちまさってくる花世の美しさを見ると、後から追いかけられるような気がしてまた落着かなくなった。その後、いろいろと思いあわせ、葛木を家から出したのは公子の仕業ではなかったかと疑いかけていたが、それはそれとして、花世の美しさはなんとしても物騒である。このまま放っておくと、いずれ姉とおなじようなことをやりだすにちがいない。このうえまた一千貫では精がきれる。ともかく悪智慧をつけられないように、公子から離しておくにしかずと思い、花世を二階の殿舎《でんしゃ》に追いあげ、食事も自分で運んで行くという念の入った用心をしていたが、思春の情はなにものの力でもおさえることのできない人性《にんしょう》の必然であって、そのほうを始末するのでなければ、完全におさえつけたという満足はえられないわけだと、放蕩者だけあっていみじくもそこに気がついた。足りないものをみたし、性の満足さえ与えておけば、嫁に行きたいなどという出過ぎた考えを起さず、いつまでも手元に落着いていることだろう。ほしいものを宛てがえばいいといっても、そこらあたりの青侍や下司をおしつけて孕まれでもしては事面倒である。どうしようかと首をひねったすえ、そんならば父親の自分が娘の恋人の役を勤めたらよろしかろう。これ以上安上りなことはなく、手軽でもあり安心でもある、というところへ考えを落着けた。それでさっそく花世を呼び、こんな罰あたりなことをいって丸《ま》ろめこみにかかった。

「お前も、いずれは子をひりだす洞穴《ほらあな》を持っているわけだが、おなじ生むなら、聖人になるような立派な子を生むがいい。父が自分の娘を知ると、生れて来る子供はかならず阿闍梨《あじゃり》になる。聖人はみなそのようにして生れでたもので、母方の祖父こそ、じつは聖人の父親なのだ」

泰文のいいあらわしようもない卑しい眼差にあうなり、花世は子供心ながらに、父がいまどんな浅間しいことを考えているかを感じとってしまった。

「なにをなさろうというのですか」

「だから、おれがその骨の折れる仕事をしてやるというのだ」

「そんなことは嫌でございます」

「欲のないやつだ。父のおれがこういうのだから、否応はいわせない」

理窟ではいけないと知ると、力ずくになった。

五

途方もない話だが、信じられないような奇怪な交渉が夏のはじめまでつづけられていた。抵抗すれば、それこそ息の根がとまるほどひどい折檻をされるので、気の毒な娘はそういう情けない生活を泣く泣くつづけていくほかはなかったのである。

泰文はでたらめな箴言に勿体をつけるつもりか、拍手をうって拝んだり、御幣《ごへい》で娘の腹を撫でたり、たわけのかぎりをつくしていたが、おいおい夏がかってくると、素ッ裸で邸じゅうを横行し、泉水で水を浴びてはすぐ二階へ上って行ったりした。泰文はよほどの善根《ぜんこん》でもほどこしている気でいるらしく、いつもニコニコと上機嫌だったが、だんだん図に乗って、たぶん邪悪な興味から、裸の花世を葵ノ壺へ連れて行き、菊燈台の灯をかきたてて自分と娘のすることを現在の継母にちくいち見物させるようなことまでした。

花世と公子にとっては、地獄にいるような思いがしたことだったろう。この世にあろうとも思えぬ畜道の穢《けがれ》にまみれるくらいなら、いっそ死んだほうがましだと、露見した場合の泰文の仕置を覚悟で、白川の邸で行われている、目もあてられないあさましい行態を日記にして上訴したが、泰文はそういうこともあろうかと抜け目なくそのほうへ手をうっていたので、上書は三度とも念入りに泰文の手元へ送りかえされた。泰文が腹をたてて花世と公子をどんなむごい目にあわせたか、想像するに難くないが、不幸な二人の女は、このうえ一日もこういう生活をつづけてゆくことに耐えられなくなり、どういう手を尽しても、この地獄からぬけだす方法がないことを承知すると、二人で話しあって、とうとう非常手段に及ぶ決心をしたのである。

邸で召次《めしつぎ》をつとめている犬養ノ善世という下部がいた。卯ノ花の汗袗《かざみ》を着て式台に這いつくばってとぼけているが、首筋に深く斬れこんだ太刀傷があり、手足も並々ならず筋《すじ》張っていて、素性を洗いだせば、思いがけない経歴がとびだしそうな曰《いわ》くありげな漢《おとこ》だった。召次の役目柄、男で葵ノ壺へ入れるのはこの男だけだったが、公子はさしあたって善世を手なずけるところからはじめた。あばれだせばむやみに狂暴になる泰文が相手では、どのみち女だけの腕で仕終わせるのぞみはなかったからでもある。

善世は眼の色を沈ませていつもむっつりと黙りこんでいて、なにを考えているのかいっこうに気心が知れず、うちつけにそういう大事を洩らすのはいかがかと思われたが、ほかに便宜とてもないのであるから、ある日、ままよと切りだしてみると、意外なことに、異議なくすぐ同腹してくれた。

うちあけ話を聞くと、犬養ノ善世はもとは鬼冠者といい、伊吹の山にいた群盗の一味で、首の傷は五年ほど前、山曲《やまたわ》の暗闇で泰文とやりあい、腰刀をうちこまれたものだということだった。こうして沓石《くついし》同然の下司の役に甘んじているのは、いつかはうらみをはらしてやろうという覚悟によることである。あなたさまがたにたいする大蔵卿の仕打ちは、かねがね私めも腹にすえかねていたのだから、そういう存念があられるのなら、どのようにもお手助けすると、キッパリとした返事であった。

善世は、近々、泰文が八坂の別第《べってい》へ行くはずだから、仲間を集めてその途中で事をしたらといったが、公子は考えてべつな意見を述べた。これまでの例では、泰文は危難にそなえて大勢伴を連れて行くから、かならず仕終せるとは思えない。油断のない泰文のことだから、こんどの八坂行はわれわれ二人も伴って、目のとどくところへ置くにちがいない。それに奔放自在な泰文に立ちむかうには、緻密に考えた計画はむしろ邪魔なので、その場の情況に応じて咄嗟に断行するといった伸縮性のある方法のほうが、成功の公算が多いのではあるまいか。われわれはいつも泰文のそばにいるのだから、抜目なくかまえていれば、かならずいい折を発見することが出来ると思う。お前はいつなんどき合図があっても、すぐに行動ができるように、近いところにいて気をつけていてもらいたい。善世は、ごもっともなお考えであるといい、それで相談がまとまった。

七夕と虫払いがすむと、泰文は急に八坂へ行くといいだした。暑気を避けるより、十四日の盆供《ぼんく》に伜どもの墓を賑やかに飾りたて、谷の上の細殿《ほそどの》からゆっくり見おろしてやろうという目的らしかった。予期されたように公子と花世もいっしょに行くことになり、檳《び》榔毛《ろうげ》の車に乗って、まだ露のあるうちに邸の門を出た。犬養ノ善世は狩衣すがたで車のわきにつき、ときどき汗を拭きながらむっつりした顔で歩いているのが袖格子《そでごうし》の隙間から見えた。

八坂の第《てい》に着くと、泰文は公子と花世をつれ、谷と谷との間に架けられた長い橋廊下をわたり、なぞえのうえにある細殿へ行って、眼の下の墓を見おろしながら酒盛をはじめた。どうしたのか、その日はいいぐあいに酔いが発しないらしく、折敷の下物を手づかみで食い、夜が更けるまで調子をはずした妙な飲みかたをしていたが、夜半近く、杯を投げだすと、そこへ酔い倒れてすさまじい鼾をかきだした。

公子と花世は蒼くなって眼を見あわせ、たがいの思いを通じあった。いずれこういう折があるものと期待していたが、それにしてもあまり早すぎた。着いたばかりの今では、善世のはらにも仕度ができていないだろう。どうしたらよかろうという苛立ちと当惑の色がたがいの眼差のなかにあった。公子が心をきめかねているうちに、花世は思いつめたような顔になって細殿から出て行ったが、間もなく戻ってきて、橋廊下のきわから公子を手招きした。

公子が足音を忍ばせながら花世のそばへ行くと、花世は公子の耳に口をあてて、

「いま善世が来ます」

とささやいた。

善世が夏草をかきわけながら谷のなぞえを這いあがってきて、ややしばらくの間、階《はし》隠《がくし》の下にうずくまっていたが、すらすらと細殿へ入りこむと、ふところから大きな犬釘と金鎚をだし、あおのけに倒れている泰文の眉間に釘をまっすぐにおっ立て、頃合をはかって、

「鯰め」

と一気に打ちこんだ。

泰文はものすごい呻き声をあげ、それこそ化けそこねた大鯰のように手足を尾鰭のようにバタバタさせながらのたうちまわっていたが、つづいてもう一本、咽喉もとにうちこまれた犬釘で、すっかりおとなしくなってしまった。

星屑ひとつ見えない暗い夜で、どこも深い闇だけであった。八坂の山中に光といえばこの細殿の燈台の灯だけであろうが、その灯は風にあおられながら泰文の異形の外法頭《げほうあたま》をしみじみと照していた。

黒い手帳

自分の机の上にいま一冊の手帳が載っている。一輪挿しの水仙がそのうえに影を落している。一見、変哲もない古手帳にすぎぬが、この中には、ある男の不敵な研究の全過程が書きつけられてある。それは、ほとんど象徴的ともいえるほどの富を彼に齎《もたら》すはずであった。その男は一昨日鋪石を血に染めて窮迫と孤独のうちに彼の生を終えた。

この手帳を手にいれるために、ある夫婦が人相の変るほど焦慮していた。兇悪な手段で彼に肉迫したが、けっきょく望みをとげることが出来ず、恨《うらみ》をのんで北のほうへ旅立って行ってしまった。そして、いい加減なめぐり合せで、望んでもいない自分が、遺品《かたみ》としてうやむやにこれを受取ることになった。運命とは元来かくのごとく不器用なものなのであろう。

それは黒いモロッコ皮の表紙をつけた分厚な手帳である。断末魔の血の一刷毛《ひとはけ》でも塗られてあれば、これで相当生彩を帯びることになろうが、格別そんなこともなく、みすぼらしく、執念深く、臆病に……、要するに、一種薄命《ファタアル》なようすをして机の上に載っている。さながら故人が姿を変えてここにうずくまっているようにも見える。いや、この手帳はことによったら生きているのかも知れぬ。これは執着の罪業によって転生させられた彼の醜い姿なのではなかろうか。げんに、その表紙からはしつっこい彼の体臭がたちのぼり、眼に見えぬほどのろのろとうごめいている。……この想像はすこし突飛すぎるであろうか。しかし、生前、手帳にたいする彼の愛着と、研究にたいする彼の執念を知っているほどのひとなら、この場合自分と同じ思いに襲われるにちがいない。あれほどの妄執、あれほどの気魄が肉体が滅びたというだけであとかたもなく消滅してしまうとは思われぬ。

手帳の中にはどの頁《ページ》も余白なく数字や公式がぎっしりと書きつけられ、その間にはところどころに、日々の独白や感想が細かい文字で書きこんである。七年前のある日附のところには、「おれは無限大と戦っているような気がする」と書いてある。またこんなのがある。「まて待て、おれは気をしずめなくてはならぬ。喜びのあまり発狂せぬように！」。五年前のある日附のところには、「失敗した！　また四年！　希望がおれを欺く力を失いかけている」……嘆息や唸めきや舌打ちや歓喜の声が、いまもこの中からはっきりと響いてくる。

今朝着くはずであった自分の資料の行李は、途中の事故のために明日まで到着せぬことになった。自分は焦《いら》だたしい時間をまぎらわすために、この黒い手帳をめぐって起った出来事を見たままに書いて見ようと思う。彼とある夫婦の間の微妙なもつれについてである。

当時、彼は六階の屋根裏に、夫婦は四階に、自分は中間の五階に住んでいた。この二組の生活を観察しようと思うなら、同じ数だけ階段を昇降するだけでよかった。自分は階下で夫婦と談話し、すぐその足で六階の彼のところへ上ってゆく。互いに一向に関知せず、そのくせ微妙に影響し合う興味深い二つの生活を、自分は両方の面から余すところなく眺めつづけていたのである。

自分は文学者ではないから、もとより面白いようにも読みやすいようにも書くことは出来ぬ。が、ものを見る眼だけはたいして誤らぬと信じる。自分は見たままに書く。これを書く動機は充分にあるのだがそれまで打ち明ける気はない。懺悔のためとも感傷のためとも、勝手に考えてくれてよろしい。

一、この年の中頃から為替《かわせ》は不幸な偏倚をつづけていた。三月目《つきめ》にはむかしの半分に、半年の終りには約三分の一になってしまった。留学にたいする自分の年金は一定の額に釘付けされていたので、研究に必要な所定の年月をなおこの土地に止まるためには、為替の率に応じて生活を下落させてゆかねばならぬ。そういう理由によって、自分はこの半年の間に三度移転した。一度ごとに趣味が悪くなった。三度目のこの宿は、これ以上穢《きたな》くては人間として面目を保つことは出来まいと思われるほどのものだった。

手すりの代りに索《つな》をとりつけた穴だらけの暗い嶮《けわ》しい階段を非常な危険をおかしてのぼってゆく。五階のとっつきにその部屋があった。鉄棒をはめた小窓がひとつ。瓦敷《かわらじき》の床。むきだしの壁には二、三日前の雨じめりがしっとりとしみ透って、ところどころに露の玉をきらめかせていた。これを人間に貸そうというのである。あまりのすばらしさに自分は借りることにした。為替の下落もよもやここまでは追いつくまい。とすれば、当分移転のめんどうだけははぶけるからである。

寝台に腰をおろして、なすこともなく腕をこまぬいでいると、扉《ドア》を叩いて、びっくりした子供のような、一種不可解な顔をした男がはいってきた。髪は遠慮なく薄くなりかけているが、顔のほうは二十一、二歳でハタと発達を止めたものと見える。自分の部屋を訪れるために無理に上衣の釦《ボタン》をかけて来たのだろう、その釦を飛ばすまいとして、一生懸命に下っ腹を凹《へこ》ましている風だった。通例の挨拶ののち、その男は舌ったらずな口調で、「私はこの階下に住んでいるものです。お差支えなかったら、おちかづきのしるしに粗末な晩餐を差上げたい」といって、そのあとへ、なにしろ今日は降誕祭前夜のことだから、ひとりで夜食《レヴェイヨン》をなさるのだったら、さぞ味気ないものだろうし、それに自分の妻も非常に希望しているのだから、という意味のことを極《きわ》めてぼんやりと附け加えた。

一、夫婦の部屋は貧困なりに、それでも、やはり家庭だとうなずかせるような和《なご》やかな雰囲気があった。その中にたいへんに小柄な女が立っていた。これが妻君だった。前髪を眉の上で切り揃えて支那の女のようにしている。二十四、五歳であろうか。どんな男をもどきっとさせずにはおかぬような煽情的な眼をしていた。自分の手をとると、「ようこそ」といった。それが自分には、'Je t'aime'(汝を愛す)と言われたような気がした。自分の過敏のせいではない。そんな錯覚を起させるような過度なものが、たしかに抑揚の中に含まれていたのである。

この夫婦はアメリカ生れの、いわゆる第二世同志で、夫のほうは声楽を、妻君のほうはピアノの勉強をしているということだった。食事と身上話がすむと、お定《さだ》まりのアルバムが出て来た。いずれの前例に劣らずこれは退屈千万なものだった。その中に、博徒のような無惨な人相をした角刈の男の写真があった。自分は興味を感じて、親族か、とたずねると、それは布哇《ハワイ》の大漁場主で、赤の他人なのだが、二人の勉強ぶりに感激して、義俠的に三年の巴里遊学の費用を引うけてくれた。いまここで勉強しているのは、このひとの後援によるのだ、といった。

部屋へ帰ろうとして立ちあがると、その時、窓にそって、はるか階上から盛んに落下する物音をきいた。尿《いばり》の音にちがいなかった。自分はある爽快さを感じ、どんなやつの仕業か、とたずねると、あなたのすぐ上にいる日本人がやるんです。もとは画かきだということですが、毎日部屋にとじ籠ってなにか計算ばかりしているんだそうです。この宿にはもう十年以上もいるとききました、といった。

一、一月元旦の朝のことである。自分の上の部屋で傍若無人に飛びはねる粗暴な物音で眼をさました。いったい自分の上の部屋の住人は、これまでも夜っぴて部屋を歩き廻ったり、けたたましく椅子を倒したりして自分を悩ましたが、この朝の騒ぎはじつに馬鹿馬鹿しいもので、そのために天井の壁土が剥離して、盛んに自分の顔の上に落ちてくる。これには我慢がなりかねた。

無言で扉《ドア》をおしあけると、自分の眼の前にいささか常規を逸した光景が展開した。広い部屋の床全面に約二尺ほどの高さに、驚くべき量の紙屑が堆積し、壁にはいたるところに数字と公式が楽書《らくがき》してあった。床の上で自在に用便すると見え、こんもりと盛り上った固形物が紙屑の間に隠見していた。

長椅子の上には、極めて痩身の、四十歳位いと思われる半白《はんぱく》の人物がいて、敵意に満ちた眼で自分を凝視していた。それは何千人に一人というような極めて個性的な顔で、額《ひたい》は異様に広く、顎は翼のように強く張りだしていた。房《ふさ》のような眉の下には、あだかも炎をあげているような強烈な眼があった。

彼は自分の無断侵入が真《しん》に憤懣に耐えぬようすで、長椅子の縁《ふち》をつかんで、「貴様は、なんだ」と叱咤した。自分はほとんど眼も口も開けられぬ異様な悪臭に辟易し、「臭くて、これじゃ話もなにも出来ぬ。いま窓を開けてから話す」と答えながら、斜面の天井についている窓をおし開けた。「天井の壁が落ちてきて物騒でしょうがない。暴れるのもいい加減にしておけ」彼は急にうちとけた口調になって、「じつはナ、今日うれしいことがあってナ、それをだれかに喋りたくてしょうがなかったところなんだ。おれが騒いだために貴様がやって来たというのは、こりゃ、なかなか運命的な話だぞ。……争われないもんだ、貴様があんな口調でものをいったのが、なにかおれの感情に非常にピッタリした。忙しくなかったら、ま、しばらくそこへ掛けて行ってくれ、実はナ、おれの研究はまさに完成するところなんだ。間もなくおれは無限の財産を手にいれることになるんだ。無限だ。無限、無限！　突飛にきこえるだろうが俺は狂人《きちがい》じゃないよ。俺はね、この十年の間ルウレットの研究をしていたんだ。屑箱の中の屑のようなものを喰って寝る目も寝ずに計算ばかりしていた。いったい丁半《ちょうはん》に方則がないというのはひとつの定説だ。早い話がポアンカレとか、ブルヌイユなんていうソルボンヌの大数学者が、精密な計算を例にひいてこれを保証している。例えば奇偶《アザアル》の遊びで、いま出た目はそのあとの目のなんの因《いん》をなさぬ。つまり、目というものはそのたびに永久に新規《ヌウヴォ》だ、という、これがかれらの学説なんだ。よろしい。……ところがわれわれは千回骰子《さいころ》をふると、いつも半々位いの割合で奇偶が出ることを知っている。もし、目がいつも新しいものなら、もし、奇偶《アザアル》に法則がないものなら、なぜ奇数ばかり、或いは偶数ばかり千回つづけて出るような出鱈目なことがないのだろう。それは不可能じゃない、と数学者はいうだろう。そりゃ不可能じゃない」といいながら、彼は壁に書きつけた公式を指さした。「君はどういう研究を専門にやっているひとなのだね？　あの公式の意味がわかるひとなのかね？」壁の上にはこんな公式があった。

$$n = \frac{37r+2}{18r \cdot 361} + r - 2$$

自分は判らぬ、と答えた。彼はいった。「この公式はね、例えばルウレットの赤《ルウジュ》・黒《ノワール》の遊びで、赤だけがつづけて百回出るようなことは一世紀にたった一回しかないということを証明しているのだ。ほら見ろ、なにかしらの法則に支配されていて、決して出鱈目なものでないことがわかるだろう。それどころか、充分に研究して見ると、目の出かた《アッパリシオン》には実に秩序立った法則があることが判然する。但し、この法則を発見するには五十万以上の組合《コンビナシオン》と同じ数だけの配列《アランジュマン》と取っ組まなくてはならん。……五十万！　どんな困難な仕事か、君には想像も出来んだろう。俺は五年でやってのけるつもりでいたが、休みなしにやって、十年もかかってしまった。そして、俺はとうとうそれを発見したんだ。もう九分九厘というところまで行っている」といって、懐から黒い手帳をとり出すと、それを頭の上でふりまわしながら、「その公式はこの中にある。おれにとって、ルウレットはもはや僥倖を期待するあさはかな賭博ではない。おれにとって、それは組合《コンビナシオン》せと配列《アランジュマン》の簡単な遊戯にすぎないんだ。百万法《フラン》を勝つのはわずか半日の暇つぶしですむのだ。……どうだ、無限の富を握るといったわけがわかったろう。……思えばじつにひどい苦労だった。賭博の研究に十年も寝る目も寝なかったといったらひとが笑うだろうか。だが、これは卑劣な利慾心だけで始めた仕事じゃないんだ。実際のところを言えば、おれは撰り好みしようにもこれよりほかにどんな金儲けの能力を持ってなかったからなんだ。……おれはこれでも絵かきだったんだぜ。十七の年から十五年の間不退転の精進をした。そして、今から十年前に巴里にやってきた。胸を踊らせてルウブル博物館へ飛んで行った。……無数の傑作を眺めておれは茫然自失した。やがて、自分に言いきかせたね。これだけの優れた絵が沢山あるのに、まだ自分の出場などあると思うか、って。おれはその日から絵筆を折った。才能もないくせに絵の勉強などをはじめてろくな思いもせずに空費した青春のことを考えると、五十になってようやく一万円貯めたなんていうしみったれた金の儲け方ではどうしても我慢がならなかったんだ」。

賭博の絶対的な法則などあり得よう筈はないのだ。仮空な対象を追求して十年の年月を空費したこの男の姿を、自分はあわれ深く眺めた。努力が大きければ大きいほど滑稽な感じはいよいよ深くなる。しかし、なんという恐るべき気魄！　それには自分もうたれずにいられなかった。

一、次の日から、自分は部屋に籠って勉強を始めた。一週間ほどのあいだは多忙な日を送っていたので、どちらの部屋も訪れる機会がなかった。仕事はその日で一区切ついたので、夫婦のところへ降りていった。夫婦は長椅子に並んでいた。夫のほうは放心したような顔つきをし、妻君のほうは折角の眼を赤く泣き腫らしていた。突然、不幸な手紙を受取ったのである。例の布哇《ハワイ》の後援者《パトロン》の漁場が大海嘯《おおつなみ》にやられて、彼自身無一文になってしまった。不本意ながらこのうえ送金が出来ないから、と言ってきた。寝耳に水とは真にこのことだ。ちょうど半年分の送金が届く月なので、それを待ちかねていたくらいなのだから、帰国の旅費どころか、千法《フラン》とちょっとしか残っていない。どんなに倹約したって三月《みつき》ともちはしない。すると、そのあとはどうなるのだろう。「夫は歌をうたうほか能なしだし、あたしはミシンもタイプライタァも使えないの。いやしい仕事だといって父《パパ》がやらしてくれなかったんですの。アメリカならどうにかなるけど、せち辛い巴里では日本人の働く口など絶対にないのだし、友だちも知合《しりあい》もありませんでしょう。だから、いずれは餓死するか自殺するかどっちかなんですわ」そういうと、自分の同情を強要するような、一種雅致ある泣き方をした。しかし、自分には助ける気はない。引退《ひきさが》ってきた。

一、自分がはいってゆくと、夫は急いで立ってきて、「私たち、飢死しないですみそうですよ。いや、ひょっとしたら大金持になるかも知れないのです。ま、これを読んでごらんなさい」といって昨日《きのう》の夕刊を渡した。そこには、モンテ・カルロの大勝という標題《みだし》で、ウィンナムという婦人が一夜のうちに二十万法《フラン》勝った、モンテ・カルロ・ビーチ倶楽部では彼女に祝品《いわいひん》を贈呈した、と書いてあった。「どうです、凄いじゃありませんか。一晩に二十万法《フラン》！　この頃モンテ・カルロはつづけさまにやられているんですよ。先週も三人組みの独逸人《ドイツ》が十万法《フラン》ちかく勝ったそうです。こんな例を見ても、ルウレットってのはみなが言い触らすほど危険なものじゃないんですね。あたし、ちょっとしたシステムを知っているから、この千法《フラン》を喰いつぶしてしまわないうちに、これを賭金《ミイズ》にしてなんとか一旗あげるつもりなんです。なんといったってこれよりほかに方法はないんだから。……それに次第によっては、まるっきり運命を変えることが出来るんですからね。万一負けたって自殺することに変りはありゃしない。早いか遅いかのちがいなんだ」机の上のモンテ・カルロ新聞(La revue de Monte-Carlo)を指さしながら、「一昨日《おととい》、モンテ・カルロの二番の賭博台《ルウレット》じゃ、朝の八時から夜の十二時までの間にこんな順序で目が出たんです。昨日からこれを読ましてシステムの実験をしてるんです。これでやりゃ、なにしろ向うで出た目の通りなんだから、賭博場《カジノ》へ行ってやるのと変りゃしないんです。だいぶいい成績ですよ。五法賭《フランがけ》で、もう五百法《フラン》ほど勝った計算になってるんです。いま実験してお目にかけますから見ていてください」といって机の前に坐った。妻君は賭博場《カジノ》の玉廻し《クルウピエ》がするように、お賭け下さい《フェト・ヴォ・ジュウ・メッシュ》、と掛声をかけた。その真面目臭った顔つきというものは一種滑稽とも悲惨とも言いようのないものだった。夫のほうはすっかり眼玉をつりあげて、「ね、ごらんなさい、赤が十回もつづいて出ている。こんなことってあるもんじゃない。今度は必ず黒のほうへ崩れるにきまってる」そして、妻君のほうへ向って、「黒へ五百法《フラン》！」と叫んで、賭《は》ったしるしにノートへ、N-500と書いた。赤が出た。「赤が出つづけたらどこまでも赤へ乗ってゆく約束だったじゃありませんか。勝手にシステムを変えるからいけないんです」と妻君がやりこめた。夫は見る見るみじめな位いに狼狽して、「赤が十一回つづいて出るなんて、こりゃ変則だよ。システムといったって、なにしろ賭博のことなんだから、百パーセントにあたるというわけにはゆかない。出来るだけ負ける回数を少くし、勝つ回数を多くしてその差で自然に儲けるようになっているシステムなんだから一回や二回負けたって大したことはないさ。もっとも今は勝手にシステムを変えたからいけなかった。定《き》めたシステム通り赤へ乗ってゆく。今度は大丈夫。……赤へ五百法《フラン》」黒が出た。自分は見かねて、六階にいる男もじつはルウレットの研究をしているのだが、十年もやってようやくものになりかけているそうだ、と話した。自分としては、それほどに研究しても必ず勝てるといえぬのにそんなあやふやな思いつきのシステムでルウレットに立ち向うなんていう愚劣なことは止したがよかろう、と遠廻しにたしなめたつもりだったが、二人にはこれがまるで通じぬらしく、たちまち劇しい渇望の色をあらわして、是非そいつを教えてもらうことにしよう、と言い出した。自分は、「十年もかかって研究したものを、そう簡単に教えてくれるはずはなかろう」と、すこし苦い調子でいうと、夫は、「ええ、ですから、ただ教えて貰うというんじゃない。その代りあたしのシステムも向うへ公開するんだから、つまり交換教授です。これなら、先生もまさか、いやとは言わないでしょう」そして、夕食に招くという名目で、うまくこの部屋まで連れ出して来てほしい、とかわるがわるにたのむのだった。自分は事を好むほど若くはないつもりだが、夫婦の厚顔しさがなにかひどく癇にさわり、無理にも六階の住人を引っぱってきて、すこしこっぴどくとっちめさせてやりたくなった。

一、彼は長椅子の上に寝ころがって煙草をふかしていた。部屋のなかの紙屑は残らずなくなって、意外に清潔になっていた。机の上にも埃がたまっていて、もう暫くそこに倚らなかったことを示していた。彼の研究が完成したのかも知れぬ。悠々たる彼の態度にも、なにかそんなところがあらわれていた。

自分を見ると、彼は元気よくはね起きて、「おれが逢いたいと思ってると、必ず貴様がのこのこやってくる。おれと貴様の間には、感応し合う電気のようなものであるのかも知れぬな」といった。「それは好都合だった。実はお前を晩飯に誘おうと思ってやって来たのだ。もっとも二人きりじゃない、四階の夫婦も交じるのだが」案の定、彼はうん、とは言わなかった。女は苦手だ、とか、おれはもう社交の習慣を忘れてしまった、とか、いろいろな口実をもうけて頑強に反抗した。自分は、そこで、「バタをのっけた炙牛肉《シャトオブリヤン》と、鰻と、生《なま》牡蠣と、鶏と。これだけのご馳走がお前のために用意してあるのだが、それでもいやか」といって、更にそれらの料理について精細極る描写をした。彼は頭を抱えて呻いていたが、やがて起上ると、「貴様はひとの弱点をつくようなことをする。貴様の策略にのるのは忌々しくてたまらんが、おれはもう抵抗出来ぬ。よし、行くことにしよう」といって立上った。

彼の貪食ぶりは言語に絶した壮観であった。まるで挑みかかるような勢いで、ありったけのものを喰いつくすと、喉を鳴らして遠慮なく噯気《おくび》をした。彼は至極満足そうだったが、うまかった、というようなことは、一言も言わなかった。

食事がすむと、夫が切りだした。自分は最近すばらしいルウレットのシステムを発見したのだが、座興までに、いまここで実験してみる。お望みならこれを公開してもいい。といって素早くノートを机の上にひろげた。彼はたちまち嫌厭《けんえん》の色を現し、険しい眼つきで自分のほうをふりかえった。彼はなにもかも察してしまったらしかったが、それについては一言も言わなかった。

例のとおり妻が玉廻し《クルウピエ》になり、夫が賭《は》り方へ廻った。この日は始めから大分調子がよくて二十分程の間にかなりの額を勝ちつづけた。彼は頬杖をついで黙然と眺めていたが、やがて突然に言った。「たわけたことを！　そんなものがシステムであってたまるか」そして、痛烈な調子で附け加えた。「少くとも君はルウレットをやるなんて柄じゃないナ。賭博を克服するのは、君のような低雑な精神の持ち主じゃない。これだけは、よく覚えておくがいい！」これは道理だ。妻君は顔を真紅にしてうつむいてしまった。夫のほうは、こうまで言われると、さすがにだまって引っこんではいない。ノートをふり廻しながら、「精神もくそもあるものか。現にこの通り勝っているじゃないか」と叫んだ。彼は、勝っていることも事実だが、いずれ負けてしまうのも事実だ、といった。「お前のような馬鹿野郎を納得させるには理窟では駄目なのだよ。そんなら、いま実例を示してやる。おれが読むからやって見ろ」といって、モンテ・カルロ新聞をとりあげた。珍妙なことが始まった。黒へ賭《は》れば赤が出る。奇数へ賭《は》れば偶数が出る。面白いほどいちいち反対の目が出た。それははてしのない鼬ごっこだった。夫は躍気となって賭《は》りつづけたが、間もなく仮想の全財産を失って、しおしおと賭博台《タァブル》を離れた。

「どうだ。おれは目《ニュメロ》を三つおきに読んだだけだがこんなことで屁古たれるようなものはシステムでもなんでもありゃしないのだ。お前の馬鹿を此処で判らしてもらったことを有難いと思え。賭博場《カジノ》で自分の馬鹿が判ったと来ちゃ、首を縊らなけりゃならないのだ。こんなものがシステムでなんて言って出かけてったらモナコ三界で路頭に迷うぞ。ルウレットのシステムなんてそんなに雑作なく発見出来るもんじゃないのだ。及びもつかぬことを考えぬがいい」彼等を甘やかしている希望も夢も、まるであと形もなくケシ飛んでしまうことになった。この打撃はどんなにひどいものだったか、夫婦は虚脱したようになって椅子の中へめりこんでしまった。その絶望のさまは見るも無残な位いだった。

それ自身貧困であるこの欧羅巴では、孤立無援の、ほとんど何等の生活力を持たぬこの東洋人夫婦にとっては、このような場合窮死はもはや空想ではない。極めてあり得べき事実なのである。この能なしの夫婦にとって、賭博だけが真に唯一、最後の希望だった。それが彼等を悲運《ミゼール》から救ってくれるはずだった。その唯一の希望があと形もなくなってしまったのだ。夫婦はいま不安のために心をひき裂かれるような思いをしているに違いなかった。

彼はまじまじと夫婦のようすを眺めていたが、やがて懐中から黒い表紙の手帳をとりだすと数字のギッシリとつまった頁《ページ》をペラペラとはぐって見せながら、「システムなんてものは、こんな工合に無限大の数字を克服してはじめて発見されるようなものなんだ。おれは十年やった。しかし、そのおれでさえ……まだ一向にわからぬ。君等はおれが必ず勝つと思っているかね？　そんなことはあり得ないのだ。ルウレットというのはどれほどむずかしいものか、いまその証拠を見せてやるから、見るがいい」そして、妻君のほうへ「モンテ・カルロ新聞」を押しやって、「どこからでもいいから読んで見たまえ」といった。

彼は妻君が読みあげるのを頰杖をついてきいていたが、やがて無雑作に、「黒へ最高賭額《マキシマム》(一万二千法《フラン》)!」といった。黒が出た。また黒へ賭けた、黒が出た。その次は赤へ賭けた。赤が出た。たった三回で(資本《もとで》の一万二千法《フラン》を差引いて)五万法《フラン》も勝ってしまった。彼は極めて無頓着なようすで、黒へ二度、赤へ二度、黒へ一度、赤へ三度。それからまた前へ戻って黒へ二度、赤二度……という工合に最高額《マキシマム》を賭《は》りつづけていた。不思議な現象が起きていた。われわれは遅まきながら、ルウレットがいま黒と赤と交互に(黒2—赤2—黒1—赤3)(2—2—1—3)という極《きわ》めて秩序立った出《アッパリシオン》かたを飽くことなく繰りかえしていることを発見した。あだかも、彼がルウレットを支配しているかのように見えるのだった。この単純極まる反覆を十回もつづけたのち、ルウレットは別な配列《セリイ》へ移って行った。今度は(赤1—黒1—赤1—黒2)。また始めへ戻って(1—1—1—2)という反覆運動だった。彼は無関心なようすで機械的にそれに追従していた。約一時間ののち、彼はただ一度の失敗もなしに八十万法《フラン》勝ちあげてしまった。これは仮想の賭博にすぎぬが、しかしわれわれは、うず高い金貨の山と、尨大な銀行券の束をこの机の上にいまありありと眺めるのだった。

夫婦は酔ったような赤い顔をし、劇しい渇望の色を眼にあらわしながら荒い息づかいをしていた。

妻君は急に立ちあがると、彼の前へつき進んだ。床の上に土下座をして彼の手をとると、「助けてください」哀切極まる眼つきで彼を見あげながら、「どうぞ……そのシステムを……」といった。彼は守銭奴がその宝を隠すときのように、慌てふためいて手帳を内懐へ押しこむと、悲哀とも憤怒ともつかぬ調子で、「賭博にシステムはない！」と叫んだ。そして、荒々しく戸をあけて出ていった。

一、それから二日ばかりののち、自分はまた夫婦の部屋を訪れた。自分が入ってゆくと、夫は急に夕刊を取りあげて、いま、「タルジュ殺人事件」について論じていたところだ、といった。夫婦はたった二日のうちにひどく憔悴してしまって、黒い輪のようなものが眼のまわりに出来てきた。眼の中には刺すような光が現れ、声の中にはなにか陰惨な調子が交っていた。誇張していえば、まるっきり人相が変ってしまったといっても差支えないほどだった。

「タルジュ事件」というのは、妻君が莨若《はしりどころ》（劇草）の煎汁《せんじじる》を飲ませて夫を殺した事件であった。病中の躁暴状態が異様だったことを、女中が近所で言いふらしたために発覚してしまった。それはたしかに興味ある事件であった。事件の夫婦は、つい通を一つこえた町角に荒物屋を開いていて、われわれも充分にその夫婦を見知っていたからである。かなり夜が更けてから、自分が部屋へ帰ろうとして立ち上ると、ピアノの上に一冊の見なれぬ本が載っているのを発見した。なに気なく手にとって見ると、その本には、「摘要毒物学」(R. A. Witthaus, Manual of Toxicology) という標題がついていた。自分は奇異の念を感じ、思わず夫婦のほうへふりかえると、妻君は、自分は以前探偵小説を書いたことがある、幸いこの土地の「探偵《デテクチーヴ》」という雑誌の編輯者と懇意であるから、またそれをはじめて生活の足しにするつもりだ。そのためにいま速成の勉強をしているのだ、という意味のことを極めて沈着な口調で説明した。

一、その夜、自分はすぐ寝床へはいったが、心中に萌した疑念のために、どうしても眠りにつけぬのであった。それは夫婦が殺人を企てているのではなかろうかという疑念である。たぶん神経昂奮のせいであると思い強いて頭を転じようとしたが、どうしてもこの疑念が頭から去らぬ。そこで自分は、どういう動機によってこの疑念を起すに至ったか充分に考えて見ることにした。第一は、夫婦の部屋にはいって行ったときの印象である。自分が入って行くと、夫は、いま「タルジュ事件」について話していたところだといった。しかし、その時の自分の感じによれば、明かになにかそれ以外の話をしていたようにしか思われなかった。しかし非常に険悪な、犯罪に類したことを話し合っていたのではなかったか、というような気がした。自分がはいった時二人は、思わず自分をどきっとさせたほどの兇悪な人相をしていた。自分の顔を見ると、夫は急に新聞を取って立ち上ったが、そのようすに既になにか不自然なところがあったばかりでなく、硬直した顔面を無理に綻《ほころ》ばそうと努力しているようなところがあった。(現に間もなく二人は平生《へいぜい》通りの人のいい顔つきにかえったのである。) 第二は、タルジュ事件に対する夫婦の興味の持ち方である。それは普通にわれわれが持つであろう社会的な興味の度をはるかに超えた、異状と思われるほどの熱心をあらわしていたことである。しかも話題の中心は、いつも毒薬の種類とか毒殺とかというところにあった。第三は、毒物学の本である。自分がこれを取上げたとき、夫の眼には明かに狼狽の色が浮んだ。しかるに妻君は極めて沈着に、それがこの場所にある由因《ゆいん》を釈義した。しかしそれは、あまり沈着すぎるためにかえって相手に疑念を抱かせるような種類の沈着であったのである。この態度は妻君の意志を裏切って、それ自身その説明が虚偽であることを明白に申し立てていた。するとあの毒物学はどういう目的のために購求されたのであろう……?

自分は妄想を払いのけるために、それを妄想であるとする証拠を探していたのであるが、このような諸点を想起するに及んで、疑念はいよいよ確固たる態《かたち》をとることになった。

あの夫婦は人を殺そうと企てている(?)。とすれば、その対象は誰《だ》れか? この場合最も自然に想い起されるのは六階の住人である。どんな目的で? いうまでもなく、彼のルウレットのシステム——「黒い手帳」を奪うためである。どんな方法で? 毒殺(?)。

夫婦は黒い手帳を奪うために彼を毒殺しようとしている。

これは自分の妄想にすぎぬか？　そうあればしあわせだ。しかし、これは有り得ないことではない。逼迫した彼等の生活と薄弱な性格とを想い合せれば、渇望を直ちに殺人へまで飛躍させる必然性は充分にあり得るのだ。唯一の希望は失われた。破滅は眼前に迫っている。しかし、あの黒い手帳さえ手に入ることが出来れば、容易に運命を変えることが出来るのだ。労せずして幸運の絶頂を極めることが出来るのだ。——無限の富！　どうすればそれを手に入れることが出来る？　人間の頭の発展の仕方にはそんな幾通りもあるものではない。悲境を打開する方法を勤勉に求めずに賭博に求めるような困憊した性格に於ては、渇望するものを手を入れる方法として、容易に殺人を思いつくであろう。そして、その目的物はたしかに殺人に価いする！

自分の推察にあやまりがなければ、夫婦が彼を殺すであろうということは、もはや動かすことが出来ぬほどの確実性を帯びて来たようである。

さて、ここまで考え来るうちに、自分はまた新たな想念によって煩わされることになった。それは一種異様なもので、われながら多少の不快を感じたのであるが、そのアイデアとは、この殺人を遂行するまでの経過を最後まで冷静に観察してみたいというそれであった。いま、一人の人間を殺そうとしてある人間が計画をたてている。これは細心に考案され、徐々に、巧妙に(そうであらねばならぬ!)対象の命に迫ってゆく。さまざまな曲折を経たのち、それは成功する。(或いは失敗する。)いま自分の眼前に謀殺の全過程と全段階が展開しようとしている。人間が徐々に殺されてゆく経過をこの眼で見るなどというのは真に千載一遇の機会であらねばならぬ。しかも、殺人者と被殺人者の両方の面からこれを眺めることが出来るのだ。運命の操《あやつ》りの手を楽屋から見物し、運命のいいやり方というものを仔細に観察することが出来る。しかし、自分は悖徳者《はいとくしゃ》ではないから殺人に加担するのではない。あくまでも観察することに止めるのは無論である。そのためには、殺人者にたいしては如何なる誘導も如何なる有利な暗示も与えまい。と同時に、被殺人者にたいしても、最後まで如何なる同情も憐憫も感じまい。冷酷な心を予《あらかじ》め用意しておかねばならぬ。殺人者を嫌悪せず、被殺人者を嘲笑せぬ、この公平な心こそなにより必要である。自分は出来るだけ冷静に観察するつもりではあるが、必ずしも成功を望んでいるのではない。結果はどうであろうとも、自分の教訓にはなる。よりよく観察するためには、両者にもっと近接しなくてはならぬ。彼のほうはいいとして夫婦のほうへは毎日出かけるという口実はない。しかし、こんな工合《ぐあい》には出来る。不便だという名目で、夕食だけを夫婦のところで摂る。相当以上の費用を払ったら容易に承諾するにちがいない。自分のこの計画は絶対に夫婦に知られてはならない。自分の眼や態度が裏切ることのないように充分に注意せねばならぬ。幸い自分の放心ぶりは、彼等に自分が超俗凡庸な人物であるかのような印象を与えている。彼等に気兼ねなく振舞わせるには、あくまでもこの態度をつづける必要がある……。

観念内の遊戯として弄《あそ》ぶぶんには、一向無難であるが、これを実行に移した場合のことを考えると、自分の倫理感情は一種不快な圧迫を受けるのである。この殺人にたいして自分は如何なる積極的な関係も持たぬが、消極的な意味に於てもはや純然たる共犯以外の何物でもないからである。と、思いつつ、一方この異常なるものの観察に対する熱望は一向に薄らがぬのである。倫理にしたがうか、慾望に屈服するか……、一晩寝てゆっくり考えることにしようと、自分は強いて眼を閉じた。

一、翌朝、眼がさめてみても、観察にたいする自分の熱望は一向に薄らいでいないことを発見した。自分の意志は、もはやこの慾望に抵抗する力がないように思う。

自分は階下《した》に降りて、夕食の件を依頼した。妻君は案の定快諾した。自分は殺人計画の進行を仔細に知るためには、当然毒物学の知識が必要であると考え、その足で図書館に行き、対抗上、妻君の手元にある Witthaus, Manual of Toxicology 及び、クンケルの「毒物学教本」(Kunkel, Handbuch der Toxikologie) その他二冊を借り出した。

一、一月十三日(その翌日)。いよいよ今日から観察《オブセルヴァシオン》を開始することにきめ、予《あらかじ》め一冊の小手帳を用意して、その中に医家の臨床日記のような体裁で、夫婦の言動にあらわれた犯罪的徴候を逐一書きとめておくことにした。策計を用いて巧みに意図をさぐりとることは容易であろうが、自分はあくまでも観察者の地位にとどまることを欲するものであるゆえ、その方法は好まない。とすれば、自然発生的に現れた外部的徴候と、多少の心理的打診による以外に、状勢を察知する手段がないからである。

あだかも自分の専門の研究は、いま一段落をつげたところなので、全部の時間を観察にあてることが出来る。自分は一日を三分し、午前を毒物学の研究のために割き、午後は六階に夜は夫婦のところで過すことにきめた。

ここに一つの困難というのは、前夜はそれほどには思わなかったが、よく考えて見ると、毎日彼を訪問するとなると、やはりなにか充分な口実がなくてはならぬが、どうもうまい口実が見つからない。彼は優れた洞察の才を持った男であるから、いい加減な口実では容易に自分の意図を見抜かれる惧《おそ》れがあるということである。

自分の大人気ない思いつきから、彼に多少の不快を与えたまま、あの夜以来彼に逢う機会がなかったから、今日はその謝罪をしながら、なにか適当な口実を探し出そうと思って六階へ上って行った。

彼は窓に凭《もた》れて茫然と戸外を眺めていたが、自分を見ると、なにか当惑の色をあらわしながら椅子をすすめた。自分は率直に、じつは人が悪いようだが、あの浅墓《あさはか》な夫婦をたしなめて貰うつもりで君を食事に誘い出したのだが、意外な結果になって君に不快をかけ、まことにすまなかったという意味のことを述べた。彼はあまりこの話には触れたくないようすで、眼を閉じたまましきいていたが、ややしばらくののち、なんとも形容のつかぬ愁然《しゅうぜん》たる面《おも》もちで、「それはいいとして、おれはあの晩、異常な経験を味《あじわ》ったのだよ。そのためにおれはまたはじめっから研究をやり直さなければならないことになったんだ」といった。そして極度の失意を眼にあらわしながら「哲学的な意味で賭博にシステムがないというのは本当だ。おれはあの晩駭然《がいぜん》とそれを悟った。それでおれの今迄の研究はなんの価値もなくなってしまったのだ。この黒い手帳に書きつけた公式や法則は、もはやそれ自身無に等しいということを発見したんだ。……おれはナ、あの晩夫婦の愚かな計画を思い止まらせるためにわざと負けて見せてやろうと思ったのだ。十年も研究したという男がだらしのない負け方をして見せたら、いかに無謀な夫婦でも、ルウレットで一旗あげようなんてことはすっぱり思い切るだろう。そこでおれは、予《あらかじ》め出鱈目な組合《セリイ》せをつくって、機械的にどこまでも強情に押し通してやろうと考えた。この方法ではまず絶対に勝つはずがないのだ。よし、黒を頭《あたま》にした(2―2―1―3)という組合《セリイ》せを何度でもくりかえしやれ、そこでいきなり始めたのだ。ご覧の通りの結果だ。そこで狼狽して、こんどは赤を頭にした(1―1―1―2)というでまかせな組合《セリイ》せでルウレットに抵抗することとした。すると、どうだ！　またその通り目が出てくるじゃないか。負けようとあせればあせるほど勝ちつづけるのだ。……おれがこれからなにを言い出すつもりか、貴様はもうわかるだろう。……つまり、勝負にたいして絶対に無関心な人間だけがルウレットを征服出来るということだ。ルウレットと戦うには、それがどんなに優れたものであろうとも、システムだけでは何の役にも立たぬ。それと同時に勝負にたいする絶対の無関心、純粋に恬淡《てんたん》な心が必要なのだ。システムを活用出来るのはそういうほとんど比類のないほどの高邁な、破格の精神の持ち主に限るのだ。仮りに賭博にシステムがあるとすれば、このような微妙な状態に於てのみ存在するのだ。……しかるに、このおれは、まるで餓鬼のように勝ちたがっている。高邁な精神どころか、引き出して見たら、おれの心はどんな守銭奴よりも強慾だろう。このおれがシステムなんか持って出かけていたら、今頃は必ず負《や》られてしまってたに違いない。実に慄然とするよ。……おれはこれからその方の研究をはじめるつもりだ。充分修業をし抜くつもりだ。そういう心の用意が出来るまではおれは絶対にルウレットはやらん。……しかしだナ」といいかけてニヤリと笑うと、「おれがそういう高邁な精神を持つようになったら、おれはもうルウレットなんかする気はなくなるだろう。……あの晩の貴様のやり方はあまり愉快でなかったが、この点では感謝してもいい。いろいろ得たものがあったから。……こればかりではない。もう一つ……、いやこれは言うまい」というと、なぜか頬を紅潮させて窓のほうへ眼をそらした。この憔悴したしなびた頬が、たちまち純真な少年のそれのように、生々《いきいき》と輝き出すのだった。あだかもそこに真紅の二つの薔薇が咲き出したかの如き印象を自分に与えた。まぶしそうに自分のほうへ見かえると彼が言った。

「おればかりひとりで喋言《しゃべ》ったが、貴様の用はなんだ」自分は率直に、これから毎日話しに来たい、といった。むしろ忝《かたじけ》ない、と彼が答えた。

一、その夕方自分は夫婦の部屋へ最初の夕食を摂りに行った。この日から四、五日の経過を臨床日記からひき抜いて簡単に書きつけて見る。

(観察の一)　毒物学の本が部屋の中から姿を消している。自分が彼について話すと、その間妻君は眉を顰《しか》めつづけ、夫のほうは極めて陰鬱な色をあらわした。

(観察の二)　探偵小説はどうなったかとたずねると、自分の問いの意味がわからなかったらしく瞬間自分を見つめたのち、あ、あれはいま考えているところです、という無意味な返事をした。この二日間を通じて一言も前途の不安について語らない。あだかも忘れてしまったように見える。

（観察の三）彼の話をすると前々日と極めて同様な反応を示した。自分は探偵小説に用いられた青酸カリの話をした。二人は何等興味を感ぜぬらしいようすをしようとした。その態度が極めて不自然であった。

（観察の四）夫の行動に軽躁なものが現れはじめる。妻はしきりに爪を嚙む。時々放心す。「黒い手帳」について語ると、極めて劇烈な反応があった。突然に呼吸頻数《ひんすう》となり、瞬間、兇悪な表情を閃発《せんぱつ》させた。これによって、自分の推察は誤りでないかも知れぬと考えるようになった。

（観察の五）この日、妻君は終日焦《い》ら立たしそうにピアノを弾く。彼等の計画は非常に焦ら立たしい状態にあることがわかる。彼等の計画はいま実行に移す一歩手前まできているのではないか。なにかそんなことを感じさせる。どんな手段で？　夫婦はまだ彼と接触する口実を持たぬもののようである。

一、五日目にはじめて彼を訪ねた。毎日訪問することにしておいたが、夜を除く以外の時間を以て大急行で毒物学の智識を摂取する必要があったからである。今日の主たる目的は殺される人間というのはその直前にどんな人相をしているものか、それを見届けるためであった。一般に、上停《じょうてい》に赤斑が現れれば横死《おうし》の相だと言われている。そんなものがもう現れはじめているであろうか。

彼は頭を抱えて長椅子の上に仰臥していた。その顔にはありありと苦悩の影がやどっていたが、不吉を感じさせるようなものは見られなかった。彼はチラリと目だけ動かして自分の方を見ると、また天井を眺めながら、「おい、おれは妙なことになったよ」と、突然にいった。長い間をおいて、「俺は熱烈にあの妻君を愛するようになってしまった。……これだけは君にも告白しないつもりでいたが、もう苦しくて我慢出来ぬから言う。……どうしてこんなことが始まったか、おれには説明出来ぬ。おれは過去にこんな経験を持たぬので、この感情を恋愛だと認めるのにさえだいぶ暇がかかった。はじめおれは、多分情慾だけの問題だと考えたので、スフィンクス(巴里にある公認女郎屋の名)へ出かけて見た。そして、この感情は肉体の飢餓でなくて、心の飢餓によってひき起されたものだということをはっきりと知った。四十三歳ではじめて恋愛をしたといったら貴様は笑うかも知れぬ。しかし、どういう激烈な状態で始まるものか、それだけは察してくれるであろう。この十日位いの間に、そのためにどの位い悶え悩んだか、それを説明したところで相手に通じるはずはないのだから、それは言わぬ。ただ、おれは、人間が経験するであろう苦悩の、最も深刻なものを経験したとだけ言っておく。率直に言うが、おれはあの妻君に愛されたい。おれのものとしてしまいたい。おれはそこをあこがれ、渇望して、いまにも気が狂いそうになるくらいだ。しかし、それはもとより不可能だ。芸術と賭博と、この二つの愚かなもののために、おれは恋愛する資格をみな消耗してしまった。おれには、もはや青春も健康も精力も残っていない。のみならず、彼女は人の妻だ。これは厳粛なことだ。おれの道徳は、どんな理由があろうとそれを侵すことは許さぬ。……おれは非常に苦痛だが、なんとかしてこの感情を圧し殺してしまうつもりだ」。

自分は説明しがたい深い感動にうたれて、ついに一言《ごん》も発することが出来なかった。自分の低調な精神を以て、この壮烈な魂に、いったい何を言いかけようというのか。そして自分はここに明瞭な運命の初徴を見た。意怙地なまでに無器用なそのやりかたを。

一、その夜夫婦は自分にたいして不必要と思われるほどに愛想をした。帰りがけに、このごろまた南京虫がふえてやり切れぬから、いよいよ部屋を密閉して燻蒸《くんじょう》消毒をするつもりだ。それで、ついでだからあなたの部屋もやってあげましょう。二日だけ近所のホテルへでも行ってくれればすむのだから、といった。自分は、やってもらってもいいが燐《りん》などを燃されては標本が駄目になってしまうが、と言うと、いや、そんな心配はありません。「ピュネリマ」という無害の燻蒸薬です、とこたえた。自分はなにか疑念を感じ、曖昧な返事をのこして引退《ひきさが》った。

一、部屋に帰るやいなや、自分は「ピュネリマ」とはいかなるものか調べて見た。それはシャン化物で、これが燻蒸する際に発する水シャン化酸瓦斯《ガス》の微量を吸いこむと、もはや絶対に助からぬ。そして、極めて周到な解剖と精密な毒物検出試験によるのでなければ、その死因がなんであるか証明することが出来ぬのであり、オリヴァの「中毒死及その実例」に六年前ニースのホテルで起ったその実例を示している。ホテルの支配人は空部屋に燻蒸消毒を施したが、それを知らずにその二階の部屋へ帰って来て寝た男が、わずかばかり階下から洩れて来た瓦斯のために死亡したのである。死因は全然不明であったが、ある個人的な理由によって、再三の精密解剖と毒物検出の実験が施された末辛うじてその死因が判明したのである。

自分の部屋でシャン化の燻消を行い、その瓦斯の微量が彼の部屋へ洩れて行ったら……、その結果は極めて明瞭である。そして、階下の部屋を消毒することが、その階上の人間の死を意味するなどと、誰《だ》れが知察するものであろう！

自分は巧智極まる夫婦の計画にたいし、むしろ驚嘆を禁じ得なかった。その意図を知りつつ自分が部屋を明け渡せば、それは積極的に彼等の計画を助けたことになる。その如き行為は自分のよくするところではない。

一、次の夜、自分は、いま至急の勉強中であるから部屋を動くわけにはゆかぬ、と謝断した。

一、それから五日ほど経たのち、例の如く自分は六階にのぼって行った。彼は風邪の気味で赤い顔をして寝ていた。そして、これでは食事にも差し支えるから、階下の妻君に病中の用事を達してもらいたいのだが、君からひとつ頼んでくれるわけにはゆかぬか、と臆し、赤面しながら、極めて遠廻しに、その意味を自分に言った。自分には彼が不憫な恋情がいとしまれてならぬ。その苦しい心中はもとより自分にはよく判るが、夫婦にむざむざと機会を与えるようなことは自分として取り計らうことは出来ぬ。自分はその位のことで妻君を煩わす必要はない、自分がやってやる、と言った。彼は果して非常に落胆したようであった。

一、その夜、妻君は六階の住人を明晩夕食に招きたいから言づてをたのむ、といった。自分でも喰えない連中が、なんでひとを招く。自分は彼等がまた新奇な方法を案出したと見てとった。どんな方法か、彼等の言動から察することは出来なかった。自分は、彼が風邪の気味だから、この招待には応じられまいと告げた。言い終って直ちに自分は後悔した。それが夫婦が彼に接触する口実になりはせぬかとそれを怖れたのである。

一、彼は自分によそよそしくする。自分の無情を怨むような眼つきをする。時には自分の来ることを好まぬような態度さえ露骨に示す。しかし、自分としてこれ以上どう処置することが出来よう。
一、次の夜、自分がはいってゆくと、妻君は寝床の上に坐って丸薬を飲んでいた。丸薬の箱の上に「ポリモス錠」としてあった。病気か、ときくと、このごろなんとなく元気がないから強壮剤をのんでいるのだ、と答えた。食事の後、自分は夫婦に背中を向けて新聞に読み耽っていたが、そのうちに何気なく顔をあげてピアノの方を見ると、その黒漆の上に映じている異様なものを見た。夫婦は互いに眼でうなずき合ったのち、瞋恚《しんい》と憎悪のいり交ったる如き凄じい視線を自分の方に送るのだった。それは一見、慄然とせしめるほどの兇悪無惨な眼であった。
一、自分は生れて以来、未だ感じたことのないような深刻な恐怖のうちに夜を明かした。自分は徴候を察知しようとするあまりに、あまり打診をしすぎたようである。そのために、とうとう自分の企図を夫婦に察しられてしまったのである。それはまだ疑いという程度のものであろうも、自分にとって、その危険の程度は同じである。自分が夫婦の計画を知っていると感づいたら、夫婦は多分自分をも生かしてはおくまい。そのためには、機会はあり余るほどあるのである。それを知りつつ、自分は彼等と夕食を共にすることを謝絶するわけにはゆかぬ。それをしたら、彼等にいよいよ疑念を深めさせることになることは言うまでもないからである。自分は彼等の疑いに安心を与えるためにも、進んで夕食にゆかねばならぬ。とすれば、自分はついに、殺害からまぬかれることは出来ぬのであろう。……自分が毒殺される。この実感は容易《たや》すく口で言うような生優しいものではなかった。神経の隅を凍らせ、魂を震え上らせる力を持っていた。自分はどんな手段を講じても、夫婦の毒手《どくしゅ》から逃れ出さねばならぬと固く決心した。自分はこれが、それを隙見《すきみ》しようとした自分にたいする、運命の復讐であるような気がした。

一、翌朝、自分は起きぬけに、やや遠いところにある薬店へ行き、「ポリモス錠」と「売薬処方便覧」という本を購入した。家に帰り、「ポリモス錠」の処方を調べると、その丸薬には、強壮素として亜砒酸の極微量が含まれていることを知った。彼女が(あるいは夫も)なんの目的で亜砒酸の極微量を服用しているか、その意図は既に明瞭である。それを極微量から大量へと漸次増量服用して、われわれ(とうとう自分も被殺人者の一人となった!)と共に致死量を飲んでも、彼等の生命にいささかの危害も及ぼさざらんとする目的である。自分は急いで亜砒酸の解毒薬を調べて見た。最も効果のあるのはメチレエヌ青《せい》(Bleu de Méthylène)の静脈注射であるということを知った。メチレエヌ青……、しかし、これをどうして手に入れるか。残された唯一の方法としては、対抗的に、自分もまた亜砒酸の極微量を増量服用することである。今から飲みはじめても間に合うであろうか。もう遅すぎるのではないか。この感じが自分を悚《すく》みあがらせた。命を賭けてまで、このような遊戯的な観察をつづけるほど、自分は愚でない。しかし、今になっては好むと好まぬに関わらず、不可避的にそこに出かけて行かなくてはならぬのである。しかし、その一方、自分の好奇心が、この恐怖と戦慄によって、いっそうそそり立てられるのを、ひそかに自分は感ずる。

一、自分が入ってゆくと、夫が飯をつくっていた。妻君はどうした、とたずねると、六階の看護を引きうけて、そっちへ行っている、と答えた。役にも立たぬ一冊の古手帳をとるために、とうとう夫婦は、最も惨酷なる機会を摑んでしまった。彼が毒殺されるのは、もはや時期の問題である。たぶん、亜砒酸の過度の定服によって、身体の諸機能を退行させられ、消えるように死んでゆくのであろう。そして、あるいはこの自分も同様の運命に置かれているのかも知れぬ。この夜食にマカロニを食わせられたが、胸中の苦悶はたとえようがなかった。

一、彼は額に薄っすらと汗をかいて眠っていた。はかない冬の夕陽が彼の顔の上にさしかけ、蒼茫《そうぼう》たる一種の調子をあたえている。顔は急に彫が深くなり、鼻が聳え立っているように見える。抜群の精神と、少年の如き純真な魂を持ったこの男は、いま低雑下賤な夫婦のために殺されるのだ。自分は心の中で言った。貴様、もう死ぬ。……交会《まじわり》の日は浅かったが、あだかも年来の友と死別するような悲痛を感じた。この男も薄命であった。

一、つぎの日の夜あけごろ、自分の部屋の前の廊下を駆け歩く慌ただしい足音をきいた。扉《ドア》をあけて、そこを走ってゆく妻をつかまえてきくと、彼が頑固な嘔吐をはじめたので、いま医者を迎いに行くところだ、と答えた。とうとうやったのか。

一、彼はとめどもなく嘔吐をしつづけていた。もはや吐くものがなくなり薄桃色の液を吐いていた。注視するに耐えず、自分は部屋へ帰り、心を落ちつけるために読書をはじめた。

一、自分は最後の袂別《べいべつ》をするために、夜あけ近くに六階へ上って行った。そっと扉《ドア》を引きあけてみると、そこにじつに思いがけない光景が展開されていた。夫婦は睡眠不足のために赤く眼を腫らし、なにか非常に緊張したようすで動き廻っていた。妻のほうは彼の湯タンポを入れ換え、襤褸《ぼろ》をひきだし、夫のほうは、自分の裸の胸へ彼の足をおしつけて、体温でそれを温めようと一心になっていた。そして、ときどき彼の顔のほうへ耳をよせ、彼の呼吸が少しでも安まり、彼の顔から苦痛の色が薄らぐと、夫婦は涙ぐんだ眼でうれしそうにうなずき合うのだった。自分の困惑した頭では、この成りゆきに適当な解釈を与えることが出来ず、茫然たる心を抱いて自分の部屋へ帰った。

一、約二週日《しゅうじつ》に亘《わた》る献身的な夫婦の看護によって、彼は類似赤痢から奇蹟的に命をとりとめた。ある日、自分が昇ってゆくと、彼はもう寝台の上に坐っていた。自分を寝台の横にかけさせると、彼は唇のはしに皮肉《シニカル》な皺をよせながら、いった。「おい、おれは自殺するつもりで、毎晩そっと、あの雨受けの腐れ水をのんでいたんだよ。これ以上生きながらえていると、おれは賭博の研究のために次第次第に消耗してしまう。そんな死に方では死にきれなくなったんだ。たとえ、おれのシステムが全的に完成して、千万の金をもうけたって、その時おれの肉体は、過労と困憊の巣になっていて、その金をバラ撒く力さえ残っていないだろう。芸術の夢と賭博の幻にとっつかれて、四十三年の長い間、恋愛ひとつせずに空虚な克苦をしつづけてきたが、たとえどのような富が将来に約束されていようと、このうえこんな生活をつづけるのがいやになった。自分の胸にいささかでも恋愛を感じ得る柔かな情緒の残っているうちに、人間らしく死にたくなった。賭博のためにでなく恋愛のために死にたくなったのだ。生涯たった一度の恋愛をし、その愛人に看護《みとら》れながら死ぬならば、それこそ本望ではないか。それにおれの恋の苦悶は死にでもするほか癒す法はない。……それを、あの夫婦が無闇に介抱してとうとう治しちまやがった」といった。

一、それから二日ほどのちのある晩、夫婦は、もう、お別れだ、といって自分の部屋にはいって来た。突然に懺悔したいことがあると言い出した。互いにゆずり合ったのち、妻が言った。「あたしたち、六階の先生を殺そうと思っていたのです。なんの目的か、言わなくともお判りになるでしょう。しかし、それは考えていたほど容易《たやす》いものではありませんでした。いざ、やろうとなると、二人で顔を見合せて、思わず溜息をついてしまうのです。そのうちにあの方を看病することになって、いつでもやれるようになりましたが、そうなると、今度はあたしのいないうちに夫がやりはしまいか、また、あの方の容体がすこし悪くなれば、もしや自分が毒を飲ましたと思われはしないか、ってお互いに探り合い監視し合って、敵同志のようになってしまったのです。そのうちに、こんなに苦しむなら、たとえ餓死をしても、こんな恐ろしいことは止そう、とほとんど同時に二人が言い出しました。そこへ、あの急変でしょう、もしこのまま死なせると、あたしたちの思いで殺したようにもなるので、どうでも助けたいと、二人で死に身になって看護してとうとう治してしまいました。ほんとに浅墓なあたしたちでした」それから、夫は、二人はこれから白耳義《ベルジック》のスパ(温泉場)へ行って、自分のシステムでルウレットをやって見ること。しかし、大勝ちをする気なぞない。毎日細く食べて行かれるだけ勝ったらそれで満足であること。「もし、いけなかったら、その時は夫婦心中をするんです」といって妻のほうへふり振《かえ》った。妻は夫の手の上に、手をのせた。それが同意のしるしででもあるように。

一、次の夕方、夫婦は白耳義《ベルジック》へ発って行った。タクシーの窓の中で手を振りながら。
一、五日ほどののち、彼のところへ上ってゆくと、彼はたぐまったような恰好になって寝台の上に横わっていた。非常に痩せ細って、顔などはびっくりするほど小さくなっていた。眼だけはキラキラと小さな燠のように光っていた。自分が入って行くのをもどかしそうに眺めながら、肝癪を起したような声でいった。「おい、おれは貴様をこうやって三日も待っていたんだぞ。……おれは動けなくなったんだ。手も足も萎えてしまって身動き一つ出来やしないんだ」自分は、どうしたのか、とたずねると、彼は忌々しそうに唇をひき歪めながら、「なあに、自殺するつもりでいろんなものを出鱈目に飲んでやったんだ。眼薬だの煙草の煮汁《にだし》だの写真の現像液だの……。そして眼をさまして見たら、こんなことになっているんだ」そして火のついたような眼で自分の眼を見つめながら、「貴様を待ってたというわけは、おれをこの六階の窓から投げだして貰いたいんだ。手足が少しでも利いたら、おれは這って行ってでも自分でやる。自分が死ぬのにひとに手数をかけたくない。だが、いま言ったように指一本動かせやせぬ。だから、貴様にたのむのだ。金もなく、身よりもないこの外国にこんな中風《よいよい》になって生きているってことはどんな悲惨《ミゼエル》だか貴様にも判るだろう。今更、余計なことを言う必要はない。おれはこうやって死にたがっているんだから、せめて友達がいに最後のいやな役をうんといって承知してくれ。遺書は書いてあの通り机の上に載っている。どんな意味に於ても貴様に迷惑のかからないようになっている。……そして、変な言い廻しをすれば、貴様に投げ出してもらえたら、どんなに……うれしいだろうと……思って……なにしろ、フランスくんだりの、こんな汚い部屋で……一人で壁を眺めながら死ぬんじゃないから……最後に貴様の手の温《あたたか》みを……おれの身体に感じながら……」自分は立上った。「よし、投げ出してやる。いますぐで、いいか」彼はうなずいた。自分は彼を抱きあげた。じつに軽かった。自分はふと、これはもう肉体じゃない、霊体なのだと思った。彼が言った。「ポケットの中の手帳を」「おれにくれるというのか」彼はうなずいた。自分は彼の内懐《ぶところ》から黒い手帳を抜き出して自分のポケットに納めた。窓の框《かまち》の上に彼を立たせて、巴里の屋根屋根をしばらく眺めさせてやった。彼は顔を顰《しか》めて、もう、いい、といった。自分はうしろから彼を突いた。彼は瞬間屋根の斜面を辷《すべ》り、真黒な闇の中へ落ちて行った……。

つまらぬ感傷のために役にも立たぬことを長々と書きすぎたようだ。もう空が白んできた。このへんで手記を止めよう。いま自分はこの手帳をストーヴの中へ投げこんで、この出来事にキッパリとした結末をつけるつもりだ。もう二度とこのことは思い出すまい。

泡沫《うたかた》の記（ルウドウィヒ二世と人工楽園）

森鷗外の「独逸日記」（明治十七年十月から二十一年五月にいたる）の十九年六月のところに次のような記述がある。

十三日。夜　岩佐（新）とマクシミリアン街の酒店に入り、葡萄酒の杯を挙げ、興を尽して帰りぬ。

翌日　聞けば拝焉（バイエルン＝バヴァリア）国王　此夜　ウルム湖の水に溺れたりしなり。王はルウドキヒ Ludwig 第二世と呼ばる。久しく精神病を憂へたりき。昼を厭ひ夜を好み、昼間は其室を暗くし、天井には星辰を仮設し、床の周囲には花木を集めて其中に臥し、夜に至れば起ちて園中に逍遥す。近ごろ多く土木を起し、国庫の疲弊を来しゝが為めに、其病を披露して位を避けしめき。

今月十二日の夜、王は精神病専門医フォン・グッデン von Gudden と共にホフヘンシュワンガウ Hohenschwangau 城よりスタルンベルヒ湖 Starnbergersee 一名 Wurmsee（ウルム湖）に近きベルヒ Berg といふ城に遷りぬ。

十三日の夜　王　グッデンと湖畔を逍遥し、終に復た還らず。既にして王とグッデンとの屍を湖中に索め得たり。蓋し王の湖に投ずるや、グッデンはこれを救はんと欲して水に入り、死を共にせしものなるべし。屍を検せしもの丶謂へらく、グッデンは王を助けて水を出でんと欲し、其領（襟）を摑みしならん。グッデンの屍は手指を傷け、爪を裂きたり。されど王の力や強かりけん、衮衣は医の手中に残り、王は深処に赴きぬ。医は追ひて王に及び、水底にて　猶　王の死を拒みし如し。グッデンの面上には王に抓破せられたる瘢痕ありと。惨も亦た甚だし。

王の未だ病まざるや、人主の徳に詩客の才を兼ね、其容貌さへ人に勝れ、民の敬愛厚かりしが、西洋の史乗にも例少き死を遂げしこと、哀む可きに非ずや。

グッデンは特に精神病の医たるのみならず、平生　神経中心系の学に暗熟し、嗚世の著述あり。又　詩賦を好む。其　狂婦の歌　人口に膾炙す。其死も亦　職責を重んじたる跡　分明にして、永く　杏林に美名を赫するに足る。

二十七日（日曜）。加藤　岩佐とウルム湖に遊び、国王、グッデンの遺跡を弔す。

南独逸の半以上を占め、ガンブリヌス(麦酒神)の恵みを受ける豊饒な国に九百三十万の民草を統治するバイエルン国王――十一世紀以来、この国に君臨していたヴィテルスバッハ家の正統、十九歳で王位にのぼり、物語のような富と、数々の王城と、俊秀な叡智と、その詩才と、寛大な芸術の保護者たるゆえに全ヨーロッパに知られ、ユンケル(南部独逸貴族)の仰慕の的であった独逸の若い王、ルウドウィヒ二世は、登位すると間もなく、精神上に影響を齎《もたら》す特殊な憂鬱と、感覚の病的な鋭さにひどく悩まされている風であったが、八年ほど前から、孤独と隠棲に強い執着を示すようになり、マクス公の二女、ゾフィーエ公女殿下(後、アランソン公夫人として美貌をもって知れた)との婚約も解消し、首都ミュンヘンの南、チロル・アルプスをのぞむ幽邃《ゆうすい》な湖沼地帯の景勝の地に、幻想の赴くままに、つぎつぎに造営した、驚くべき耽美主義の城の中にひきこもって、完全に姿を見せないようになった。

もっとも、この十年来、ミュンヘンの王宮に滞在するのはわずか六日か八日で、それも、深夜、黄金塗りの四輪馬車《キャロッス》を早駆けさせて、前触れもなく風のように現れ、英国公園のまわりを一周するか、宮廷の劇場でただ一人で観劇するかすると、すぐさま湖畔へ飛び帰るというぐあいで、一年の大部分を「山《ベルク》の城」、「菩提樹の城《リンダーホーフ》」、「ホーエンシュワーンガウ城」の三つの城で暮していた。

その後、更にノイシュワーンシュタインと、オーストリヤのザルツブルグに向う途中にある島に新奇と不可思議のかぎりをつくした二つの城をつくり、猶また、ファルケンシュタインの近くにも新城を造営中であった。ルウドウィヒ二世は、五つのうちのどこかの城に居られるはずであったが、最近の四年ほどの間は、稀れに伺候する宮中顧問官と、近衛兵と、侍僕のほか、誰一人、国王の所在を知らずに過していたが、一八八六年(明十九)六月十日、突然、国王の伯父ルイトポルド公の名で摂政就任の布告があった。

国王の御名により

王室　及び忠誠なるバイエルン国民は　茲《ここ》に測知せられざる神の摂理によって、驚駭すべき事態に逢着することになった。愛甥　バイエルン国王　ルウドウィヒ二世陛下は、悲しむべき病痾に沈湎せられて皇業を維持されることが不可能となり、憲法第二章第十一条の規定するところに従って、輟朝《てっちょう》を乞うのやむなきにいたった。

然るに　王弟オットー殿下も亦、久しきにわたって病褥にあり、摂政の任務に適せざるをもって、バイエルン憲法は執政の全権を予に附託せしめた。予は哀心よりの悲哀の念をもって右の事由を諸官に布告し、議員各位に対しては、本月十五日、即時、議会を召集することを茲《ここ》に告知するものである。

ミュンヘン一八八六年六月十日

バイエルン公　ルイトポルド
副署　国務顧問官　テリング伯爵
同　内務大臣　リーデル男爵

殿下の命により
内務省大臣官房長　フォン・ノイマル

ルウドウィヒ二世陛下の精神障碍にたいする臨床報告

一、陛下ノ精神障碍に於ケル病状ハ甚ダシク進行シ居リ、経験上、パラノイア(精神錯乱)トシテ知ラレタル型ノモノニ属ス
二、コノ型ニアリテハ、緩漫、然モ漸次増悪スルモノナルヲ以テ、現状ヨリ見ルニ、久シキ以前ニ発病セラレタルモノナルコトヲ認ラルルガ、既ニ長年月ヲ経過シタル故ニ、治癒困難ナル状態ニアリ、猶、精神障碍ノ度ハ、日ヲ追ウニ従ッテ更ニ度ヲ加ウルモノト思惟セラル
三、現状ニ於テ、御自身ノ意志ニヨル自由決定ハ全ク不可能ニシテ、御不予ノ状態ハ、御生涯ノ限リ、継続スベキ性質ノモノナリ

以上は、侍医フォン・グッデン博士、宮中顧問官ハーゲン博士、国立医科大学教授グラスハイ博士、王室顧問官フープリヒ博士が宣誓の上陳述したものにして、本文に於ては、各方面より推察したる帰結を参酌補足し、これを一致の意見として添附す

同日朝、ミュンヘンをはじめ各市町村の公報板に簡単な布告が貼りだされた。

国王陛下は重患によって隠退され、バイエルン公ルイトポルド　摂政に就任、統帥の大権を摂ることになった。

全国民　並に全軍に布告する

六月十日　ミュンヘン

於　ハインレート

ルイトポルド公

国王に退位を乞う奏者番たる五人の重臣団は、侍医頭フォン・グッデン博士と附添を担当する二名の医師、新に侍従に任命された男爵ワシントン少佐を同伴し、九日、午后五時、ミュンヘンを出発して、汽車でホーヘンシュワーンガウ城へ参趨したが、宮相以下の三人は、国王の命によって、反叛者として逮捕されてしまった。

六月十日、「ミュンヘン新報」

「重臣団の一行は、今朝、午前、国王に謁見をねがうはずであったが、五日、夜半、一行は大逆罪によって逮捕せらるべき旨の内報があり、恐悚《きょうしょう》していたが、十日、午前、一行のうち、クライスハイム男爵、宮内卿、王室財務長官の三人が近衛兵によって逮捕監禁された。そのままの状態で十時間経ったが、一片の麵麭《めんぽう》すら与えられないので、多少の飲食物を乞うたところ、国王によって峻拒された。猶、同日、夜、侍医頭の一行も同様の処置を受けた。

同地の住民はかねて国王に親昵《しんじつ》し、心から愛敬の念を捧げているため、重臣団にたいして反感を抱き、異状な昂奮を示している。政府当局は八名の憲兵を同地に急行せしめ、猶、ケンプテン第一騎兵大隊に出動待機の命令を出した。同地の混乱は名状すべからざる状態にたちいたった」

同日、夕刊所報、

「本日、午后六時、監禁中の重臣及び侍医の一行は、王城の裏門から救出された。同地の住民はミュンヘンよりの公報を信用せず、近衛兵、王宮警手と連繫し、依然として不穏の態度を示すので、救出した一行は、五十三キロほど距ったペンツベルグ村へ移した」

そういう騒ぎも、十二日の朝までにおさまった風で、「国王陛下には、本日、午前八時、グッデン博士を伴われ、馬車にてスタルンベルクよりウルム湖畔の「山《ベルク》の城」へ移られた。事故なし」という公表があったが、十四日、聖霊降臨祭の朝、ミュンヘンの王宮前の掲示板に、

国王ルウドウィヒ二世陛下　昨十三日　午后十二時十分　崩御あらせらる

という黒枠付の掲示が張出された。

「国王陛下には昨夕、六時四十五分、グッデン博士と散歩に出られたまま御帰還なきため、公園及び湖畔一帯を捜索したるところ、陛下並にグッデン博士は、ウルム湖の水中より発見せられ、同十二時十分、遂に崩御あらせられた」

ルウドウィヒ二世は、九日以来、病的不機嫌をつづけ、時々、発作的に激発する模様だった。十一日になると、ひどく沈欝し、最近、間歇的に襲われる自殺の意志をしめし、侍従に、「早くなにか毒を飲ませろ」とか、「城の塔から飛び降りたい」などと口走るようになった。

その日は夕方から雨が降りだしたが、夜が更けるにつれていよいよ発揚状態になり、午前二時頃、侍従に、「塔の上へ出るから鍵を出せ」と迫った。

そのとき、グッデン博士が附添を連れて参入してくるのが、下の道に見えた。それで、侍従は、王が広間を通って、バルコンの階段へかかる直前に、うまく博士と落合うよう、時間を計って鍵を渡した。

王は広間の中程のところに佇んで、入ってくる博士の一行を不安定な表情で眺めていたが、「ウルムの山の城へ移そうというのだそうだな。おれは気狂いだから、なにをやりだすかわからないぞ。それが承知なら、移ってやる」

と抑えつけたような喉音で、ゆっくりと呟いた。

十二日、早朝、午前四時十五分、王を四輪馬車《キャロッス》に乗せ、馭者台と扉の両側に屈強な侍者が附添い、なにか変事があったら、いつでも馬車を停められるように手配して城を出発した。侍医の一行、附添、使丁、憲兵隊長以下は、二台の二輪馬車で後に従った。

午前十時、ゼーハウプトという村で馬を換えた。王は道端に立っている避暑客に愛想よく会釈をし、駅亭の内儀に「水を一杯、くれないか」といい、馬車の窓越しに五分ばかり楽しそうに話をしていた。

王がその生涯を終るまで、長期の滞在をすることになった「山の城」では、宮内秘書官のクルークが万端の用意をして待っていた。午後四時、山の城に着くなり、王はグッデン博士を連れて、一時間ほど湖畔を散歩した。

翌十三日の正午も同様のことがあり、前日より以上に機嫌よく散歩を終った。

王の食事は、この十年間そうであったように、山の城でも、陪食なしで、一人で居間ですました。ナイフ、フォーク、その他、いささかでも傷害のおそれのあるものには、あらゆる危険を予想して適当な処置を施し、なお居間の扉に覗穴をつくってあったので、王にさとられずに、外部から、逐一、監視することができた。

午後六時四十五分頃、王はグッデン博士を誘って、また散歩に出た。附添のミュラー教授は、なにかしら危惧の念を感じ、こっそり二人を尾行したが、グッデン博士が気づき、王が感情を害すという理由で、追従することを中止させた。

王の夕食は、八時の規定になっていたが、時間をすぎても二人が帰って来ない。ミュラー教授は急に不安になって、公園巡視の憲兵に侍僕を一人つけて探しにやったが、いっこうに消息が知れない。九時近く、王宮付の憲兵を非常召集し、扈従《こしょう》が総出で湖畔を隈なくたずねまわったが、これも徒労に終った。

十時十五分になって、馬車掛の使丁が、ぐっしょり水に濡れた王と博士の帽子を拾って帰ってきた。それでミュラー教授と庭番のフーベルが、帽子を見つけたという場所からボートを出し、岸に沿って北のほうへ漕いで行くと、十一時すぎ、レオニーという村から二キロほど手前の湖岸、四尺ぐらいの浅瀬に、王と博士が顔を下にして浮んでいるのを発見し、すぐさま岸にひきあげた。

王も博士も、どちらも完全に呼吸をとめ、脈も触れず、死後、数時間を経過していることがわかったが、それでも、四人の侍僕と三人の衛兵が、かわるがわる四、五十分間、人工呼吸を試みた。十二時になって、ミュラー教授は、これ以上、どういう試みも効がないと宣告し、十二時十分を崩御の時刻とすることにきめたうえで、二人の遺骸を新城に運んだ。

五時間後、東が白らむのを待って、入念な現場調査と実地検証が行われた。

王は博士と肩を並べ、(博士の右側に)ウルム湖に沿った小道を、レオニーのほうへ歩いていたが、現場まで来ると、持っていた洋傘を草むらに捨て、急に歩幅を大きくして岸から水の中へ走りこんだ。湖岸の柔かな苔の上に、あたかも意志があってしたように、歴然と残された王の足跡が、そのときの情況を物語っている。

王が湖水に向って突進すると、博士はこれも洋傘を投げだし、追縋って王の服の襟を摑んだ。この動作は非常に猛烈なものだったらしく、博士の右手の指の爪が割れている。しかし、博士の力が足らなかったのか、王の振切る力が強かったのか、服の布地が裂け、博士の手には服の後身《うしろみ》が残り、王は服の両袖だけを腕にはめて、そのまま前に進んだ。

このとき、二人の間に三メートルほどの距離が出来てしまったので、追縋ったのでは間にあわぬと思ったのか、博士は右側から前へ廻りこんで、王の行く手を遮ろうとした。岸の泥に斜に深く踏みこんだ博士の足跡で、それがよくわかる。そういう情況で、博士は王の後を追って水の中へ入った。その辺は膝ほどの水しかないが、湖底はぬるぬるした粘土質の軟泥に蔽われているので、足が辷《すべ》って、どちらも思うように早く進めなかった。博士は岸から十五歩ほどの湖中で、王に追いついた。すると王は急に振返って博士と向きあった。博士を追返そうとしたのか、争うつもりだったのかわからないが、水深四尺ばかりの湖底の泥の上に、二人が揉みあった形跡がはっきりと残っている。ここで二人がなにをしたのか、どんな目的で、どの程度の争いをしたのか、これは永久の謎である。

ところで、博士はもうそこから先へ進んでいない。格闘のために出来た湖底の窪みに、中腰になった恰好で膝をつき、両手をブラリと垂らし、顔を水に浸して死んでいた。丸めた脊《せ》がわずかに水の上に出ていた。博士の顔には、王に搔捲られた、相当ひどい爪傷がついていた。(ゲオルゲ・モリーン「バイエルン国王ルウドウィヒ二世――生涯、事蹟、死」)

翌十四日、グラースハイ博士、侍医ハルム博士、立合、リューデンガー博士、執刀で剖見を行っている。いささか専門的にわたるが、問題のある個所なので、書いておく。

「王の身長は一九一糎《センチ》(六尺三寸)、胸囲一〇三糎(三尺四寸)、脂肪の沈着は顕著。筋肉及び骨格の発達良好なり。

死屍の顔面及び頸部に若干の腫脹。頭部、耳辺の皮膚は青色を呈し背部及び四肢末端に死斑拡張す。外傷は膝に若干の小傷痕を見るのみ。舌は僅に歯の間に挟まれ、歯牙の欠損、著明。

肺は水を吸入した影響を除けば、全く健全。心臓は稍《やや》、大。胃壁に慢性加答児《カタル》の痕跡。肝臓は充血し、腎臓は大でチアノーゼあり、他はすべて正常である」

つぎに頭部を解剖し、頭蓋骨、脳及び脳膜に、一部、不整発達、一部、慢性炎症による退行変性を認めたと言っている。「頭部の外皮は肥厚し、血液を多く含む。頭蓋骨の身長に対する比率は小。左右、稍不均等なり、顱頂骨《ろちょうこつ》は特に薄弱なれども、縫合の骨化は完全にして、異状を認めず。右の血管内腔にバッキオ氏肉芽発生す。頭蓋骨底部の血管には暗色の血液充満す。脳量(硬脳膜を除き)一三四九瓦《グラム》。蜘蛛網膜は両半球に亘って、大部分肥厚し、白濁を呈す。一部、一馬克《マルク》貨幣大の癒著を起し、胼胝状になり、顱頂骨の対応部は薄紙状に薄痩す。脳実質は血液豊富にして、稍、軟弱」

王の遺骸は黒樫の棺槨《かんかく》におさめ、ウルム湖畔にある陸繋島《りくけいとう》のシュロスベルヒ(城の山)という丘の上にある古城(ルウドウィヒ二世が造営した新城にたいしていう)に移し、王が幼なかった頃、起居した「マク王の部屋」に安置して椰子の葉と薔薇の花で蔽った。博士の遺骸は、つづきの脇間の、湖に向いたロココ風の明るい窓の傍に置き、城の薔薇園から摘んできた庚申薔薇で蔽ってあった。

「脇間の窓の下に、初夏の白い雲をうつしている湖の水がある。湖畔の散歩道を縁どる楡の木の葉越しに、対岸の丘の下を湖畔鉄道の玩具のような小さな汽車が走っているのが見える。なにもかもおだやかな風景のなかにしずまり、この幽邃《ゆうすい》な湖のほとりで、昨日、あんな悲劇があったとは、どうしても信じられなかった。

王の服の衣嚢《いのう》にあった時計は、七時七分前で停っていたから、湖畔の椿事は六時五十分ぐらいにはじまり、十五分ぐらいの間に、万事が終ってしまったのだと思われる。

現場報告の公報は、いちいち証跡《しょうせき》が示すとおりのもので、疑義をさしはさむ余地はないのだが、仔細に読み返すと、どこかに重大な欠落があるような、もどかしさを感じる。

博士は王を追って浅瀬へ入りこむ。服の後身が裂けるほどの格闘があり、それでも終らずに、湖岸から十五歩ばかりのところで、もう一度、長いあいだ揉みあった。そのすえ、どういう心境の変化からか、博士は卒然と王を追うことを断念し、湖底の泥に膝をつき、拝跪するような恰好で、(たぶん自分で溺れて)死んでしまった。

博士は水泳が上手で、この湖水で泳いでいるので湖底の状況に通じている。そんなことは別にしても、現場の模様は、岸から五十メートルほど先まで遠く浅瀬がつづき、溺死しようにも、やりようがないわけだった。博士がなぜそんな死にかたを選んだのか、それは他人の知らぬことで、とやかくと考えまわすのは余計なことだが、われわれが疑問に思うのは、それほどの争いをしながら、王も博士も叫び声ひとつたてなかったというそのことである。

昨日は、薄曇ったものしずかな夕方で、そういうときには、小さな物音でも、場所によっては遠くの岸まで聞えるものだから、もしどちらかが叫び声をあげたら、現場の東西、一キロ以内にいた人間の耳に入っていないはずはない。事件のあった時刻を七時前後とすると、ちょうどその時間に、五十メートルほどうしろの並木道を、二人の憲兵が巡回していたが、その二人はなにも聞いていないところをみると、ついぞ叫声らしいものもあげなかったのだと思われる。

王の側には、自殺にたいする強烈な欲求があった。それは、もうわかっている。前日、重臣団を皆殺しにもしかねないほど激発していたのに、翌日、眼にみえて温柔なようすを示し、極めて愛想がよくなった。心の中に、なにか深い企みがあるものは、誰しもそういう装いをするもので、つまりは、王は上手に博士を欺したわけなのである。

山の城に着いた夕方、最初の散歩が無事に終ったとき、博士は侍従に、「王は間もなくこの環境にお馴れになるだろう。万事、都合よく行きそうな気がする」と言っていたが、その散歩は、けっして安心のいくようなものではなく、じつのところは、王は自殺する場所を探していたのだということが、今にして思いあたるのである。第一回の散歩のときには、思わしい場所がないので帰ってきた。翌十三日、王は悲劇のあった場所の湖畔の赤塗のベンチに博士と並んで掛け、二十分ほどそこで休憩した。王はその時もうそこを決行の場所にきめていたので、夕方、最後の散歩に出たときには、城からまっすぐにそこまで来て、躊躇なく湖の中へ入ってしまった。

王のほうでは、それほど念入りに計画したことなので、どんなことがあっても声は出さない。ところで、博士のほうはなぜ頑固な沈黙を守りつづけたのだろう。手に余った瞬間もあったはずだから、「誰か来てくれ」とか、「たいへんだ」とか、それくらいのことは叫びだしてもいいところである。これはわれわれがそう思い、また誰しもが疑問に感じる点である」(六月十五日、「ミュンヘン新報」)

その朝、山の城で非公式な告別式があった。喪服を着た湖畔の村民が、黒い長い列になって王の遺骸のそばを通り、順々に脇間の扉から出て行く。正午になったところで、棺側に侍立していた侍僕の一人が、クルーク侍従に、「この辺でやめましょう。きりがないから」というと、侍従は、「バイエルンの国民は、王の御在世中、御懇意をねがえなかったのだから、せめてこんなときに、一人でも多くお目にかかれるようにしよう」とこたえた。

それから間もなく、六十五、六ぐらいの白髪の小柄な老人が、村民の後について進んで来た。王の棺の前に足をとめ、

「あなたのような、たぐい稀れな勇気のある方が、こんな終末をお見せになるとは」

と呟くと、侍従のそばへ行って、高慢な口調でこんなことをいった。

「君は、こんど新しく来られた侍従かね。私は、以前、王に御愛顧を蒙ったものだが、一昨日、王がゼーハウプトの駅亭のおかみに、わしによろしく伝えるようにとおっしゃったそうで、昨夜、それを聞いて気にしていたが、とうとうこんなことになってしまった。それで、君が侍従なら、ちょっと話したいことがあるから、十五分ほど、その辺を歩いてくれたまえ」

と脇間の扉から庭先へ連れだした。

「王様は、凡庸な医者どものために、とうとう気狂いにされてしまった。笑うにも耐えないようなことだが、今となっては、そのほうがよかったと思っている。剖見の発表はまだ読んでいないが、あの連中だって、馬鹿ばかりではないから、たぶん、うまくやってのけたこったろう。それで君におねがいするのだが、菩提樹宮の王の夜の部屋へ行

って、最初に眼についたものを、なにも考えずに焼いてもらいたい。自分で行けるなら、もちろん行ってやるが、もう代替りで、わしのようなものをやすやすと参入させまいから、それで君にたのむのだ。君ほどの齢になれば、物事の重さ軽さぐらいのことは、理解できるはずだから、あらためて、とやかくと指図はしないが、君自身の気持に、なにか感じられることがあったら、それに従って行動してくれるといい」

そういうと、名も告げずに飄然と帰って行った。

レルーク《(ママ)》「L城の人工楽園」

「見あげるような高い岩山の上に、童話の城のようなL城がそそり立っていた。その上に暮れたばかりの水々しい空があった。

深夜の二時、王が窓掛をおろした馬車に乗って、交通遮断をした村道を駆けぬけ、この岩山の下で、騾馬に曳かせた小馬車に乗りかえ、「王の道」といっている嶮しい岩阻《いわそば》道を上り、目のまわるような高いところに建っている城で、毎夜、千滴のローダノム(阿片丁幾《チンキ》)を飲み、カントや、フィヒテやシェリングの著書を読んで、独逸形而上学の勉強をしているという、伝説まで出来ているその城であった。

ほかの三つの城とおなじように、わずかの侍僕のほか、この十年の間、誰一人(ゾフィーエ嬢さえもが）立入ることを許されなかった、寂然たる岩道を踏んで、城のあるほうへ上って行った。

五分ほどのぼると、扶壁のついた暗い入口に行きあたった。それは輝くように磨きあげた黒大理石の壮麗な門で、アーチの上の楣《まぐさ》に、銀でつぎのような言葉が象嵌されてあった。

もしこの地上に楽園があるなら、それはここだけ——それはここだけ——それはここだけ

門を入ると、そのむこうは七メートルほどの高さの岩の段丘で、丸い池のそばに半円形の四阿《しあ》のようなものがあった。一方だけが吹きぬけになり、まわりの壁には、それぞれ微妙な差異で彎曲した鏡が張りつめてあるので、池のそばにある小さな橄欖《かんらん》の繁みが、鏡の面の上で奇妙に拡大され、無限に照応しあうので、印度のジャングルの中にいるような錯覚を起させる。風景というよりは、亜剌比亜模様《アラベスク》といったようなぐあいに、ふしぎな図柄を織出しているので、われわれが自然の風致に倦怠を感じる、その種の退屈さはまったくなかった。

鏡の壁の前にボッティチェリの「ヴィナスの誕生」La Nascita di Venere の絵、ヴィナスが乗っているあの大車渠貝《しゃこ》とそっくりなものが置かれてあった。それは幅だけでも

三メートルはあろうと思われる純金の大車渠貝で、蔓薔薇の蔓と、わずかばかりの蘆の葉で支えられ、床から三十糎ほどの高さのところにゆったりと置かれてある。つまり宙に浮いているのだが、どの蔓とどの葉が、これだけの重量を支えているのか、どうしても見極めることが出来なかった。つまり、これは王のソファなので、さまざまに度合のちがう大車渠貝のふくよかな丸みのせいで、腰を掛けるにしろ、横になるにしろ、どんな恰好でも即座に受けいれて、なんの不自由も、抵抗も、無理も感じさせないといったぐあいになっている。

試みにその上に横《よこた》わってみると、その途端に私の身体はいいしれぬ安易さ——宙に浮いているとも、物体に拘束されているともきめがたい、えも言われぬ安楽な状態になっていた。ふと眼をあげると、鏡のゆるやかな撓みが、唐突に宇宙そのもののように無限に拡大され、天心から十五度以内に、あらゆる星座が、無窮の、その癖、すぐ手の届くところに、燦然と輝いている。のみならず、地球自体の動きにつれて微妙に位置を変えるので、しばらく見ているると私の身体が羽化して、ほの暗い宇宙に浮びあがり、星座の間を遊行しているような孤独な感覚に襲われた。

こういう奇妙な感じは、どこからやってくるのかと、しばらく考えていたが、間もなくわかった。吹きぬけの窓のそばにある池——仏蘭西でバッサンといっているものだが、その縁は、どこが終りともわからないように、つらつらに緑の漆を塗った、人工のアカンサスの草むらの中に消えている。池の底は平らな鏡なので、その上にある浅い水が、たぶんなにかの精巧な機械の仕掛でたえずゆるやかに旋回している。その速度とリズムは、ついさっき星座の間を遊行したとき、感覚に訴えたものとよく似ている。旋回してやまぬ水の面にうつった星が四阿の壁の鏡に映写され、黄金の車渠貝のソファに横わっている私の感覚を、宇宙の高みで蕩揺《とうよう》させたのであった。

四阿からむこうの城の建物につづく長い道は、鋳金の柱に支えられた彎曲ガラスの屋根に蔽われ、左右の壁にあたるところは、小滝の落ちている鍾乳洞になっている。滝の水のそのまま流れになり、せせらぎの音をたてながら、岩山の下のほうへ走り下っていた。

この道はいきなり城に行くのではなくて、五十米ほど手前で二つに分れ、一方はオレンジや棕櫚や椰子の木の植わった絵のように美しい芝生につづき、そのむこうに按配よく配置されたつくりものの灌木の間に、カンタルディの「ファウストとグレートヘン」の群像があるのが見えた。一方の道を行くと、美しい絨氈のような円形花壇に取巻かれた土耳古《トルコ》式の園亭が、金鍍金《きんめっき》の丸屋根と尖塔を月光に輝かせながら夢のように立ちあがっていた。園亭の四方の欄間《らんま》には、青と緑の、あらゆる色階をつくしたスティンドグラスを組合せて巧みに嵌めこんであるので、そこから来る月の光に一種、言いようのない魔術的な調子をつけている。園亭の前は雪を戴いたヒマラヤ山脈を遠景にした広い人工の沼で、インド産の白鳥が二羽、羽毛のほの白い色をうきあげながらゆるゆると遊弋《ゆうよく》していた。遠景の山脈は、いうまでもなく油絵具で描いた巨大な画面なのだが、ここでも、鏡の使用が、それを涯しない距離のむこうにおしやることに成功している、云々」

レルーク《ママ》は王の部屋へ入って行き、そこでなにかを発見して、言われたとおり処分するのだか、なにを見たのか、それについては一行も書いていない。

「王がここで、毎夜、耽溺している千滴のローダノムはかねて欧洲中の宮廷で評判になり、ゆるしがたい「悪癖」として、きびしく指弾され、そのゆえに評判を悪くしていたものだったが、それは、罪深い怠惰な悦楽を追究するためではなく、議会の法王派が、口を極めて罵るような悪魔的なものでもなかった。この十年の間、王は皮膚と神経に撰択的に病変を起す、増殖性炎衝に悩んでいたと思われるふしがあるが、ローダノムというものが、人のように、内的世界のあらゆる苦痛にたいする万能薬、ファルマコン・ネペンチース(鎮静治療霊薬)なのなら、王は、残酷な神経の痛みと、救い難い悲惨な境遇を忘れるために、ローダノムの本質にしたがって、最も適切な使用法に服していたというべきなのである」

増殖性炎衝とは、どんなものなのか。

ルウドウィヒ二世については、一九一九年にジャック・バンヴィルが、二二年にボームが、二六年にウルフが、二九年にエレンベルグが書いているが、誰も、この点に触れていない。ただ、ギイ・ド・プゥルタレスが「ルイ二世、又はハムレット王」(一九二九年)の中で、

ヨブのような、

と、一言、遠まわしに仄めかしているだけである。

ヨブというのは、旧約聖書の「約百記」に出てくる、古代癩を身にうけた天刑病者のことだが、古代癩などというものは、現代には現存しない。ひょっとすると、伝説中の業病なのかもしれず、果してそんなものがあったのかどうか、それさえ不明である。剖見によれば、王の脂肪の沈著は顕著で、筋肉と骨骸への発達が良好であり、内臓にもなんの病変がないことになっている。四肢末端の死斑(紫痕)と、歯牙の欠損というのが少々あやしいが、それだってたいしたことはない。胃壁にあらわれた慢性加答児《カタル》と暗色の血液は、いうまでもなくローダノムの作用なのであろうが、どこにも「ヨブのような」などと言われそうな記述は見あたらない。高名な博士たちが、力を合せて、それほどでもない王を無理矢理精神錯乱につくりあげてしまったらしい形跡があるが、上から

の要請があれば、どんなことでもやってのけそうな連中のことだから、それもまた驚くようなことはない。

それがどんな病変だったのか、もとより知るよしはないが、自分から婚約を破棄して、星と夜を友とし、毎日、千滴ずつのローダノムを飲みながら、深夜、哲学の勉強をしたり、物語のような世襲財産と、王室の金庫を空にして、つぎつぎに偏倚な城をつくったりすることで、わずかに欝をやるような、苦痛な病業を持っていただけは、たしかなようである。

エヂプトのエラスムス三世という癩王は、周期的にあらわれる結節ができると、闘病してそれを克服するまでの間、苦痛を忘れるために途方もない大きな灌漑工事をはじめるのが常だった。

結節の周期が、三度あったので、それで、三つの灌漑工事が出来あがった。

この話は、ルウドウィヒ二世になんの関係もないことだが、仮りに、ここにも、そういうような巧みがあったのなら、ルウドウィヒ二世の病気は、あまり結構な状態ではなかったらしく思われる。王が自殺する直前ごろ、ファルケンシュタインというところに、もう一つ新しく城を造営することになっていたからである。

王は十三日正午散歩のとき、ひょっとするとグッデン博士に事実のところをうちあけたのではなかろうか。たぶんそうだったのだろう。というのは、博士が散歩から帰ってくると、「王はたいへんな悩みを持っているらしいことを告白された」と侍従は言っている。

最後の日、湖水へ入ったとき、博士は反射的に自殺を阻止しようとしたが、そのうちに、卒然と後を追うのをやめてしまったのも、なにかその辺の事情を物語っているもののようである。

プゥルタレスはウォルフの「ルウドウィヒ二世と天地創造」から三つの幻想的な城の構造を引用描写したうえ、「最もヨーロッパ的天才は、最も独創的な天才である」というような言葉で、ルウドウィヒ二世を批評している。

ともかく、ふしぎな王様であった。十年にわたって、苦渋の間で病気と闘っていたが、とうとう宿業に負かされてしまった。天才も独創も、ウルム湖の水に消え、泡影無常《ほうえいむじょう》というべき、気の毒な終末になった。

白雪姫

一

ある夏、阿曽祐吉という男が、新婚そうそうの細君を携帯して、アルプスのシャモニーへ煙霞《えんか》の旅としゃれたのはよかったが、合卺《ごうきん》の夢もまだ浅い新妻が、ネヴェという性の悪い濡れ雪を踏みそくなって、底知れぬ氷河の割間に嚥《の》みこまれてしまった。

それはモン・ブランの麓のアルジャンティエールから六時間ほどのぼったところにあるラ・トゥルという危険な氷河で、マァヘッドのアルプス案内記にも、ガイドを要すると特に注意しているのに、阿曽はホテルからザイルとピッケルを借りただけで、案内も連れずに出かけたのである。

阿曽がシャモニーからアルジャンティエールのグラッソンネというホテルへ移ってきたのは、八月ももう末で、山の天候が変りやすい時季だった。その頃になると、雪質が一分ごとに変化するといわれるくらいだが、そのうえ、四時近くになると霧が出て、山の形相を一変させてしまう。行きにあったポン(氷河の割目にかかった雪の橋)が跡形もなくなり立往生してまごついているうちに、凍った霧に巻かれて遭難するというような椿事がよく起る。

これはあとで問題になって、ボンヌヴィル(県庁所在地)の裁判所まで持ちだされたが、ホテルのマネェジャアは、たいしてスポルティフにも見えない貧弱な日本人夫婦が、こんな悪い時季に、アイスマン(氷河専門の案内者)でも汗をかくラ・トゥルの氷河へ出かけようなどとは、夢にも思わなかった。

フランスには山岳局が規定した「登山法」というものがあって、生命の危険を保護する立前から、登山者の行動を制限して、あまり勝手なことをすると処罪されることになっている。ホテルのマネェジャアが観光客にたいする監視の義務を負ってるわけなのだから、そうと知ったら力ずくでもひきとめたこったろうが、そこまでの想像力が働かなかったのは是非もなかった。というのは、アルジャンティエールという氷河がホテルのすぐ前まで雪崩れさがっていて、氷河見物といえば、その辺をブラブラすることにきまっていたから、ザイルも大袈裟なと苦笑したが、それ以上のことは考えもしなかった。

二人がホテルを出発したのは、六時ちょっとすぎ。部屋付の給仕が下のテラスまで送って出た。ムッシュウは綰《わが》ねたザイルを肩にかけてピッケルを持ち、マダムは緑色のサングラスをして水筒を吊っていた。昼食は氷河の近くの山小屋でするつもりだったので、食糧は用意しなかった。

二人はホテルの前の道をおりて、氷河が押しだした漂石《ひょうせき》のガラ場をのらりくらりと歩いて行った。給仕がテラスから挨拶をすると、マダムが振返って、

「ヤッホー」

と手を振った。それがマダムを見た最後だった。

二

二人はシャルドンネの山小屋で昼食をし、一時すぎに氷河のほうへ降りて行った。

八月末にはめずらしいよく晴れた午後で、ぬけるような紺青の空に白いちぎれ雲が浮び、どこか遠くで睡気を誘うような雪崩の音がしている。二年ほど前、阿曽はさる日本の登山家のお荷物になりながら低い山に登ったことがあり、地図の見方ぐらいは知っていたので、この天気とこの距離なら、足弱の女連れでも、夕暮れまでにトゥルの村へ行き着けると、無雑作な計測で氷河の横断をはじめることになった。

山小屋の下は、転石や小石ばかりがゴロゴロする歩きにくいガラ場で、氷でささえられていた斜面の岩や岩屑が日光に温まってころがりだし、えらい音をたてて落ちてくる。

そういうところを二十分ばかりやって、ようやく氷河の岸まで降りた。

雪線よりはるか上の高山に降る雪は、溶けるものより残るほうが多いから、年ごとに厚くなる。何年となく積もり重なって劫を経た万年雪は、自重と圧力で青味を帯びた尨大な氷になってゆらぎだし、地表に大破壊を加えながら、傾斜のあるかぎりどこまでも流れ下ってくるが、川の流れにくらべるとおそろしく緩漫なもので、この辺の氷河の平均速度は、春と夏が二二・六呎《フィート》、秋と冬が一一・四呎。一年に平均四〇、五〇呎というから、一里ぐらいのところをだいたい三年がかりで降りてくる計算になる。

河というが、流れているようすはどこにもない。大時化の大洋の波がなにかの拍子にだしぬけに凍りついてしまったといった感じで、十尺以上もある琅玕《ろうかん》色の氷の畝が、起伏に変化を見せながら、はるばるとひろがっている。

「おお、きれいな風景」

ハナが安っぽい感歎詞をならべだしたが、阿曽には面白くもなんともない。見るかぎり、生きて動くものの姿はなにひとつなく、無限の寂寥を宿した、死後の世界を想像させるだけで、絵になるような風景ではなかった。

氷の畝にとりついて越えだしたが、これは楽なものではなかった。氷の畝の腹はツルツルしていて手がかりがない。匍いあがれるのはまだしもだが、さもないやつは、氷の腹に一歩一歩足場を刻まなくてはならない。そんなことをしていたためにひどく手間どった。

そこはまだよかった。しばらく行くと、断層と曲流のいりまじった、足の踏み場もないようなむずかしいところへ出た。氷河床の傾斜のぐあいで、氷河がこの辺で奔流になって流れくだった名残らしく、氷河の表面が勝手な方向へ歪んだり捻れたりし、癇癪でもおこしたような乱脈な荒れを見せている。

アトリエからカフェのテラスへ通うほか、たいして使いこんだことのない阿曽のなまくらな足には、でたらめに高低を刻んだ氷屑の原を行くのは難儀以上のものだったが、ヴォジュの山国生れで、ブゥルヴァルをのして歩くのと、アトリエ巡りをするのを商売にしていたハナには、これくらいの行路はものの数でもないらしく、阿曽の薄弱な体力を、この際、ぞんぶんに思い知らせてやろうというふうに、先になってずんずん歩いて行くのは、憎かった。

どうやらそこも越えた。こんどはかねて話に聞いていた氷河の割目(クレヴァス)につかまった。

氷河の流れの早さは、氷河床の傾斜、氷の厚さ、流路のぐあいなどでそれぞれちがうが、おなじ氷河の流れでも中央部と岸についた両側とで早さに異和があるので、狭いところから広い谷に出て縦に流れだすと、張力のバランスの破れたところに大きな割目ができる。

阿曽の行きあったのは、氷河床の傾斜の急変部にできた横走クレヴァスというやつで、四尺ぐらいの幅の開裂が流れを横に切ってどこまでもつづいている。

「クレヴァスか」

阿曽は吐息をついた。

氷河に割目はつきものだから、もちろんはじめから予期された事態だったが、現実に見るそれは、話に聞いたような生優しいものではなかった。割目も割目だが、この辺の氷河の下は氷洞になっているのだとみえ、割目の側面の氷が欠けて落ちる音が、どーん、どーんと足の下から無気味にひびいてくる。クレヴァスの恐しい話は阿曽も聞いていた。うまく途中の出っぱりにでもひっかかればいいが、そういう僥倖は千中の一例で、この中へ落ちこんだ人間で、曳きだされたということはまだない。助からないというのはこのことだった。

あまり恐怖というものを感じない、知能低劣なハナでも、こんな境涯で死ぬのは趣味ではないらしく、割れ目の端に立って、じいっと底のほうを見据えていたが、なにも言わずにひきさがってしまった。

割目の幅はせいぜい四尺ぐらいしかない。飛び越えようと思えば、わけなく飛べそうだが、なにものか微妙な観念が運動を制止する。踏み切ろうと思うところの氷がやわらかくて、ふん切りがつかないのに、飛んだ先の氷の条件が不通なので、決心がつかないのである。

「危険なことはしないようにしよう。どこかに渡れるところがあるはずだから」

阿曽がそう言うと、ハナは、

「飛べないんでしょう。自信がなかったらよしたほうがいいわ。見栄を張って、バカな死にようをしないことよ」

とセセラ笑った。

一時間以上もあちらこちらと無意味な彷徨をつづけたのち、これならと思う割目を見つけた。

「おい、ここを飛ぶよ」

どうでもなれと、眼をつぶって飛んだ。どうやら事なく飛び越えたがうまくいったと思ったひょうしに、身体中の筋肉と神経が縮みあがった。

「飛べ」

というと、ハナも飛んだ。ハナの顔が急に細くなったように見えた。

これだけ苦労をして廻り道をしたところは、さっき飛びかねた割目のすぐそばだったので、さすがに呆れて、氷の上に腰をおろしてしまった。

陽が傾きかけ、山の影が氷河の上に大きく出てきたと思うと、霧のような冷たい山気が動いて、シャルドンネの峯のあたりが雲の中に隠れてしまった。二人がわたってきた氷河の上に薄い洩れ陽がさし、磨硝子の面のように光っていたが、間もなく、そのあたりも漠々とした雲の領域になってしまい、いけなければ後帰りすればいいと多寡をくくっていた阿曽の希望を、みじめにおしつぶしてしまった。

トゥルの山小屋のあるあたりには、シャモニーの谷からあがった薄赤い雲が棚曳いているが、陽差の色がなんとなく薄れて、日暮れに近い景色になっている。暗くならないうちに氷河を渡りきってトゥルの小屋へたどりつかなければ、とんでもないことになると思うと、気が気でなくなった。

三

水筒に残った水を飲みわけ、山の端に残る陽の光に力づけられながらそこからさまよいだした。三十分ほど下ると、ネヴェという質の悪い濡れ雪にぶつかった。雪の表面が溶けてまた凍りガラスのような薄い表皮をかぶって光っている。氷かと思って踏みこむとズブズブと足首まで埋まってしまう。その下にどんな剣呑《けんのん》なものが隠れているか見当がつかないので、うっかりできない。阿曽は、おれの歩くとおり、足跡を踏みはずさないようにしてついて来いとハナに注意し、ピッケルを突きだして骨の折れる摸索行進をやっていたが、ようすが変なので振返ってみると、ハナは眼をつぶったまま勝手なところをフラフラ歩いている。

「だめだよ、そんなところを歩いちゃ。むずかしいところをやっているんだから、イライラさせないでくれ」

ハナは高飛車にやられたのが癪にさわったらしく、

「いや」

と依怙地に濡れ雪の上に坐りこんでしまった。

「いやといったって、ここで休んでいる。ガイドを連れて、迎いにきて」

「歩けないから、ここで休んでいる。ガイドを連れて、迎いにきて」

イライラしているくせに、声だけは落着いている。

この何年かの間、毎日のようにくりかえしてきた諍《いさか》いを、こんなところでまた巻きかえすのかと、阿曽はうんざりするより情けなくなった。

「勝手なやつだな。ガイドを断ったのはお前じゃないか。わからないことを言わないで歩いてくれよ。こんなところにいると死んじまうぞ」

「死んだっていい。そのほうがお望みでしょう。あたしにはちゃァんとわかっているのよ。なぜこんなひどいところへあたしを連れてきたか」

「なにを言いたいんだ。言ってみたまえ。それで気がすむなら」

「それは言わないでおきましょうよ。あなたのほうがよく知っていることだから」

ハナの底意地の悪さは、いまにはじまったことではないが、これが六年もいっしょに暮してきた女の言うことだとは思えなかった。

こんどの伊太利の写生旅行には、ハナなどといっしょに来るつもりはなかったのだが、ナポリから日本へ帰るつもりだろう、どんなことがあったって逃がすものかと、気ちがいじみたあばれかたをするので、阿曽も精がきれいやいやながら連れてきた。

地中海廻りで行くというのに、アルプス廻りにしようと頑張ったのもハナだし、氷河を歩いてみたいなどと、素ッ頓狂なことを言いだしたのもハナだった。どのみちガイドなしでやれることではないから、シャモニーにいるうちにガイドをたのんだ。一人は手も足も黒々と陽にやけた、いかにも山男といったたのもしそうな中年の男で、もう一人のほうは、顔だけは美しいが、チョコチョコした軽率そうな男で、自分らの労力をこれでもかというふうに誇張して話す。見れば見るほどいやになって、山男のほうにしようというと、ハナはあんな木の根っこのような男はごめんだといい、それで喧嘩になり、けっきょくどちらからもお断りを食うという羽目になった。今日の災難は、なにもかもハナの気まぐれと依怙地な根性からはじまったことだと阿曽は思っている。

氷河のハイキングなどに経験も自信もあるわけではなかったから、いくどもやめようと言いかけたが、反対するとどこまでも絡んでくるハナの我儘な性情を知っているので、勝手にしろと投げてしまった。いずれひどい目に逢うのだろうから、すこし懲りさせてやってもいいというくらいの気持はあったが、いくら手に負えない悪性女だからといって、まさかハナのいうようなことを考えるわけはなかった。

夕方になると、きまって山を襲う驟雨《しゅうう》の時間が近づいてきたとみえ、どこかで雷が鳴っている。むこうの山の上にたぐまっていた、墨を刷いたような雨雲がだんだんさがってきて、雲に漉《こ》された光の陰翳が、氷河をずっと大きく感じさせる。この壮大な景観の中で、どこの馬の骨とも知れないモデルあがりのフランス女を、どうなだめて歩かせようかと、思案顔で考えこんでいるバカらしさというものは、なんとも言いようのないものだった。

ハナは頭から冷たい水でも浴びたような、凍りついた顔つきでだまりこんでいる。このときほどハナを憎いと思ったことは、この六年の間まだいちどもなかった。

時が経つ。死の影といったようなものが忍び足でそろそろと迫ってくる。もう言葉の争いは役にたたない。どうするだろうと思って、阿曽が一人で歩きだすと、気が変ったのか、ハナがだまってついてきた。

雪がなくなると、またうるさい氷の襞曲がでてきた。こんどの亀裂は雪庇のついたチムニー式のやつで、十尺ほどの空隙を素性の知れない雪だまりで埋めていた。ためしに乗ってみる気にもなれない。阿曽は自分の命のかかった足を雪だまりの端に置いたまま、踏みだそうか、やめようかと迷っていたが、思いきって一歩踏みだした途端、膝のあたりまでズブリと雪の中に埋まってしまった。

そのときのショックは言うに言えぬ不愉快なもので、反射的に一挙に駆け渡ってしまおうという捨鉢な考えをおこしかけたが、凍雪《しみゆき》の組織を破壊するような衝動的な動作はなにより禁物だということを思いだして、あぶないところで自制した。

やわらかな湿った雪にしずかに圧力を加えると、雪の粒子がくっつきあって、靴のまわりにクッションのような連続した物質ができるので、ある程度まで沈むとあとは沈まないという、れいの復氷の原理のことであった。

阿曽は聞きたくもないような顔をしているハナの手をとって、噛んで含めるように言い聞かせてから、踏みつけた雪を靴の底でゆっくりともじりながら、雲を踏むような、宙に浮いた足どりで、一歩一歩、慎重に渡って行った。理窟はよくわかる。物の道理はそうであろうが、次の瞬間にどうなるかわからない絶体絶命の境界で、能狂言の橋がかりの式でのたりのたりとやっていくのは、大丈夫の勇気と度量が必要だった。

そこは渡ったが、事態はいよいよ悪くなる一方だった。進むごとに亀裂が多くなり、亀裂と亀裂が絡みあって、網の目のようにいり乱れ、その間に見るもあやうげにアーチ形の雪の橋が架かっている。

亀裂の幅はこれまで見たどれよりも広い。のぞきこんでみると、亀裂の側面は風雪に磨かれてつらつらに光り、ぞっとするような氷の青い壁が下へ行くほど垂直に截《き》りたって、カトリック教の地獄の幻想を彷彿させながら無間の闇の中に消えている。

雪の橋は拱の頂点で三尺ほどの厚さしかなく、要石にあたるあたりの氷が歪んで脆くなっている。亀裂の縁は踏むはしから欠け、金属的な音をたてて底も見えぬ暗い氷の狭《はざ》間《ま》へ落ちて行く。詮じつめたところ、ここから抜けだすのは絶対に不可能だということであった。

阿曽は観念して、ジタバタしないことにしたが、雪の橋のむこうは、なだらかに傾斜する側堆石のガラ場で、この橋さえ渡れば、一時間ほどでトゥルの小屋へ帰って行けるという感慨は、世にも残酷なものであった。

山の上には黄昏《たそがれ》の色が漂っているが、シャモニーの谷はもう夜で、はるか目の下、眼路の終るあたりに、宮殿のようなマジェスティック・パレスの窓々があかあかと電燈の光をあふらせている。陽の目も見えない陰惨な氷の割目の中で餓死することを思えば、人間界を見おろしながら凍死するほうがまだしも幸福かもしれないが、とてもそんなことぐらいで慰められるものではなかった。

四

高地サヴォア県の裁判所で阿曽の公判がはじまると、岩本と南仏銀行の川瀬練三郎が特別弁護人の申請をしてボンヌヴィルに行った。

パリにいる画描きの仲間は、誰も一度はハナに手を焼いた苦い記憶をもっているので、みな阿曽に同情していた。

あん畜生、例によって、いい気になってチョコチョコしたもんだから落っこちやがったんだよ、とか、ハナはハナらしい死にかたをする、とか、勝手なことをいったが、阿曽も厄を落してせいせいしたろうというのが、みなの一致した意見だった。

ハナは、父親は日本人だったなどといっているが、それがそもそも大嘘なので、ヴォジュの山奥から一文なしでパリへ飛びだしてきた田舎の不良少女にすぎない。そんな血統は、はじめから存在しないことだった。

　脳味噌もなければ、肉体もない。いささか気が変で、顔はきれいだが、削ったような平ったい胸をしている。フランス人の画描きに相手にされないものだから、日本人そっくりの顔を利用して、人のいい連中をたぶらかすことを考えついたものらしい。ハナという名は、ロダンのモデルだった「お花さん」から拝借したのだろうが、これも智恵の浅い試みで、ハナのいうハナは、すべてのフランス人がそうであるように、いくら上手にやってもアナとしか聞えず、はじめから嘘と知れるところがご愛嬌だった。

　すらりとした身体つきで、眉毛が黒々と際だち、見るからに純潔そうな、やさしい風情があって、伏目になってものをいうところなどは、誰にもおやと思わせる。

　辷りだしは、というのは初対面のことだが、はじめてアトリエへやってきたときは、変に甘ったるい、なにかの象徴のような身ぶりをし、しとやかといっても程度のある、ビロードのような猫撫声でものをいうので、経験の浅い日本人の画描きは、それで一ころにやられてしまった。

　恋人のあいだはなよなよし、結婚すると途端にあばずれるふるふる悪性女の典型で、いざ同棲したとなると、ありったけの我儘をやりだす。冷淡で、薄情で、気紛れで、怒りっぽい。なにをしようという熱もなく、一日中、ベットの中でゴロゴロしている。その辺を片付けさせると、かえって散らかしてしまう埒のなさで、そのくせ動物のようにカンがよく、隠してある金でも手紙でも、なんでも探しだしてしまう。

貧乏の辛さを骨の髄まで知っているので、貰うなら一フランでもという、目ざましい強慾を発揮する。金の顔を見ると急にイソイソし、顔も声も別人のようになって、あどけないみたいな口調でうまいことをならべたて、貰うまではいつまでもせびる。

フランスには白奴法《はくどほう》というものがあって、未成年者をだまして、無理に部屋へひきこんだという解釈が成りたつと、目玉の飛びだすようなお灸をすえられる。ハナはその辺の道理を心得ているので、出て行けといったぐらいでは相手にならない。出すなら出すで、そのほうを専門にやっている代理人というものを仲に入れて、相当の払いをしなくてはならない。

いちどひっかかった連中は、ハナってのはひどいやつだから気をつけたまえ、と、パリの新入生に、なにより先に注意するくらいのものだったが、そのハナに六年もいためつけられたというのでは、阿曽が同情されないわけはなかった。

それも最近の一年は、わざわざヴォジュまでハナの母親に逢いに行って正式に結婚し、結婚証書に名を書いたほんとうの夫婦生活をしていた。阿曽の家はたいへんな金持なので、気の弱い阿曽をおどかしつけて退引《のっぴき》ならないようにしたいきさつは、聞かなくとも想像できるので、その点でもみな不憫に思った。

起訴の理由は、ハナにたいする構造殺人(過失死に見せかけた殺人)と殺人による保険金詐取未遂の嫌疑で、検事の論告は、阿曽が残ってハナだけがクレヴァスに落ちたという事実より、阿曽とハナが仲が悪く、かねて阿曽がハナを憎んでいたということのほうを重視しているふうだった。

阿曽はシャモニーの憲兵分署(地方警察)で、ポン(雪橋)を渡る前にザイルで二人の身体を結び合わしたと申立てた。正当にザイルで連繋したものなら、重力の関係運動と現場の個性から判断して、当然、阿曽が引込まれていなければならないというので起訴されることになったのだが、法廷では、阿曽は、私が残ったのは、事件突発の寸前に連繋が棄却されたためで、ザイルを解いたのはハナだったのだと、憲兵分署で言わなかった事実を陳述した。

阿曽はハナと二人でクレヴァスに囲まれた残酷な離氷の上にうずくまって、シャモニーの灯をながめていると、猛烈な驟雨がやってきた。阿曽はずぶ濡れになってふるえていたが、この雨は、降りようによっては、雪の粒子を凍りつかせて、丈夫にしてくれるかもしれないという希望をもちだした。雪の橋が凍る前に、人間のほうが先に凍りついてしまえば問題はないが、雪の表面を濡す程度に降って急に温度が下ってくれれば、出来ない相談でもないと思った。

驟雨は五分ほどで通りすぎた。反対側の谷の上に暗い虹がかかり、それを吹き消そうというように夕嵐が吹きだした。いままでは漠とした白さだった橋の雪がだんだん無色になり、ほのかな空明りを受けてガラスのように光りだした。

阿曽は靴をぬいで靴下はだしになり、橋を渡る準備をした。このとき阿曽の念頭にはハナのことはなかった。これは事実である。

ハナは驟雨にうたれて、服も髪もザンバラになり、眼のまわりに皺をためて老人のような顔をしていたが、環境を理解して自分だけの覚悟をきめたらしく、阿曽の自己的な振舞を見ながら、不平らしいことも言わなかった。

阿曽は雪の橋に足をのせて、大事業をやりかけたが、埒のないこんな悪性の女でも、自分がひっぱりだしてやるほか、誰も助けてやるものがないのだと思うと、いうに言えぬ感慨につかれて、そこで足をとめた。

かならず成功するとはきまっていない。死ぬのは一人でたくさんだ。ハナを残したのはそのほうがまだしも生きる希望があると観じたからだったが、こんな縁につながったのも、なにかの因縁なのであろうから、死ぬも生きるもいっしょにやろうと、そういうギリギリのところで飜然《ほんぜん》と通達した。いちど捨てたザイルをとりあげて、二人の身体を結びあわしたが、その瞬間、生涯になかったほど厳粛な感じがした。

阿曽が先に渡った。匍ったのか、のめずったのか、ともかく事もなく渡りおえた。阿曽は腰に巻きつけたザイルに両手を添えながら氷の上にあぐらをかいた。

「やっておいで。恐いことはない。クレヴァスの中をのぞくんじゃないぞ」

ハナは最初の一歩をそっと橋の上に置いた。自分の身体の重さを感覚で量ろうとするように、顔じゅうを目にして長いこと考えていたが、最初の一歩が成功すると、自信をつけてつぎの足を踏みだした。両手を胸の前にブラリとさげ、未練と、臆病と、卑劣と、人間のあらゆる弱点をさらけだしたみじめな恰好でそろそろと渡ってきた。

アーチの頂点を越えた。もう大丈夫らしくみえた。そのときハナが妙な目づかいでクレヴァスの中をのぞきこんだ。阿曽が、むむと呻いた瞬間、ハナは得体の知れない叫び声をあげながらドサドサとこっちへ駆けてきた。

一転瞬のことだった。雪の橋は両端からもろくも崩壊し、ハナの姿は雪煙に包まれたまま、白い幻のように音もなく氷河の割目に吸いこまれてしまった。

阿曽は氷の上にあおのけに倒れ、自分がここに残ったことをふしぎとも思わずに、月の出の雨後の空の色を呆然とながめていた。

「ハナは雪といっしょに墜落しながら、私まで引きこむのは愚だと考えたのです。それは愛情です。だからそんなこともやれたのだと思います」

そういう破格の条件の中で、超人間力を発揮できるものかどうかということで、ガイドの古老株が何人か証人に呼ばれた。そういうバカ長いザイルだったら、やる気があればやれるというのと、やれないというのと半々で、簡単にはとけあえないむずかしい問題になった。

被告はハナを愛していなかった。むしろ憎んでいたという検事の論告にたいして、阿曽はこんなことをいったそうである。

「愛してはいなかったが、捨てようと思ったことは一度もありませんでした。内面の衰弱で、生活の適性のないハナのような女にとっては、愛情は足りないもののすべての補いで、それがなければ生きて行くこともできないのだということを、感づいていたからです」

「それで今はどうなんだね。手のかかるやつが死んでくれて、やれやれと思っているんじゃないのか」

「ひどい女でしたが、善も悪もひっくるめて、それが人間というものなので、死んでくれてよかったなどとはいちども思ったことはありません。それどころか、ハナに出逢わなかったら、この世の人間の玄妙さというものを、つくづくと感じることもなくすんでいたろうと思っています」

阿曽とハナの愛情をめぐって、検事と弁護士の間にとりかわされた論争は、それだけでも非常に興味のあるものだが、ここでは触れずにおく。

一年近くゴタゴタしたすえ、阿曽は証拠不充分で起訴猶予になった。

阿曽はつぎの年の夏、山岳局の許可をもらって、ハナの落ちたクレヴァスのそばに小さな山小屋をたてた。

これはスゥブニールというようなものではなく、何十年後に、ハナの死体が氷河の下から出てくるか、正確な計測をする基準になるものであった。というのは、氷河のクレヴァスへ落ちこんだ死体は、多くの前例がしめすように、青白い氷に包まれたまま、傷ひとつつかぬ完全な状態で氷河といっしょに移動し、蝸牛の這うような速度で雪線下まで降りてくる。いちど嚥みこんだものを、何十年か後に、落ちたときのような生き生きとしたすがたで吐きだすのが特徴なのである。

クレヴァスの下に小屋をたてたのは、氷河の移動を研究していたフーギ博士の故智にならったわけだったが、さる専門家が実地に計算して、ハナの死体は二十二年後の五月に氷河の左岸に浮きあがるという確証をあたえたそうである。

ハナが天然の氷室に包蔵されたまま、幻想的な旅行をはじめたのは、一九二八年、昭和三年の八月の末のことだったから、二十二年後というと、昭和二十五年のことである。阿曽はこんどの大戦の間、名を変えて田舎にもぐり、とうとうフランスから離れなかったが、最近、そちらから帰ってきたひとの話では、予測のとおりにハナの死体が出たので阿曽がシャモニーへ埋葬しに行ったということだった。

蝶の絵

一

終戦から四年となると、復員祝いなるものも冬至の菊でデモードの感じだったが、山川花世の帰還ぶりがいささか風変りだったので、そのせいかして思ったより顔がそろった。貿易再開のテスト・パイロットとして近く仏蘭西のリョンへ行く森川組の笠原忠兵衛やシンガポールの戦犯裁判の弁護団側通訳をしていた画家の岩城南光など、話題のありあまるトピック的人物がいたので退屈もせずに時が経ったが、お目あてのひとはなかなかあらわれない。

主人役の伊沢直衛と山川の教え子だった伊沢の細君の安芸子が、万年理学士の須田克巳とコォジィ・コーナーで領事時代の話をしていたが、伊沢が、そうだ、いいものを聴かせようといって、整理棚の下のほうからオデオンの空色のラベルを貼った古色蒼然たるレコードをひきぬいてきた。

「チット・スキーパァの「マリポサ(蝶)」だ。三十年代にフランスにごろついていた連中のなかには、忘れられぬ思い出をもっているのもたしかにいるはずだ」

管絃楽のアンサンブルの中からほのかな歌声が音の糸を繰りだすように洩れてきた。繊細な技巧と熱情が美しく波うつハバネラは、人間のいない薄い唄いかたでは、いくら派手な声で仕上げてもだめなものだという証をしながら、聞くものの心にいいしれぬ調和を感じさせた。

「パリに来遊中の豊沢大掾《たいじょう》が、これゃもう河東か荻江のウマ味だねとうがった批評をしたが、歌うという芸道もここまで達すると、もう東洋も西洋もない。おれも何十回何百回聞いたか知れないが、聞いているあいだ、西洋の歌だということを忘れていることが多かった」

などと笠原がうがった話へ穿ちを入れた。アペリチフが出て、スキーパァはおしまいになったが、岩城が思いだしたようにこんな話をした。

「いまのハバネラで思いだしたが、バタヴィアの戦犯裁判にかけられた中に、比島の若い娘たちにたいへんな人気があって、「マリポサ」という愛称で呼ばれていた日本人がいた。マニラのパウロ大学の八百人の非戦闘員虐殺、ラグナのカランパノの幼児虐殺、それからバタネスのバスコで市民を梁に吊してガソリンを掛けて焼いた残虐事件……そのどれかに干与して居べきはずなのに、何度も法廷へひきだされるんだが、ドタン場へ行くと、五人も十人も若い娘の証人が出て、反証をあげて無罪にしてしまう。たいしたボォ・ブランメール(西洋丹次郎)なんだな。そんなやつだったが、やはり最後の幕は出さざるをえなかった。比島のほうは逃げ切ったがスマトラのパレンバンの虐殺一件をなにやらいうスペイン系の混血児の娘に摘発され、とうとうバタヴィアのチプナン刑務所で絞首刑になった。頭巾をとると、「マリポサ」の実体は案外つまらない男だったが、助けたのも娘なら殺したのも娘……絵でいえば、デッサンのたしかな戦争画の細部を見ているような、いうにいえぬ複雑な感銘を受けた」

八時になったが、それでも来ない。須田は嫌気になったらしく、

「なんだか怪しいことになった。安芸子さんが見たというのはホンモノだったのかな」

と科学者らしくもない低俗なあてこすりをいった。

五日ほど前、伊沢の細君が買物の帰りに資生堂のギャルリィへ上って行くと、いつもそこときまっている唐草飾のバリュストルに寄せた茶卓で、山川花世がむかしどおりのようすでコオフィを飲んでいた。それで傍へ行って、

「山川先生、いつぞやは」

と挨拶したが、赤ダスキの山川を営門へ送りこんでから、今日というその日の間に、

戦中、戦後を含め、六年という非情の長い時の流れが介在するのであるから、いつぞやはという挨拶はなんとしてもへんだった。

「六年といったら、老けるとか、痩せるとか、なにかしら変化があるもんでしょう。ところが、まるっきりそんなところがないの。出た日のままの顔で眼を伏せて含羞《はにか》んでいるじゃありませんか。それでついバカなことをいっちゃったんですけど、気がついていやな気持がしたの。幽霊だとも思いやしなかったけど、ああ、イメージを見ているんだな、って」

山川が入営したのは小雨の降るうすら寒い朝だったが、眼を釣りあげた上の姉の常子が、毛布地仕立の大外套の重ね着をし、鼻の下までマフラァをひきあげた山川に蝙蝠傘をさしかけながら、なになにはどうとかしなくてはとか、「ネオ・レバー」を飲むことを忘れないでとか、子供にでもいうようにクドクドと注意していた。

日本の文化史がかならず一頁を割く権威ある基督者家族が、ただ一人の嫡男を育てたいばかりに、土俗の迷信にすがって花世という女の名をつけた血迷いかたでも知れるが、山川花世は母と二人の姉の犠牲と奉仕によって辛うじて人並な発育をとげた。そのために上の姉の常子はとうとう婚期を逸してしまったが、生れ落ちてから三十歳まで、山川の日常はサナトリアムさながらの生活で、生水は飲まず、外ではものを食べない。よんどころないパァティには姉の一人が魔法瓶に蒸溜水を詰めてついて行くので有名だった。学習院の女子部の先生になってからも、嫌なことむずかしいことはみな母や姉がひきうけてやってしまい、山川は家庭と女達の蔭に隠れ、自分の流儀でしたいことをしていた。顔ひとつ洗うにしても、歯磨はデュマレの「コールゲート」の半煉、石鹸はモリヌゥの「ヴェルゥ」ときまっていて、それがぬきさしのならぬ生活のモードになり、東京で手に入らぬときは姉がわざわざ神戸のクーン・エンド・コモルまで買いに行った。

軍教など思いもよらない。短期現役の勤務期間は縁戚の軍医監へ手を廻して病棟で本を読んで暮し、一日も実務につかずに予備少尉に任官するという特例をつくった。

戦争や軍隊にとってこれほど有害無益な男も少く、山川にとっておよそ戦争というものほど性に合わぬものもない。女子部の生徒の中でも特に山川を信心していた十人ばかりが、花束ならぬ紙の国旗を持って営門の前に並んだが、いじらしいやら可笑しいやらで、涙を滲ませたり忍び笑いをしたり、しどろもどろだった。

「山川先生、いちど雨にあたったら、溶けておしまいになるでしょう」

一人が泣笑いをしながら感想を洩した。母と姉の庇護によらなくては一日も生ききれない。顔を洗う水が足の甲に落ちてもすぐ風邪をひく含羞草《ミモザ》のような山川が、荒くれた異土の風雪に十日もつづけてあてられたら、敵の弾丸など待つまでもなく、肺炎かなにかでがっくり行ってしまうのだろう。時雨《しぐれ》もやいの朝寒におびえ、鳥肌をたてている眼ばかり美しい山川の細々と白い顔を見ていると、この男はもう生きて帰ってくることはあるまいという冷酷な感慨がわき、人並らしい挨拶をして営庭へ入って行ったのを最後に、みなの記憶の中で山川の印象が死んでしまった。

生きた山川を見ようなどと、無益な期待をもっていたものは一人もない。そんな場所で唐突に山川と鉢合せをしたら、伊沢の細君でなくとも一と足後へ退ったろう。「いやな感じ」というのはじつによくわかった。事実だろうとは思うが、不審が晴れない。そのとき伊沢もいたが、

「あいつが生きているという法はないよ。それァ安芸子の告白小説じゃないのか。見たい見たいで祈りだしたんだろう」

などと無駄をいった。細君は落着きすました顔で、

「反魂香《はんごんこう》ですか。まさか……驚いたのはあたしばかりじゃないのよ。なんの前触れもなく、鼠っぽいスートかなにかですうっと庭先へ入って来たんで、上の常子姉さんなんか、あらッといってケースメントへすがりついたきり動けなくなってしまったって」

とやりかえした。

山川へ電話をかけると二時間も前に家を出たという。待つセキもないので、かまわず

はじめたが、九時近く、遅くなっちゃってといいながら山川がつるりとした顔であらわれた。どこへ坐ればいいのかと含羞み笑いをしながら食堂のなかを見まわしているので、いい加減腹をたてていた須田が、

「ひとに招かれていまごろやってくるような不心得者は、おゆるしが出るまで末席で慎んでいろ」

といきなり浴せかけた。

さすが育ちのよさで、すまなかったといって、悪びれもせずに初端《はしばな》の席につきながら、食卓の上のクリスタルの酒注《カラフ》を見ると、

「葡萄酒だね。一杯もらってもいいかしら」

畏れながら、とたずねると須田は毒々しく、

「赤ん坊が酒を飲むって。あまり驚かせるなよ」

と遠慮なくやりつけた。

「とうとう兵隊でおぼえちゃって……でも母や姉たちには秘密なんだから、そのつもりで」

山川はグラスをクルクル廻して切子の面を光らせながら、宝石でも眺めるように酒の色に見入っていたが、香気を嗅いで口に含むと、

「ラローズだね。なかなかいいよ」

と通人めかしてうなずいてみせた。

「こいつは一流みたいな飲みかたをするじゃないか。どこでおぼえたんだろう。まさかヨーロッパへ戦争に行ったわけでもあるまい。ふしぎなやつだね」

と岩城がいった。笠原は山川の顔を、と見こう見していたが、

「山川は六年も戦争に行っていたというけどちっとも変っていないね。痛めつけられた敗戦面はどこにもないじゃないか」

と呆れたようにいった。水に晒したような絖《ぬめ》の立つ白い皮膚は、どこといって日焼けもせず、華奢な手は依然として敏感そうにすらりとしたかたちを保っている。眼カドもそのまま、声もそのまま。戦争を別にしても、歳月の腐蝕を受けずにどうしてむかしのままの風姿を持続できたか、それがふしぎだった。

「おれの友達なんだが、現地へ着くが早いか敵前逃亡をして、終戦後、軍法会議と戦時特別刑法が廃止になるのを見定めてから悠々と現れてきたのがある。それで兵科はなんだったんだ。そんな生ッ白い顔でいられるというのは」

「高射砲……ひどい戦闘もしたんだけど、運がよかったんだ。終戦はニュウギニアのカイマナだったが、あまり奥へ逃げこんじゃって二年も終戦を知らなかった。陽の目も

見えない大樹林で、食べるものもなくて」

「たいへんだったといいたいところだが、どう見ても君の面は美食して安楽に暮らしていた面だよ」

「嗜好の善悪とは緯度の差でしかないと誰かがいった。見方を変えれば僕はすごい美食をしていたといえる」

「なんだい、緯度の差、ってのは」

「アフリカやアラビヤでは猿は最上の美食だということだが、僕らはオランウータンばかり食っていた。食い残した猿の腕や掌がその辺に投げだしてあると、人肉でも嗜食したような罪感をうけた」

「アッペリゥスという男のボルネオ紀行にオランウータンを生捕りにする話があるが、あれァなかなか摑まらないものなんだろう。山川のようなのろまによくそんなことができたね」

「これでもずいぶん殺した。チーズのような猛烈な臭気のあるドリアンという熱帯果実は猿の大好物で、それが熟すころになると、五十四、百匹という集団をつくってジャングルの奥から出てくる。手はじめに伐木して猿どものいる樹を独立させ、大勢で遠巻きにしながら円陣を狭めて行く……兵隊が木の下まで這って行って幹に手斧を打ちこむ。

こちらの意図がわかると、枝をゆすって暴れるが、間もなくドサリと倒れる。母猿は小猿を抱えて立ちむかってくるが、目つぶしを食わされ、網をかぶされて地べたへころがされる……そこを乳の下を目がけて銃剣でグサリと突くんだ。母猿は片手で子供たちをひきよせ、片手で周りの草をむしって胸の創口へおしこむ。そうして絶望的なようすで血のついた手を嗅いでみる。母猿の臨終の動作はおそろしいほど人間に似ているんだ。あんな良心をおびやかす狩もすくない。猿のほうは悧口で、礼節があって、ときには道徳的にさえ見える。われわれ人間のほうは低蒙で野蛮で、垢だらけになって眼ばかりギョロギョロさせ、一枚のガネモの葉の奪《と》りあいからすごい斬りあいをやる。猿を殺すにしてもその残忍さときたらお話にならない。見ていると、人間が猿を殺しているんじゃなくて、猿が人間を殺しているようなへんな気がしてくる。他人のことじゃない。顔に猿の血をつけたまま猿汁をつくっているところなど、われながら人間だなんて思えない。一日ごとに動物に近くなって行く経過がはっきりとわかって、この分じゃ、たとえ終戦になっても、もう人間社会へ帰って行けないのだという自覚と絶望で気がちがいかけたこともある」

やはり昂奮しているのだとみえ、無口な山川がいつになくつくづくと念頭の考えを洩し、疲れたといって一人だけ先に帰って行った。

二

東京裁判が最終論告の段階に入り、横浜裁判と平行して俘虜部門の弁論がはじまった頃、厚木の早朝ゴルフの帰り、思いついて山川のところへ寄ると、妹の智慧子が出てきて、

「兄はいまおつとめなんですの」

と笑いながらいう。そういえば日曜日で、山川で家庭礼拝のある日だった。

広縁で煙草を喫いながら待っていると、柴垣のむこうで姉の常子が植木屋と話している声がきこえる。

「池周りも荒したままじゃ置けませんのですから、いずれお入れになるんならと思いまして……低いつくりものですと、てっせん、うずら梅、あせび、どうだん、山茶花といったようなもの。汀石《みぎいし》の控えにうってつけな赤斑《あかふ》の霧島なんかもございますが」

「花はどうかしら……みな抜かせてしまったくらいだから、言ってはみますが無駄でしょう」

死んだ山川の父は百花村の花つくりのような花好きで、一年中、花の影を絶やさず、筋落ちの小滝のある池の汀《みぎわ》に紫苑を植え、中門の楣《まぐさ》に紫苑園という朽木の額をあげてい

た。シオンエンではない。「シオンの園《その》」と聖書風に読まなくてはいけないので、山川の庭では花そのものにまで信仰の結晶が見られるわけだったが、夏の朝など、あじさいや庚申薔薇などが露もしとどな風情をみせていたあたりには花らしいもののけぶりもなく、荒々しい青葉がぼうぼうと乱れをみせてたけっていた。

「ひどく荒したもんだね。どうしたの」

「そうそう、まだごぞんじなかったのね。兄が花のある庭は下品だといってみな抜かせてしまったの」

花庭を好まぬ人はあるが、花のある庭が下品だなどということはない。どこか調子をはずした庭の荒れかたを見ていると、山川の頭の乱れがわかるようで無気味になってきた。

「礼拝はまだすまないの。おつとめは」

「兄はね、お風呂場の水道の蛇口の下へ大きな洗面器をすえて、シャボンの泡をたててスポンジで一日にいくども手を洗うんです。おつとめってそのことなの。帰った当座は、お風呂場を水だらけにして一日じゅう洗濯をしていましたわ。汚れてもいないハンカチまでひっぱりだして、生地がぬけるほど洗いあげたり……そのほうはおさまったようですけど、手を洗うほうはまだまだ」

いったい一日に何度も手を洗ったり、入浴したり、むやみに洗濯したりするのは、なにか罪感があって、罪の穢れを洗い潔めたいという願望の無意識のあらわれだというくらいのことは、精神分析の通俗書を読んだものは誰でも知っている。

「どうも常態じゃないね。なにかほかに変なことはないの」

「いいえ、ただなんでも汚いの。この間なんか、常さんがちょっと足に触ったら、すうっと立って行ってお風呂場で足を洗っていたって。帰った日なんか、着てきたものをそっくり庭先で脱いで、丸裸になって、女中に水撒きのホースで一時間も身体に水をかけさせて、手帳のようなものまでいちいち石油をかけて焼いて、それからやっとこさで家に入ったわ」

俯向いて頬を撫でながらなにか考えていたが、

「ちょっといらして」

というと玄関のすぐの広い階段をあがって、花世の寝室へ連れこんだ。

「ごらんになってちょうだい、寝台の下を」

覗いてみると、ブゥルボン・ウイスキーやギルビィのジンやサントリィの空瓶が、よくまあ飲んだものだと呆れるほどごったに押しこんである。

「あたしたちには気ぶりもみせずに、こんなことをしているんです。朝なんか、お酒の匂いを消すのにずいぶん苦心しているらしいわ。何代も前から山川には酒飲みは一人もいなかったんですから、母や姉たちが知ったら、それこそ絶望してしまうでしょう。でも、こんなものお見せしたなんて、誰にもおっしゃらないで。山川の内幕を見せたなんてことがわかったら、たいへんなことになりますから。階下へ降りましょうか。おつとめがすむところだわ」

広縁へ戻ると、ぶらりとしたようすで山川が入ってきた。窓のほうへ向いて、鼻の先へ手を持って行ってにおいを嗅いだり、指の甘皮をむしったりしていたが、妹が立って行くと、

「今日はなんだったんだい」

と探るような眼つきをした。

「さっき智慧と二人で僕の寝室へあがって行ったろう。そんな顔をしなくてもいい。君にだけ告白するが、僕は軍隊でひどいディプソマニヤになってね」

「なんだい、それァ」

「酒狂、ってのかな。アル中の一と桁上のやつだ。いったん誘惑を感じると、酒のこと以外なにも考えられない。心臓がドキドキして眼の前が真暗になってしまうんだ。知っているのは智慧だけで、おふくろや姉たちは僕をむかしどおりの純潔な青年だと思っ

ている」

「軍隊で堕落するのはありふれた社会事象だ。梅毒を背負いこんできて、帰るなり痴呆症になった田上のようなのもあるんだから。それはいいとして、汚い汚いって、手ばかり洗っているそうじゃないか。そのほうがよほどあやしい」

「智慧がそんなことをいったのか。バカだね、あいつは」

「神経科の橋本にでもいちど診てもらったらどうだ。戦争神経症って、案外、怖いものなんだぜ。あいつは分析もやるから、ショックの原因を発見してくれるよ」

「ショックかなにか知らないが、他人に頭の中を検査されるのはありがたくない。手を洗うのはいい習慣だ。こんなことに驚くなら、驚くほうが無神経すぎるんだ」

「無神経か。だが庭の花を抜かせたなんて話を聞くと、誰だってへんだと思うからな」

「うるさいね。べつにへんだなんてことはない。訳をいえばバカみたいなことなんだ。赤い系列の花を見ると、すぐカユ・メラや火焔木の花を連想して、南方のことが頭に浮んで不愉快でたまらない。赤い色がどうのこうのというと、母や姉たちが気にするから、いい加減なことをいっておいたんだが、ああまでする気はなかったのさ」

ことさら話をむずかしくしているが、生憎とそんな見えすいたアヤに昏《くら》まされるほど幼稚でもない。山川はなにか悩みがあり、それを他人に覗かれたくないということなのだが、先廻りしてよけいな弁解をしたりするので、ああも言いこうも言うことがみな知性の浅い試みになり、かえって相手に疑念をおこさせる結果になる。頭は悪いほうでなく、生活にもはっきりしすぎるくらいのメドをもっている男なので、論理の筋道も立てかねるといった、こういうぐらつきかたは、内面の衰弱ということを除いては説明のしようのないものであった。

山川は青葉のむらだちを眺めていたが、椅子の脊に頭を落すと眼を閉じて掌で瞼をグリグリやりだした。

「大寺《おほでら》をつつみてわめく木《こ》の芽かな、ってのは子規の句だったか。青葉って案外うるさいもんだ。花のない庭は疲れるね。日本橋の佐田が財産税の穴埋めに花木を売りたいといま言いに来ている。すぐそこだから、いっしょに行ってみないか」

植木屋を連れて佐田の控邸へ行くと、どこかの会合で見たことのある赭ら顔の主人が、縁の落ちた数寄屋風の離屋から出てきて、先に立って案内した。別荘風の庭の小径づくりの飛石の両側に、梔子《くちなし》やたちばなの蕾が明日あたりは咲くゆたかなふくらみをみせている。

棕梠《しゅろ》縄《なわ》を結んで買いとる花木に目印をつけながら境栽《きょうさい》のほうへ行くと、塀際の薄暗い飼箱のなかに、三歳ぐらいの猩々《しょうじょう》の子供が、そこらじゅうに泥や藁屑をこびりつかせて所在なさそうに立膝で坐っていた。山川は足をとめてチラと一瞥すると、ジャングルで猿を殺したことでも思いだしたのか、嫌悪の色をうかべて眼をそらした。

「スマトラで司政長官の秘書のようなことをしていた私の甥がバタヴィアのキャンプで飼っていたのだそうで、和蘭政庁から遺品として送ってよこしました。丸ノ内のジャワ・メリスクリーネ社から荷物が着いているから取りに来いというので行ってみましたら、こいつが出てきたのにはわたくしも驚きました」

猩々の子供は胸のあたりを掻きながら立ってきて、鉄棒につかまりながらしげしげと山川の顔を見ていたが、長い毛の生えた腕を突きだして愛想をするように肩へ手をかけた。

「おや、これは山川さんを知っているのだとみえますね」

「長阪君がスマトラで飼っていたのによく似ていると思ったら、やはりそうだったんですね。佐田さんが長阪君のご縁戚とは意外でした」

猩々の子供は山川の注意をひくつもりか、叫んだり檻をゆすぶったりして騒いでいたが、そのうちに縄ッきれを首に巻きつけ、牡丹の花のような赤い口を喇叭式にあけてクゥと鳴いてみせた。

「なんでしょう。いつもはこんなことをしないのですが」

山川は漠然と庭を見ていたが、いつもの弱気で、なにか言わないと悪いと思ったのらしく、

「長阪君の真似なんかして、面白いやつでした。暴れることも暴れますから、お世話がたいへんでしょう」

「この春まで、子供がかかりきりでやっていましたが、それが死んでからは、どうにも手がまわりかねましてね。それにこういうものを飼う手心をわきまえないのですから、正直なところ、荷厄介で弱っておりますよ。上野へやろうと思いましたら、設備がないからもうすこしそちらに置いてもらいたいと、こういうことでして……お望みなら、植木といっしょにお引取りくだすっても」

帰る間もなく、植木屋の若いものが追いかけるように手車で曳きこんできた。山川は飼箱から猿を出して二階の居間に連れこむと、女中にいって乾杏《プラム》を持ってこさせた。

「猿を殺したり食ったりしたうえで、よく平気でこんなものが飼えるもんだ。君の本質は案外冷酷なのかもしれないな」

「たしかに祟られたかたちだね、これゃ。まァ罪ほろぼしのつもりで飼ってやろう」

「長阪が死んだのは、つまり死刑だったんだろう」

「バタヴィアのチプナン刑務所へ送られたことは聞いたが、僕はニュウギニアへ移っ

たので、その後のことは知らない。あそこの司政長官は相当やったはずだから、つながる縁でやられたのかもしれない。病気で死ぬようなやつじゃないからね。いちど訪ねて行ったら、大理石の大きな官邸で威張っていた。ソファに胡座をかいて椰子酒をあおりつけながら、おれはこの町の王様だ。スフナン(土侯)をおさえつけるのが司政長官で、司政長官をおさえつけるのが官房長だから、さしずめおれはキング・オブ・キングというところさ、なんて、あられもない発揚状態なんだ」

猿は窓框の上に坐って、頭を掻いたり貧乏ゆすりをしながら、皿のプラムをもの欲しそうにチラチラ見ていたが、そばに垂れているカアテンの紐を首に巻きつけると、踊るような恰好でヒョイヒョイ飛びあがった。

「気味の悪いやつだな。なんの真似をしているんだろう」

「長阪のいたところは、石油が滲みだすというだけが取柄の、アフリカじみた暑苦しい蛮地で、大酒を飲んで昼寝でもするほか時間のつぶしようがないもんだから、長阪は癇癪をおこして剣を抜いて女中を追いかけたり、スープの皿を投げつけたり、まったくの気ちがい沙汰なんだ。こいつもだんだん気が荒くなって、女中に飛びついたり、通るやつの首へ縄をかけてひき倒したり、手一杯に暴れていた。あれはジョンゴスが首を絞められておおあわてに慌てる真似なんだ」

そういって猿のほうを見た。

「むかしなら、それこそ猿臂《えんぴ》をのばして、なんでもひったくるところなんだが、苦労したとみえて、芸をしないと食べものにありつけないと思いこんでいるらしい」

猩々の子供は持役は終ったというふうに、卓へ飛びあがって立膝をすると、山川へ一つわたし、自分も一つとって、仔細らしく埃を払ってから老成した恰好で食べかたにかかった。

三

山川はむかしどおりの家庭の殻に、というよりは自分というものの中へとじ籠って、丸く熟した温室のメロンのような円満な日々を送っているふうだったが、その頃、山川がユウラシァン(欧亜混血児)といった若い娘とお茶の水の焼跡を歩いているのを見たというものがあった。真顔らしくいろいろにいうが、女性にたいする山川の極端な用心深さと律義さを知っているほどのものなら、誰だって真に受けるようなことはしない。

学習院の女子部などというと、お姫さまのお相手でさぞお楽だろうと思うかも知れないが、それはたいへんな見当ちがいで、こんなやりにくい学校もすくない。教師を尊敬しない点でも有名で、何先生は何伯の家来、何々先生はいぜん何侯の書生をしていたひとだなどと、遠慮なしに戸籍調べをやるのに、先生のほうは叱ることも出来ずにそのとおりでと頭をさげている。父兄はまた父兄で、小間使いや子供の前でこんどの院長は成上りの小華族だとか、旧華族だが男爵からあがったヤット子爵だなどと放言して、さなきだにバカな子弟を煽りたてるようなことをする。戦前の女子部の生徒はどれもこれもとんだ岩藤もどきで、陰険で嫉妬深く、ようすぶってすましているが、早熟で、悪く色情が発達し、若い教師をハリガタ扱いにして、廊下などで通りすがりにすごいタッチをしたりする。

山川は五歳ぐらいまではアタマスキ(空頭病)にかかった蚕のようにすき透り、少年時代はしおれた白子《しろこ》面《づら》をしていたが、大学を出るころになると、ヨーロッパの近東地方でよく見かけるナルシス型のなよなよした優男になった。

山川が女子部の英語の先生にきまると、女生徒たちは花世という女のような名にまず反感をもち、早速、みなで苛め手にかかったが、極端に内気で弱々しく、長い睫毛がしっとりと眼に影をつけているといった、どこか上品で感傷的な風姿が同情と保護感情によびかけ、苛め手どころか、おかあいそうにといってむやみに劬《いたわ》りだした。

山川の交際ぎらいと、律義さと、人間にたいする用心深さは、家庭の気質の反映というよりは、じつを申せば、争い事が起きるのがなにより恐ろしいので、女生徒たちの過度の発揚から生じる葛藤ほど迷惑なものはなかった。山川の顔は神経質な男によくある正直な顔であるため、感情が残らず丸見えになってしまう。いったい友愛と平等とは絶対に一致しないものであって、五十幾つの顔を過不足なしに平等に見るということはできない。それで教室にいる間は老眼でもないのに度の強い老眼鏡をかけ、視線を曖昧にぼやかしてしまうという手の込んだ保身術をやり、ただの一度も波風を起さずにすましてしまった。

戦争や恋愛ばかりでなく、はげしいもの、異様なものはなににによらず山川の敵なので、たとえば恋愛にしても、正しい血統や、いい家柄や、穏かな家族や、趣味のいいサロンや、洗練された会話や、節度のある作法などの背景無しでは考えられない山川が、どこの馬の骨ともわからぬユウラシァンと焼跡の野天をほっつきまわるなどということがあろうはずがない。聞いただけで軽く笑い流してしまったが、そのうちに須田が常磐線の土浦駅のホームでそういう二人を見たといいだした。

それも生仲《なまなか》なものではなく、娘は山川の首に両腕を投げかけ、絶え入るようになにかささやき、山川の頬を撫で、接吻し、悽艶といおうか愴美といおうか、直視するに忍びない纏綿《てんめん》たる情景だったということだった。

「土浦中村町のなにやらいう寮に、ジャワやスマトラから日本人を追いかけてきたインドネシアやオランダ系の娘が何十人とか集団生活をしているそうだが、するとそのほうの系列なのかも知れない。それが事実なら、山川の生活史もたいした箔がついたもんだ」

そういうと、須田が怒り加減の顔になって、

「誠実そうな顔で行いすましているが、山川ってやつは相当な偽善者《ヒポクリスト》かも知れないぜ。この間なんざ、もっともらしいことをいって研究室へからかいにきた。山川が飼っているオランウータンの子供が日本語のディクションに優秀な反応を示すが、ほかにもそういうケースがあるかどうか教えてくれというんだ。類人猿の習性研究はソヴエトのスウフムの猿類科学研究所とケーラア博士の猿猴園でやっているが、その報告だと、オランウータンはヨーロッパの二ヵ国語を完全に理解することになっている。英語とケルト語の方言……しかしオランダ語の素質も、ダイア語の素質も持っていない。もちろん日本語なんか理解するはずはない。だからそういってやった。猿に日本語がわかるんでなくて、猿を食った報いで、君が猿語をつかえるようになったんじゃないのか。そうだったらちょっと怖い話だなァって……すると、むっとした顔で帰って行ったが、ともかく、あいつはすこし変だよ。あやしきは男女の縁で、女性に関することはともかくとして、山川は影をもっているね。本心はなにか言おうとしているんだが、山川はそれをおさえ

つけている。そういう格闘が僕には感じられた。あの晩の猿の話にしたって、あれァ全然虚構なんだぜ。ニュウギニアにはオランウータンなんか絶対にいない。ドリアンなんてものも、あったらお目にかかるよ。これくらいのことは小学生だって知っている。われわれをバカにするつもりなら話はわかるが、それにしたってなんのためにことさらフィクションなんか語る必要があるんだ。今日まで誰にも言わなかったが、じつはあまり愉快じゃなかった」

手を洗うとか、赤い色が気になるとか、そんなところを考えあわせると、思い浮べられることがないでもない。山川がどんな秘密を持っているにしても、それはすべて山川に属する問題で告白する義務などないが、居もしない猿を殺したとか、血だらけの手だとか、なぜあんなよけいなことをいったのかどうしても理解できなかった。

須田が帰ると、岩城南光がやってきた。伊沢とおなじ時代に外務省書記生でロンドンにいたが、牧野画伯に啓発されて画道にうちこみだし、外交官の未来を投げだしてパリの貧乏絵描きの仲間へ入りこんでしまった。帰朝する途中、シンガポールや海防《ハイフォン》で南方の風景に憑かれ、マレーを振出しにジャワ、スマトラ、フィリッピンと、邦人のゴム園やサイザル栽培地で絵を買ってもらいながら、二十年近く飄々としていた。そういう男だった。正義派で、善人で、終戦当時はシンガポールにいて、戦犯や引揚同胞の世話をしていたということだったが、みなにすすめられて南方で描きためた絵の個展をやることになり、忙しそうにしていた。

「どうした。展覧会の会場がきまったか」

「やっとこさで日仏画廊へ割りこんだが、そうしたら急に怖気がついてね。弱ったよ」

「それでいつ頃やるの」

「二ヵ月も先だ。早くて二月のはじめ。それで今日はちょっとおねがいがあってやってきた。デ・ヴィゴというのはフィリッピンのネグロス島で大きな砂糖工場をやっていた金持なんだが、長女のリーナという娘が山川の後を追ってきて、いま東京にいる」

「須田と話していたんだが、そんなものがいるらしいことは聞いていた」

「山川は部隊副官のくせに親フィリッピン派のリーダーみたいなことをしていたもんだから、知識階級や上流の家庭に受けがいい。マリポサこと長阪松太郎なんかと、デ・ヴィゴの邸へ出入りして家族同様に待遇されていたんだが、デ・ヴィゴはネグロス島のゲリラを指揮した嫌疑で、四十何人の大家族が一人残らず憲兵に虐殺されてしまった」

「いつか話したマリポサというのは長阪のことだったのか」

「そうなんだよ……山川はその一ヵ月ほど前、パナイ島のナンチケへ転出したが、リーナは山川を追ってナンチケへ行っていたので助かった。それ以来、山川の配属が変るたびについて廻って、終戦当時はスマトラで同棲していたんだそうだ」

山川がニュウギニアへ行ったというのは嘘で、終戦後、間もなく復員し、リーナのほうは山川の愛の誓いを信じ、ジャワの花嫁の百何人にまじって日本へたどりつき、神戸の田辺の寮にいたが、山川があらわれないものだから一人で東京へやってきた。山川は母がどうの姉がどうのと煮えきらないことばかりいって約束を履行しないので、山川の母に逢いに行ったら、お帰りになるなら旅費は当方で負担いたしますといって、五千円出したというのである。

「四を割る五で、いまのレートならただの十二弗……それでどこへ帰れというのか知らないが、リーナ君は帰るにも帰れない事情になっている。ネグロス島では日本人一般に和《やわら》ぎえない怨恨を持っていて、親日的な傾向のあるものは誰によらず射ち殺してしまうんだそうだ。リーナ君は国も郷里も捨てて山川に殉じたわけだが、明白な裏切なんだから帰ったら命がない。そういう悲境のさなかに、秋がかって急に寒くなったもんだから、馴れない気候にやられて倒れてしまった。いま三鷹の施療ベッドにいるが、絵にも描けないような惨状なんでね」

と、しょんぼりした。

「土浦のジャワの花嫁寮に知人の娘がきていて、それに紹介されたというだけの関係だが、見すごしにできなくて山川に掛合いに行ったら、同棲していたことは事実だが、いつまでも愛情が変らないという約束はしていない。恋愛というものは飽きることもあり得るのだから、将来のことは約束できないと最初にちゃんといってあるという堂々たる返事だ。それで、君だってリーナ君の事情を知らないわけじゃあるまい。そっちはそれでいいだろうが、飽きたからって、なんの保証もなしにこんなところへ放りだされたら、相手はたまったもんじゃなかろうと説いてきかせたが、そんなに気の毒だと思うなら、君がなんとかしてやれァいいじゃないかというフテくされかたで、話にもなにもなりゃしないんだ」

「山川の家の憲法では、自分ら一家の平和と幸福のためなら、他人にどれほど犠牲を要求してもかまわないことになっているんだ。じぶんらの生活を固く守って、それ以外のものは一切認めない。都合が悪いときは箴言まで担ぎだして一歩も譲らないってんだ。身勝手で、訳がわからないのは山川の「法《モード》」なんだから君なんかの歯のたつ相手じゃない。そんなところへ出かけて行くほうがバカなんだ」

そんなことをいっているうちに、なぜともなくむやみに腹が立ってきて、煙草の味がわからなくなった。

四

三鷹の駅から土堤について行く。雑木林の繁った両岸の間を流れの早い川が走っている。土堤の大きな木は栗と桜で、葉のいくらかはまだ落ちずにいる。笹と松のほかはみな紅葉し、赤と黄と紅の諧調がたえず変化する水紋にうつって美しかった。

雑木林の枯薄に埋れた横長の建物の玄関を入ると、長い廊下が左へ延び、その端の部屋にリーナという娘がいた。薄っぺらな木綿布団を敷いたカンヴァス・ベットに腰を掛け、窓のほうへ向いてなにかやっていたが、ドアの開いた音をきくと、すらりとした上脊をみせて立ちあがった。窓からさす初冬の午後の余光を横顔に受け、青い大きな眼でこちらを見ていたが、息ぎれがするらしく、細っそりした手を窓枠にかけて身体を支えながら、そろそろとまた腰をおろした。年齢はいくつなのか、まだ子供子供し、束の間の盛りを見せる脆い花といったものやさしさで、線の細い、清楚な素描でも見ているような印象を受けた。

不運な人間が些細な変化にもすぐ不幸を予想するように、岩城のそばの見馴れぬ男に不安を感じているようだったが、岩城が紹介を終えると、目ざましいほど昂奮して、

「お近づきになれて嬉しい」

と母音のひびくラテン訛の英語で挨拶し、こんなところまでよく来てくれたと、息を切らしながらいくどもくりかえした。

「リーナ君、今日の訪問の目的は、君の要求を聞いて、山川をギュッといわせるためなんだから、考えていることをありったけぶちまけてくれるほうがいいね。間もなくい病院へ移れるようにするが、差当って必要なものはないか」

リーナという娘は眼を伏せると、

「足りないものはなにもありません」

と細々といった。悲しそうにきこえたので、泣いているのかと思ったら、天使のような顔にうかんでいるのは、あどけない自然な表情だけで、低落したところは、意外なほどなかった。

「それがいけないんだよ。内縁関係だけにしても、「事実上《イン・ファクトゥ》」の妻なんだから、こんな扱いをされていいことはない。本来なら家庭裁判へ持ちだすほうが手っとり早いんだが、それをしないでいてやるんだ」

「でも私はもう山川さんを恨んではおりません」

「君がそんなことをいいだすと、われわれはなにもしてあげられなくなる」

「この間、山川さんから手紙をもらって、それでよくわかりました。山川さんが私を愛していたこと、結婚の約束をしたこと、あのときは嘘ではなかったのです。つまり、山川さんは、日本人にあんな目に逢った家族の生残りを、日本人の一人として、できるだけ慰めてやらなければならないという義務を感じたのですが、今となっては、山川さんにとって、その負担は非常に重すぎるものになりました」

「重い、軽いって、なんのことなんだね」

「私と結婚すると、私が立ったり、坐ったり、動き廻ったりしているかぎり、日本人が比島でやったことを思いださずにいられないでしょう。それがどちらかが死ぬまでつづくと思うと、考えただけでも山川さんは堪えられない気がするのです。山川さんが約束を破棄したのは、愛が消えたのでも心が冷えたのでもなく、そういう暗い家庭になることを恐れたからなんです」

「それははじめからわかっていることで、いまになってそんなことをいいだすのは口実というもんだ」

「山川さんだけではなく、私もそう思うようになりました。かわらぬ愛さえあれば、思い出などは踏みこえて行けると単純に思いこんでいましたが、まちがいでした。恋愛の熱がさめて冷静になったとき、私が結婚したことをすこしでも後悔したり、責められたりするのだったら……消すに消せない思い出を間に挟んで、いつもそれを通してお互いの顔を見あわさなければならないようになるなら」

「つまり山川がそういってきたんだね」

「そうです。それに、私はスマトラの戦犯裁判で証人に立って、日本人の罪を証明したことがあります。それを忘れていました。どんなことがあっても山川さんと結婚できない素質があるんです。悲しいけどあきらめるほかはありません」

「リーナ君、君が告発したのは長阪だったんだね。「蝶《マリポサ》」といわれていたやつ」

リーナは眼を伏せたきり、それには答えなかった。

いおうとすることはよくわかる。言葉のもつ真実味にうたれ、敬意と同情を感じながら聞いていたが、リーナという娘は恋に眼が眩み、山川というものの別な姿をつくりあげているのらしく、われわれの知っている山川とは似もつかぬもので、張合抜けがして力が入らなくなった。

「なんだかとりとめないことになったね」

「だからって、放ってはおけない。あれじゃすこしひどすぎる。おれはこれから山川のところへ行くから」

そういって新宿で岩城に別れた。

日暮れ近く山川の家に着くと、ポーチのそばの槐《えんじゅ》の葉繁みの中でチラと黒い影が動いた。子供でものぼっているのかと思ったら、いつかのオランウータンが横枝にとまって、ヒラヒラ動く枯葉をギリシヤの賢人のような顔で眺めていた。

客間で待っていると、四十五歳の老嬢が、皇后さまの宮中服を真似た妙な着付で出てきた。

「花世はね、風邪気味で三日ほど前からひき籠っています。智慧子のほか誰も寄せつけないの。ご用でしたらあたくしがうけたまわっておきましょう。どんなこと」

「用というほどのことでもない。リーナという娘のことで」

「ああ、あの娘ね。そうそう、二度ばかり家へ来たことがあります。色は黒いってんじゃないけど、どこか煤っぽくて、愛嬌でもあればのことですが、そんなところもなく、すがれた野菊といった面白味のない娘……愛情というのも、ずいぶんへんてこなものなの。花世の手にちょっと触っただけで、昂奮して眼のなかを白くして痙攣《ひきつ》けてしまうというすごい過敏ぶり……気が触れてるんじゃないかと思ったくらい。いつかなども、やってきたのはいいのですが、話もなく、いきなり際限もなく泣くばかりで、扱いかねてあぐねちゃったわ。それで、あなたどうしてアレをごぞんじなの」

「今日、岩城に……岩城南光、あれに紅葉を見ようって誘いだされて、欺し討ちみたいに紹介されちゃった。ひどいところにいたよ」

「そういっちゃなんだけど、自業自得よ。無計画性。空想的な娘って、たいていそうしたことになるものよ。戦後のゴタゴタの間、現地で世話になったこともあるそうですが、それにしたって、日本まで追いかけてくるなんて、非常識きわまるじゃありませんか」

「恋愛ってもともと非常識なものなんだが、僕が聞いたところじゃ、山川君が約束して連れだしたんだそうだから、むしろ純真すぎたというところでしょう」

常子は冷やかな微笑をうかべながらまじまじしていたが、急に脊筋を立てると、

「あなたも駄目ね。花世ってものをちっともわかっていらっしゃらないじゃありませんか。あらゆる真実がかならず人を動かすものでもなく、純真さがいつもひとをうつとはきまっていません。相手によっては、誠実に扱ってはいけない場合もあり、嘘をまぜてものを言うほうが徳をしめすことだってあるんです。花世は必要があれば、百遍だって約束するでしょうし、破りもするでしょう。女子部じゃ、百五十人からのむずかしい方たちを逆上《のぼ》せあがらせたり、冷やしたり、自由自在にやっていた花世なんですから、一人の女ぐらいで感情の理路を誤るようなことはありません。あんな場ちがいな娘にどうこうしたなんていわれたら、花世は心外に思うでしょう。あそこまでバカになる女だと洞察出来なかったのは手落ちですがだから気がついてすぐおさめてしまったようでし

た。あの娘、なんていっていた？　もう花世を恨んでいないといったでしょう」

「そう言っていた。うまうましてやられたね」

「お話を伺うの、忘れていたわ。ご用はなんでした」

「いきなりどやされたんで、頭がぼんやりしてしまった……岩城のようなうるさいやつもいるんだし、新聞記者に突つかれてこちらの名が出るようでも困るから、もうすこしましなところへ置くほうがよくはないかと思って。よけいなことだけど」

「それはどうも、わざわざ。でもそんな手数をかけることはないのよ。放っておけば自然に解決する問題なんです。医者は、この冬は越せまいといっているそうじゃないの。お聞きにならなかった」

「なるほどね。それもそうだ。時は最大の調停者、か。むかしのやつはうまいことをいったもんだ」

「そうなるように願っているわけじゃありませんが、死ぬものならしょうがないでしょう。神さまがお召しになるんですから」

さっきから二階のほうがザワザワしていたが、そのうちに取組みあいでもするような荒くれた音になった。

「なんでしょう」

常子が怪訝な顔で聞耳をたてているうちに、ドタバタ騒ぎはいよいよ爛熟して、猿の叫び声までまじってきた。奥の間につづく扉から智慧子と寝間着を着た山川の母が出てきた。

「常さん、なんなの。ごめんなさい。こんなうまい装《なり》で」

「さあ」

「さあ、なんていっていないで、見ていらっしゃいよ智慧さん、あなたもそんなところに立っていないで」

籠ったような銃声が筒ぬけ、あとはめちゃめちゃに、ふざけてでもいるような調子で六発まできこえた。

「二階にいるのは山川君だけですか」

「いいえ、猿がいます」

智慧子がなにか感じているような落着いた声でこたえた。

階段をどたどたと踏みとどろかす音がして、山川が焦点の定まらない、熱にうかされたような眼つきで客間へ入って来た。

「どうしたんだ」

「猿がへんな真似をしだしてね。危険だから始末したんだ。あんなおしゃべりな猿って、あるもんじゃない」

憂鬱そうな顔で呟くと、長椅子へ沈みこんで両手で頭を抱えた。常子がつかつかと花世のそばへ行って、

「他人の前でそんなところを出すなんて、あなたはなぜそうなの」

と蒼ずんだ顔で叱咤した。

「常さん、いまそんなことをいったって」

「母さんはだまっていらっしゃい。山川にはユダはいないはずなんです」

そういうとそばへきた。

「今日はとりこんでおりますから、失礼ですが、おひきとりねがえませんか。いずれまた」

おきまりの慇懃無礼で、空々しい愛想笑いをしながら追いだしにかかった。

五

二月五日の午前八時頃、山川が新宿・新大久保間のいわゆる魔のカーブで、省線から振落されて不慮の死を遂げた。路盤へ落ちたところを車輪に接触して土堤下へ跳ねだされたものらしく、大久保百人町の空溝の中で死んでいた。

客観的な状態では不慮の死だが、じつはアクシダントを装った計画的自殺だったので、場所や条件を実地について相当長い間研究したことが手紙にかいてあった。自殺するのにそんな歯痒い方法を選んだのは、それが一番いいと思ったからで、それ以外の作為はない。山川をそこまで追いまくったいろいろな事情や素因を考えあわせると、山川としては、なるほどそうするほかやりようがなかったろうということが理解できる。

桐ケ谷の火葬場へ行くので早く家を出、日仏画廊へ岩城の絵を見に寄った。

晴れているくせになんとなく暗い感じのする朝で、歩くと汗が出た。受付の女の子に名刺を置いてギャルリイへ入ったが、人のいい岩城の顔が見えるような、才気の乏しい、遅鈍な絵ばかりで、身体を斜にし早足で見て行くうちに、窓から遠い、影の淀んだうす暗い壁面から、どきっとさせるような鮮かな色彩が舞い立つように眼に吸いついてきた。

灰色の脊色でむらなく塗りつぶしたカンヴァスの真中に、緋色の天鵞絨《ビロード》を切って貼りつけたような、ポッテリと量感のある血紅色が、なんともつかぬかたちで盛りあがっている。花かと思ったらそうではなく、斜めになって飛んでいる一匹の蝶の絵だった。

画題は「マリポサ・ローハ(赤い蝶)」学名はなんというのか。シジミタテハに似ているが、それともちがう。頭から翅の端まで緋一色の上に、白で繊細なアラベスクを配《さ》した、見たこともない珍奇なものだった。脊の膨らみのところで血の紅はひときわ濃く、ポッテリとした鱗粉の厚みを感じさせながら、えもいえぬニュアンスで下翅のほうへ暈《ぼ》け、ギザギザになった縁辺は、この世で想像しえるもっとも精緻なレース織の唐草の編目を見せて夢幻のようにブラン・ド・ザンクの脊色の中へ溶けこんでいる。

山川が最後にくれた手紙は、長々しい厄介千万なものだったが、こういう種類の告白が、自己の感動に溺れることなく、いかにも坦懐に語られ、敬虔な態度を最後まで堅固に持ちつづけることが出来たという例は少い。嫌な奴だといわれてきた山川だったが、軽薄浅膚と見えた性情の奥底に、じつはあふれるような深いたましいがひそんでいたのではなかったかという、ふしぎな戸迷いを感じさせた。

姻戚政策で、学界、財界に血縁閥の一大フジョンを形成した、米作、秦、藤池などの「名家」の系列に山川家もある。山川の家は、女子を社会事業家と教育家に嫁して姻戚関係をその方面に持つ方法をとり、姻戚閥の相互扶助によって、教育界に勢力を扶植することが山川家の最高命令で、生まれてくる子供はもちろん、嫁入先の母方の又従姉妹の末まで、政策を推進する必要欠くべからざる要員なのであった。山川の召集令状はまさに寝耳に水で、万策をつくして召集解除の運動をしたが、戦争は敗戦の段階に入って国家総動員法が発動され予備少尉では廃疾にでもならぬかぎり、参謀総長の力をもってしても胡魔化しがきかぬとわかると、下の姉の朝子の夫である軍務次長の木原大佐を中

心に家族会議を開き、

「日本の男がみな死んでもかまいませんが、花世が死んでは困るのです。絶対に殺さないと保証していただきます」

山川の母が木原にそういった。

割合に自由がきき、恐もてがするという点では、参謀副官か司令部付にかぎるようなものだが、うるさい服務規律があるうえ、どんなまずい方面へ飛びだすか知れず、食事情からいっても内地はありがたいものではない。物資の豊富な占領地の情報関係の特務将校なら、髪も伸ばしたまま軍服を着ることもいらず、副官並とか高等官並とかいう不分明な職名がつくだけで、一切の区処を受けず、その気になればホテル住いで贅沢していられる。

ミッドウェーの無敵海軍壊滅によってＭ作戦が中止になり、全軍作戦の経過にそれとなき黄昏の色がつくと、占領地の敏感な上層階級は、明瞭に日本の運数を読みとってしまった。ネグロス島ではアルコール・タンクの爆破、パナイ島では石原産業の社員が殺され、表面に出ているのは島の暴民だが、ゲリラを指揮しているのはマニラの知識的な上層部だということがわかっている。こういう客観情勢によって、えぐいだけの憲兵伍長や、粗大派の憲兵分隊長の近づきえぬ閉鎖階級に浸透する、ハイブロオの特派要員が要請されていた。

十分検討したすえ、それならということで応召したが、かねて通達があったものとみえ、入営するなり中野学校の丙種学生に選抜され、占領地行政学と謀略学を主とする個人情報専門の短期特務教育を受けた。謀略学には、偽騙、潜行、連絡、潜在の基本科目のほかに、アドニス型の学生のための Séduction（誘惑＝懐柔）という別科があり、性格学、女性心理、女性生理、作法、趣味などの課業と平行して練達な在外武官が社交の実際を指導した。

比島地区での山川の生活は、一流のホテルかフラットに居住をかまえ、白麻のスートやタガログのカミーサを着こみ、いわゆる名流の客間や知識人の集まるサロン・バアで、「丁寧な歩き方をし、つつましく眼を伏せ、磨きのかかった微笑をし、軍部の無智に軽妙なあてこすりをいい、日本人は想像力が欠如しているから他国民の統治は出来ませんなどと呟き」反ファッシズムの知識的な民主主義者か、軍閥に対立する貴族の子弟といった印象を与えながら、相手の反応の中から微妙な陰翳をとらえると、データを憲兵隊へわたしてすぐほかの地区へ転出する。そういう行態の繰返しだった。

山川は自分の蒐集した材料が、願いもせぬような極端な方法で処理されることに当惑を感じていたが、敗戦のテンポに合せ、それはいよいよ残忍になり、ふり撒かれる血の量もとめどなくなって、比島の占領地行政は惨澹たる形相を呈してきた。

山川は戦争では死にたくないと思ったが、自己の安全と安易な生活を、他人の災厄と破滅の中に求めようとまではねがっていなかった。特殊勤務というものの醜悪さにやられて憂鬱になったが、組織構造のたてまえから、いやになったからといって離脱することもやめることもできない。戦争のあるかぎり、永久につづけなければならないことを思うと怯懦のむくいの大きさに、今更のように愕然とした。

「特務将校に任命され、望んでいたことがかなえられ、戦争では絶対に死ななくともすむときまった瞬間から、とりかえしのつかない生命の失墜がはじまったことに僕は気がついた。この仕事の卑劣さを予見することができたら、こんなにまで心の平和を乱され、昼も夜も血だらけの幻想に悩まされなければならないと知ったら、いくら僕だってこんな割にあわない任務を選びはしなかったろう。その頃、偶然、ヴィルドラックの詩を読んだ。「こんなことなら、最初の戦闘の、最初の戦死者になればよかった」。やるせないほど後悔しているときだったので、この詩句は強く心をうった。それにもかかわらず、どうしても死ぬのは嫌だったので、依然として醜業をつづけて行くほかなかった」

山川が比島地区から蘭領地区のスマトラへ転出したところで終戦になった。マニラ市の比島戦犯裁判の過程に何度となく山川の名が出たが、山川は比島の知識階級に「親比島派の温和な日本人の一人」として印象され、どの事件の現場にも所在しなかったという理由で、問題にされなかった。

　長阪はスマトラでゲリラ抑圧の虐殺事件に一役買っていたうえ比島の残虐事件のオペレーターだったことまで摘発され、バタヴィアへ送られて絞首刑になった。山川のほうは石原産業の高級社員の身分を取得し、秘書という触れこみで、リーナと南貿クラブへ落着いたばかりのところだったので、戦犯関係はなく、終戦の年の十一月、一番早いリバァティで復員し、二十三年の春まで金沢の白雲荘ホテルで悠々自適しながら比島裁判の進行を注視していたが、それも五月で結了となったので、目黒の自宅へ帰った。白雲荘に滞在中、山川の家とは絶えず交通があったので、姉の常子が伊沢の細君に語った、「あら、といったきり硝子扉にすがりついたまま動けなかった」といったようなことは全くなかったのである。

　事件はすべて過去のものとなり、比島の残虐事件の実相も、戦争の記憶といっしょに忘れていいはずだったが、花にも草にもイメージがまつわりついていて、払うにも払えぬ鬱陶しさだった。山川が思っているよりも意外に内面の衰弱がはげしく、現実までが幻めいた様相をしめすようになり、自分は社会の人と物から切り離された存在で、人間的な交渉を持つ権利がないといった、理由のない絶望感に悩まされた。

「自分の思想を隠す最良の方法は、そのことを考えないことだという理窟は僕も知っているが、忘れるとか、考えずにいるとかいうことぐらい、僕にとって困難な仕事はない。なにを見てもすぐ思いだし、つい考えこんでしまう」

たえず山川の心霊を脅かしてやまぬのは、発覚すれば絞首刑だという単純無比な観念で、すべてが平和にかえり、世間が安定すればするほど、恐怖はいよいよ増大して埒もないまでになった。どんなつまらぬことが発覚の端緒にならぬものでもないと、六年間の行動の辻褄を合わせることに苦心し、これならどこから突つかれても金城鉄壁というところまでやったつもりだったが、復員祝いの席で笠原に、「君の面は美食して安楽に暮していた面だ」と喝破されたのは致命的だった。大丈夫だと自負していたにかかわらず、そんな大きなところが抜けていることにも気がつかなかった虚脱ぶりで、自分の頭に自信をなくしてしまった。

リーナが日本へやって来たことも災難だったが、長阪の猿との邂逅は、まったく予期していなかっただけに山川を動顚させた。落着いて考えれば、そういう偶然もありえるはずなのに、山川には、それが自分の罪を糾弾しようとするなにかの意志としか思えず、しどろもどろになってしまった。

「最初に心にひらめいたのは、結局、この猿が告発するのだろうということだった。

なぜそんな考えが浮んだのかわからない。そういう意味でなら、リーナのほうは、もっとあぶないのに、そのほうはてんで思ってもみなかった。後になっていくらか落着いたが、そのときに受けた影響からとうとう最後まで逃れることができなかった」

佐田から猿を引取って寝室に閉めこんだのは思いつきだったが、それ以来、猿のおしゃべりに悩まされることになった。ひとには科《しぐさ》としか見えないことも、山川にははっきりと意味を伝える言葉になって聞え、酩酊して朦朧となりかけると、長阪の声で〝おい、注げ注げ〟という。はッとして眼をさますと、猿は何事もなかったような顔で、後肢で首のうしろを掻いたりしている。気のせいだと強いてうち消して、うたたねにかかると、長阪の癖だった鼻にかかった調子で、〝ふふン〟とせせら笑いをする。

こういうことが何日かつづき、山川もやりきれなくなって、オランウータンに日本語の素質があるものかどうか、須田のところへ聞きに行ったが、結局、はぐらかされて帰ってきた。猿を殺したのはそういう不条理な精神の抑圧に、それ以上、堪えられなくなったからである。

一月のはじめリーナが死んだ。リーナにたいする山川家の扱いは、世間へ見せかけていたほど冷酷なものではなく、内実は、困らぬだけのものを毎月こっそり届け、恩恵で縛りつけておいた。そのときも常子が行って、後で問題が起きない程度の始末をし、これで厄が落ちたと胸を撫でおろしたが、山川のほうは、秘密を分けあうものがいることでいくらか慰められていたのに、リーナの死によって漏泄《ろうせつ》の法がなくなり、孤独感におしつぶされそうになった。

山川は無限の孤独と陰鬱な抑圧から解放されたいというねがいでとりとめなくなり、MPに出逢うと、「もしもし、僕はね」と話しかけたい衝動が起き、それをおさえるので憔《やつ》れてしまった。

一月の末のある夜、山川は母と常子に、もうとてもだめだから自首することにしたいというと、二人は仰天して、そんなことをしたら、纏まりかけている智慧子の縁談はもちろん、今日まで営々と積みあげてきた山川の社会的信用も諸宮家との結びつきも、なにもかも御破算になってしまう。いくら苦しくとも、そういうユダ的な行為は許しません。おねがいだからそれだけはやめてくださいと、戦争未亡人になった下の姉の朝子まで走りこんできて、涙とともに諫止するという劇的な局面になった。そんなら死ぬだけだというと、キリスト教では自殺は最大の罪悪です。そんなことをしたら山川の信仰生活を絶命させるようなものですという。山川一家の面目を保ち、それによっておこる一般の疑惑と社会の批判を避けるためには、過失死を装うほかはなかろうというところへ辿りついたわけであったろう。こういう思想は、重いといえばいいのか、軽いといえばいいのか。要するに山川の人生は、自分も含めて、四方八方に気兼ねばかりしているあまりにも臆病な人間の歴史だった。

この画面の、模糊とした灰白の部分は、空なのか、水なのか。この蝶は飛んでいるのか、流れているのか。血の赤と骨の白の配色を翅につけた一匹の蝶は、落漠《らくばく》とした空間に、見るもあやうげにかかっている。山川の手紙には触れていなかったが、マリポサは長阪でなく、山川だったことは、いろいろな事情で、今はもう明らかになっている。この絵の蝶は、山川の生涯にたいする諷刺のようなものだといえば、いえぬこともない。

桐ケ谷までの道は長々しく、ラメントォでなにか物を思わせた。待合室には山川家のフジョンにつらなる、なにやら博士やその夫人や、悧口な顔、抜け目のない顔顔が宗教的な偽隈《にせぐま》をつけ、いとしめやかに控えていた。

二時間ほどすると、ひょろりと長い山川の身体が、すこしばかりの骨になって、熱々のまま戻ってきた。山川の骨は、白や、薄鼠や、テール・ド・ナチュレルの枯葉の褐色をまぜた、ユトリロの描く白壁のような枯淡な味を見せ、風吹けば飛ばんという洒脱なスタイルで鉄板の上に載っている。係員が拾いやすいように小箒で真中へ集めにかかると、山川は蝶の鱗粉のように軽々と舞いあがり、一人一人の鼻の孔へ丁寧に形見分けをした。

雪間

一

宮ノ下のホテルを出たときは薄月が出ていたが、秋の箱根の天気癖で、五分もたたないうちに霧がかかってきた。笠原の別荘の門を入ると、むこうのケースメントの硝子の面に夜明けのような空明りがうつり、沈んだ陰鬱な調子をつけている。急に冷えてきたとみえて、霧の粒が大きくなり、いつの間にか服がしっとりと湿っている。

うねうねと盛りあがった赤針樅《あかはりもみ》の根這《ねは》いにつまずきながら玄関のほうに行こうとすると、木繁みの間からほのかに洩れだす外燈の光の下で、笠原の細君の安芸子と滋野光雄が向きあって立っているのが見えた。

二尺ほどの間隔をおいて向きあっているが、それはただそうしているというのではなく、激情をひそめた静の姿勢だと思われる。そういった切迫したようすがある。

「これは弱った」

伊沢ほどの齢になると、他人の情事を隙見させてもらっても、かくべつ啓発されるようなことはない。することがあるなら、なんでもいいから早くすましてしまえとジリジリしていると、滋野の手がそろそろと伸びだし、なんともいえないやさしいようすで安芸子の肩に触れた。

「はじまった」

伊沢は舌打ちをしながら額に手をあてた。

ねがえるなら、あまりひどい光景にならないようにと念じているうちに、こんどは安芸子の手があがって行き、滋野の胸のあたりを撫でるようにしながら、なにかささやいた。

伊沢の耳には、とうとう、あなたも……と聞えた。

模糊とした霧の渦の中で、二人の影が動いたような気がした。たぶん、なにか新しい発展をするのではないかと恐れているうちに、風が出て霧が流れ、また情事の舞台があらわれだしたが、霧に濡れた下草がそよいでいるばかりで二人のすがたはもうそこにはなかった。

昼すぎホテルから電話をかけたら、笠原は仙石原でゴルフをしているということだったので、時間をはかってやってきたのだったが、細君がこんなことをしているようでは笠原はまだ帰っていないと思うしかない。

長い硝子扉の側面につづく翼屋のようになった二階の窓に灯がついた。ラリーク式の窓の大きな部屋で、赤味がかった、カーテンの裾のあたりに淡い光が滲んでいる。丈の低いフロアスタンドの夜卓に置いたサイドランプの光なので、すると、あそこが笠原の細君の寝室なのだろうと、そんなことを考えながらぼんやりと見あげているうしろから、誰かにぐっと服の襟を掴まれた。

なにを言うひまもない。襟がみを掴んだままズルズルと押して行き、赤針樅の幹にこじりつけると、いまのところ撲りつけることしか考えないといったように、息をきらしながら頭のところをむやみに撲りはじめた。

伊沢は両手で顔をふせぎながら、されるままにぐにゃぐにゃしていたが、いつまでたってもやめない。正体のない暴れかたをするところをみると、酔っているのかもしれない。いい加減にやめさせるほうがいい。

「もういいだろう。それくらいにしておけ」

ふりかえりざま手でおしてやると、そうしようと思ったわけでもなかったのに、相手の胸を強く突いたらしく、見事な尻餅をついてあおのけにひっくりかえった。

「ぬすっとう」

とその男が悲鳴をあげた。

勝手の戸があいて、誰かこっちへ走ってきた。書生らしい骨太の青年が、いきなり伊沢の手をねじりあげておいて、

「こいつ」と背中の真中を強く突いた。

これが今夜一番の痛手だった。舌が縮まって息がつまり、伊沢は思わずそこへしゃがみこんでしまった。

「こんなところへ這いこんで来やがって……おい、あかりをつけてみろ」

尻餅をついた男が息巻くようにいった。笠原の声だった。

「笠原さん、伊沢です」

大柄のチェックのコートを着た笠原が尻下りの愛嬌のある八字眉をピクピクさせ、びっくりした子供のような眼つきで伊沢の顔を見かえした。

「伊沢さん……これはどうも」

「やられました」

笠原は両手で頭を抱えて、

「いやア、とんだ闇試合で……宮島だんまりの袈裟太郎があなただったとはおどろきました……なにしろ、この霧だから、あぶなくってしょうがない。御用邸の前へ車を置

いてソロソロ歩いてくると、樹の下に人が立っている……わたしは臆病者で、怖いと、かあっとなると、年甲斐もないことをやりだすので困ります」

真面目になればなるほど剽軽に見えてくる。善良すぎる顔に愛想笑いをうかべてクドクドと言訳をしてから、

「なんだからって、なにもあんな手荒なことをしなくとも……いったい、どこをやったんだ」

と恐縮して立っている書生を叱りとばした。

さすがに照れくさいふうで、それとなく言いくるめてしまったが、正体もないようないまの暴れかたから推すと、たぶん憎い誰かと人ちがいしたというわけだったのだろう。その辺の機微は伊沢にも嚥みこめぬことはなかった。

「お騒がせして恐縮でした。富士屋ホテルにおりますが、こちらにいらっしゃるということで、ちょっとご挨拶に伺ったのでしたが」

「それはそれは、ようこそ……久しくなりますので、いちどお逢いしたいものだと思っておりました。家内も退屈しているふうだから喜ぶことでしょう……ともかくまあ」

そういうと笠原は先に立ってチョコチョコと歩きだした。植込みの間の道をまわりこんで行くと、テラスのむこうの奥まった玄関に小間使らしいのが出迎いに出ていた。

「奥さんは」

「お変りございません」

「二階の寝室に灯《あかり》がついていた。ご機嫌はいいのか」

「ご食気《しょくけ》がおありなさいませんようで、夕食はおさげになりました」

笠原は渋くうなずくと、伊沢に、

「どうも失礼……家内が引籠っておりましてね。たいしたこともないようなんだが、なにかとむずかしくて手に余ります」

そういうと、とってつけたような空笑《そらわら》いをしながら、食堂の脇間のような部屋に連れこんだ。

さり気ないふうに笑い流しているが、笠原の胸のなかにあるのは、そんな単純なことではないのだろう。笠原の顔は人のいい男につきものの感情が丸出しになる正直な顔なので、胡魔化そうにも胡魔化せない。壁付燈のあかりで笠原の眼頭にキラリと光るものを見つけると、伊沢は思わず眼を逸らした。

怒っているのか、歎いているのか、なにか泣くほどのことがあるのらしい。自分に関係のあることではないが、こうして笠原と向きあっていることが急に重荷になってきた。

笠原忠兵衛は中東とアフリカで木綿を買っている近江財閥の一族で、家同士は三代前からの地縁のつづきだが、笠原その人と伊沢はこの四、五年来の交際《つきあい》で、年代からいえば、若草みどりといって、映画のスターだったこともある笠原の細君の安芸子や、安芸子とおなじ撮影所にいた滋野光雄のほうがもっと古い。

滋野とみどりは渋谷の松濤で同棲していた一時期があり、その後、映画と縁を切って笠原と結婚したが、相互の交通は公認されているふうで、麻布の邸などにも出入りし、仕事のないときは笠原のゴルフのお相手をしたりしていた。

「奥さんは、どういうご病気なんですか」

「それがね、半年ほど前から非常に疲れやすくなって、すこし長い話をしてもぐったりと疲れてしまう。結局はまア神経衰弱の強いやつなんでしょう。部屋を暗くしてベッドにいるのがいちばんいいらしいので、気づかうほどの病症でもないから、なるたけ寄りつかずに、そっとしてあります。紅葉も終って、この辺は雪が早く来るから、そろそろ東京へひきあげるほうがいいのですが、動くのはいやだというんだから……悪くなるなら、いっそのこと、もっと悪くなってくれれば、心配してやる甲斐もあるのですが、なにしろ一日中、寝室でぐったりしているだけだというんですから、張合もなにもありはしません」

そんなことをいっているところへ、小間使が入ってきた。

「うむ、なんだ」

「ぶしつけで恐れ入るのですが、ご用がおすみになったら、遊びにおいでくださるようにと、奥さまがおっしゃっていらっしゃいました」

笠原がうなずいてみせると、

「ただいま仕度をしておりますから、しょうしょうお待ち遊ばして」

茶会の待合でいうような挨拶をして、小間使が脇間から出て行った。

いつもこういう扱いを受けているのか、笠原はふしぎそうな顔もせず、楽しいことを待っている子供のような眼つきになって、

「あれの部屋は二階ですが、その階段をあがるのは、わたしも三月目ぐらいです」

と、わからないことをいいだした。

「今日、あなたがおいでくだすったことは、いろいろな意味でお礼を申さなくちゃならないんですよ。ここしばらく、自分から動きだすようなことは、ついぞ、なかったのですから」

寝室でぐったりしているだけということはあるまい。霧の中で滋野と向き合って立っていたのはたしかに安芸子だったが、もしそうなら、細君を見る笠原の眼に隙があるというほかはない。それは笠原が自分で気がつかないかぎり、永久に訂正できないような

性質のものだった。

「そういうことなら、ご遠慮しましょう。あとでお疲れになると困るから」

「疲れるのが望みだというんです。あの我儘者が勤めたりするはずはないから」

さっきの小間使が入ってくると、笠原は椅子から腰をあげた。

「いいのか……伊沢さん、あれは寝たままなんでしょうが、病人にちがいないのですから、どうか気持を悪くなさらないで」

そういう間もニコニコと笑いやまなかった。

二

広廊のつづきから、ゆるい階段をあがると、ドアの前に小間使が待っていて二人を部屋に迎え入れた。

庭にむいたほうの壁は全体が窓になったラリーク式のガラス壁で、高い天井から床まである赤い天鵞絨《ビロード》のカーテンがどっしりと垂れさがっていた。マットレスを積みあげた正方形のデヴァン・リのそばに大きな夜卓があって、その上にカルトンの笠をつけたスタンドランプが置いてある。伊沢が庭から見あげたのは、つまりはこの灯《あかり》なのだが、そんなことはともかく、この部屋全体がいかにも拵えすぎた感じで、舞台装置の中にでもいるような思いがした。

「伊沢さん、いらっしゃい」

「いよう、しばらく」

笠原が予告したように、安芸子は三角に折った大きなショールで肩と胸を包み、壁に凭せたいくつかのクッションに上半身を埋め、純白の薄毛布の下に両足をのばしてぐったりしていた。一瞥した瞬間、この物臭《ものぐさ》なようすは、部屋のスタイル同様、どうやら拵えものらしいと伊沢は直感した。

「どうだね」

笠原は人のいい笑いかたをしながら安芸子のそばへ行き、顔のうえにかがみこんで頬に接吻した。安芸子は、

「いらっしゃい」と呟きながら、もう一方の頬をさしだした。西洋人の夫婦が家庭でかわす家常的な接吻だが、それがぴったりと板につき、気障な感じがしないところが妙だった。

「見たところ、元気そうじゃないか」

「それはそうだろうじゃありませんの。まだ死にかけているわけじゃないんだから」

手きびしくやりつけておいて、憔《やつ》れの見える美しい小さな顔を伊沢のほうへむけると、

「伊沢さん、見てちょうだい、あたしの恰好を……」

鼻にかかった声で、うたうようにいった。

「どうしたって、しあわせそうには見えないでしょう。これがあたしの生活なの」

笠原は卓を挟んだソファに伊沢を掛けさせると、ツルリと禿げあがった額を撫であげながら、

「もう、ごぞんじのことだろうと思うが、わたしの家庭というのはおかしなものなんです。私は私の、家内は家内の財産を持って、自分のしたいように暮している。わたしの家庭、家内の家庭……それぞれのスタイルで一軒の家の中におさまっている。食べるものもちがえば、食事の時間もちがう。悪い意味の自由主義が、家庭という枠の中で、これほど見事に成果をあげている例はちょっと少なかろうと思うんですよ」

「伊沢さん、笠原のいうことなんか、本気になって聞くことはないのよ。こんな出鱈目ばかりいうひともないもんだわ」

安芸子がおひゃらかすようにいった。笠原はのどかな顔で、

「ご機嫌が悪いようだな。伊沢さんがいらしたんだから、強羅のロッジへ電話をかけて、滋野を呼んだらどうだい。お前がそうしたいなら、おれのほうはかまわない」

「滋野は、今日の午後いっぱい、ゴルフのお相手をしたばかりなんでしょう。あなた

の家来でも奴隷でもないんだから、こちらの都合でアチコチするのはよしたらどう」

「お前さんのいいように……滋野といえば、今日は妙だったよ。三番のグリーンで、どうしてもアプローチができないのだ。身体のぐあいでも悪いのかな」

「どうしたのかしら。ここのところ久しく逢わないから知らないわ」

さまざまな洋酒の瓶や水差やタンブラーを、小間使が二人がかりで小さなバアの引越しほど持ちだしてきて卓の上にならべた。

「相当なライブラリーですね。キルシュ、デメララ、キャンティ……これはペルノオ以前の本物のアブサントだ。めずらしいものがある」

安芸子は茄子紺の地に薊《あざみ》を白く抜いたシュミジェの長い裾をつまみながら二人の間に割りこんでくると、

「伊沢さんもアブサントの組なの。この笠原のじいちゃんもそうなの。寝酒というんですか、これを飲んで豚みたいに眠りこけるのが、この世の楽しみなんだって……伊沢さん、お手際なところをお目にかけましょうか」

三分の一ほどアブサントを注いだ脚付のグラスの縁に、ナイフをわたして角砂糖を一つ載せ、それがすこしずつ溶けこむようにゆるゆると水差の水を注いだ。

いまのところ、笠原の上機嫌を害《そこな》うようないかなるものもないふうで、グラスの底に澱んだ金緑《きんりょく》のアブサントが、水を注ぐにつれて乳白色に変り、それが真珠母色に輝いてくるのを浮きうきとながめていた。

安芸子はグラスを眼の高さまであげ、切子を光らせるようにして酒の色を見てから、

「こんなところかしら。まア召しあがってみてちょうだい」

といって伊沢にグラスをよこした。

笠原は自分の番を待っているらしかったが、安芸子はそしらぬ顔で向きあう椅子に落着いてしまった。

「奥さん、おれのは」

「あなたは飲むと、すぐ居睡りするでしょう。もうすこし後になさるほうがいいわ」

笠原はひょうげた顔で伊沢の手もとを見ながら、

「そいつはわたしには麻薬のようなもので、とかく失態を演じさせます。アブサントというやつはたしかに曲者ですよ」

言訳をしながら酒瓶のほうへ手を伸しかけると、安芸子がツイととりあげてしまった。

「あなたはあなたのを持って来させればいいでしょう。仕掛けのあるのを」

「それはそうだが、伊沢さんの前で、なにもそんなところまで、さらけださなくとも」

照れたような顔で小間使を呼ぶと、自分の部屋へアブサントの瓶をとらせにやった。

小間使がいいつけられたものを持ってくると、笠原は酒瓶と水差を手もとにひきつけ、自製でよろしくやりながら、あれこれと洋酒の講釈をはじめた。

「じいちゃん、うるさいわよ。どうして今夜はそんなにしゃべるんです？」

「口がひとりでに動くんだ。口を閉めてくれ」

「そんなにおっしゃるんなら、閉めてあげるわ」

安芸子は乱暴にアブサントを注ぎ、いい加減に水を割ると、生《き》に近いのを笠原の口もとにさしつけた。

「これを飲んで、さっさと潰れてしまいなさい。おやすみになる時間よ」

「眠くないが寝てやってもいい」

注がれたアブサントをグイ飲みすると、

「伊沢さん、わたしが邪魔なんだそうだから、その辺へ片付いて、ひと眠りします……家内も今夜は調子がいいらしいから、ご用がなかったら、ゆっくりしていらしてください」

笠原は壁ぎわの長椅子によろけこんでうつらうつらしていたが、間もなく長椅子の肱に頭を落して調子の乱れた鼾をかきだした。

「ほら、もう眠ってしまったわ」

虚脱したようになっている笠原のあわれな寝顔を、安芸子は下眼《したため》に見さげておいて、そろりと伊沢のとなりの椅子に移ってきた。

「あたしの影が薄いでしょう。間もなく、すうっと消えて行きそう。淋しいのよ」

「病気だなんていっているけど、潑剌たるもんじゃないか。なかなか死にそうもないよ」

「お話ししたいこと山ほどあるの。ご迷惑でしょうけど、ぜひ聞いていただかなくてはならないの」

「今夜は変なものばかり見てしまって気が重い。二、三日中に出なおして来て、ゆっくり聞くよ」

「なにを怒ってる。気に障るようなことをいったかしら」

「酒瓶の仕掛けというのは、眠り薬のことなんだろう？　笠原の細君は、亭主を眠らせておいて、夜から朝まで勝手なことをしているという噂を聞いたが、ほんとうのことだったんだな。なんのつもりでいるか知らないが、あんな好人物を弄ぶのはいい加減にしろ。面白くないよ」

「それもお話ししたいことのひとつなの。笠原の正体はどんなものだったかということを……」

安芸子は笑止そうに薄笑ってから、こんなことをいった。

「結婚した当座、じいちゃんのお勧めにうんざりして、ベッド・ワインにアドルムを仕込むようないたずらをしたこともあったけど、そのうちに、そんなこともめんどうくさくなってやめてしまったの。そうすると、笠原のほうから、要求するようになったというわけ……なにをいっているかわかるでしょう？　若いころのお道楽のむくいで、ぜんぜんダメになっているのを覚《さと》られまいというのと、あたしを悪者にして、自分だけに同情を集めようという二重の作略なの……すっかりコキュ気取りで不貞な妻に冷酷な取扱いを受けているなんて、ほうぼうで触れまわしているらしいの。感きわまって泣きだしたりすることがあるんだって……いくらか正体がわかりかけてきたけど、ヘラヘラ笑ってばかりいて捉えどころがないでしょう。いまなにを考えているのかと思うと、ぞうっとすることがあるわ」

三

十月十三日の夜から、紅葉があるのに雪が降りだした。朝の八時すぎ、一時間ほど雪《ゆき》間《ま》があって陽が照ったが、間もなくまた降りついで大雪になった。箱根では例年より十一日早く雪がきたわけだったが、小涌谷や蘆ノ湯にいた客はふるえながら塔ノ沢や湯本へ移った。

十四日の朝、ちょうど雪間にあたるころ、滋野光雄が交通事故で死んだ。強羅から車で宮ノ下まで降りる途中、道路から飛びだして谷底まで一気に落ちこんだというようなことだった。

伊沢はホテルのフロントでその話を聞いた。すぐ笠原の別荘へ電話をかけると、旦那さまは昨夜東京へ、奥さまは小田原へお下りになったという返事だった。

午後二時ごろ、小田原の警察署から電話があった。

「私は署長ですが、伊沢次郎というのはあなたですか。ご足労でも、こちらまでおいでねがいたいので……ええ、笠原さんの奥さんのことで。お目にかかってくわしく申しあげます」

小田原の警察署へ出向いて名をいうと、折襟の服を着た警官が椅子から立ってきた。

「私は交通二課の事故係です。伊沢さんですか。ご苦労さんでございます。どうかこちらへ」

ニスを塗った板張りの衝立が外套掛けにも間仕切りにもなって、大部屋の奥のほうを二坪ばかり仕切ってある。むきだしの丸テーブルと椅子しかない面会所といったところに伊沢が落着かない顔で掛けていると、さっきの事故係が署長といっしょに入ってきた。

「署長です。遠いところをお呼びたてして」

そういいながら名刺をよこした。

「失礼ですが、笠原忠兵衛さんとはどういうご関係で」

「同業……祖父の代からの古い交際で」

「奥さんのほうは？」

「友人といったところです……奥さんはまだこちらに居られますか。なにか、むずかしいことでも？」

「笠原さんの奥さんのことですが」

署長は困ったような顔になって、

「居られます。お引取りねがいたいのですが、どうしてもお帰りにならないので」

「どういうことでしょう」

「殺されそうだから、保護してくれと言われるんですがねえ」

「よく嚥みこめませんが……いったい誰が殺すというんです？」

「奥さんは滋野光雄が殺されたから、こんどは私の番だ。これはほぼ確実なことだから、ぜひとも保護してもらいたいと言われるのです」

「滋野は交通事故で死んだと聞きましたが、殺されたというような事実でもあったのですか」

「いや全然」

「私が説明します」

交通二課の事故係が署長に代った。

「事故を起した強羅、宮ノ下間のカーヴは、勾配と、曲折、視界と、悪い条件が三つ、うまいぐあいに揃ったあぶないところで、あの場所だけで、この二年間に、もう五件以上やっています。現場へ行ってデータを見ましたが、当然、そうなるような状況で」

「当然というのは？」

「滋野さんは十五分の一の勾配を、七、八十のスピードで降りてきて、第一の曲折で左へ四十度ぐらい急にカーヴを切ったが、それが浅すぎて前部の左の車輪が谷へ出てしまった……そこであわてて左へ大迎えに車をまわしたがまわしきれず、崖端の雪だまりへ左の後輪が出たもんだから、ズルズルと後落して、そのまま一気に谷底へ飛びこんでしまったという状況でした」

「車は？」

「車は五十六年のオースチンの新車で、ご承知のように油圧式の四輪制動で、安定のいい車だから、車の故障のせいだとは思えない。デラックスかフェートンの中古車なら、問題があるでしょうが」

「それはそうです」

「追突されたようすも、接触して煽られたような形跡もない。あそこで誰もがやるような経過を踏んで落ちている……と申しますのは、ああいう場所の事故は、みなまぎれもない性格を持っているもので……つまり、どの例も判で捺したようにおなじなんです。だから、どこかに……まア規格ですか、それにはずれた動きが一ヵ所でもあれば、これは変だとすぐわかるものなんですが、かくべつそんなデータもない。他からの作為が加わっているとはどうしても思えない。もしあれば加害者も車といっしょに谷へ飛びこんでいなければならないわけなんで……結局のところ、笠原さんの奥さんの言われるような事実は想像できんということですな」

「よくわかりました」

「ちょっとおたずねしますが、滋野さんは運転のほうは」

「古くから車を持っているし、運転のほうはたしかでした」

「飲酒して運転されるようなことはなかったでしょうか」

「私の知っているかぎりではそんなことはありませんでした」

「滋野さんは午前八時すぎ、雪がやんで陽が照りだしたところを見はからって強羅から下りた。当時の積雪量は大体、十センチ程度で、通行が困難だというようなことはなかった。私の見解ですが、滋野さんは泥酔して運転していたのではないでしょうか。軌跡が常規を逸している。じつにどうもシドロモドロなんで、そんな失礼な想像をしたわけですがね」

「滋野は朝の八時から泥酔するような習慣は過去にはなかったようです……それで、署長さん、笠原の細君は証拠とするものがあって、そんな主張をしているのでしょうか」

署長は笑いながら首を振った。

「いや、なにも……かならず、誰かに殺される。だが、その人の名は言えない……笠原さんの奥さんは、滋野光雄が殺されたから、こんどは私の番だというようなことを言われる。滋野が殺されたら、なぜ笠原さんの奥さんが殺されなければならないのか、その辺の連帯関係について、なにかお気づきの点がありますか。参考までにおたずねするのですが」

「格別、これといって」

「笠原さんの奥さんは若草みどりという映画女優で、滋野光雄とおなじ撮影所で働いていたそうですが、あなたはその頃から二人とお知合いだったのですか」

と急にむずかしい話になってきた。

滋野と自分を掛けあわせて考える以上、安芸子の恐れている意想の人物は笠原忠兵衛なのにちがいない。奇妙なかたちで結びついている三人の関係を説明すれば、おのずから疏通することもあるのだろうが、進んで申述したいような事柄でもなかった。

「二人は私の友人ですが、偶然に銀座なんかで出逢えば、いっしょにお茶を飲むとか、酒を飲むとか、その程度の交際で、深いことはなにも知りません。これは真実です」

署長は狼狽している伊沢の心の中を見透したような顔で、苦笑しながらうなずいてみせた。

「ここは法廷ではないから、真実などという言葉をおつかいにならなくとも結構です。警察に代わる保護者としてあなたを指名されたので、どういう関係にあられる方なのか、ちょっとおたずねしただけです……いまも申しましたように、われわれには、笠原さんの奥さんが感じていられるような不安というものは想像できませんのでね……ここへお呼びしますから、どうかお連れねがいたいのです。興奮していられるようですから、その辺のところも、どうか」

庶務の警官を呼んで署長がなにかささやくと、間もなく衝立の間から、黒のスーツに馴鹿《となかい》の黒いハンドバッグを抱えた安芸子が、昂奮に蒼ざめて、唇をふるわせながら、入ってきた。

「伊沢さん、すみません……あなたにご迷惑をかけるつもりはなかったんだけど、警察では面倒を見きれないというもんだから」

署長のそばへ行って、かたちばかりの会釈をすると、

「警察では事故だと思いこんでいるらしいけど、あたしにはうまく仕組まれた殺人だということがわかっている。こんどはあたしの番だというんだから、あたしが怖がるのは無理もないでしょう。帰れというから帰りますが、もし、あたしが殺されたら、あなたはさぞいやな思いをするこってしょう」

署長はこんなことには馴れきっているふうで、横を向いて相手にならなかった。

待たせてあった車に乗ると、安芸子は疲れきったようすで、ぐったりと座席に掛けた。

「どこへ行けば安心できるんだね?」

安芸子は顔をあげると、強い眼つきになって、

「あなたまでおひゃらかすの? あたしが冗談を言っていると思っているんですか。今日はバカな話はよしましょう……箱根以外ならどこでもいいから、気の向いたほうへやってちょうだい」

とニべもない調子でいった。

とりあえず湯河原へ行くことにして、運転手に宿の名を言ったが、ひどく真剣な安芸

子の眼の色を見ていると、ただのヒステリーだけではないような気がして、急に不安になってきた。

「警察では、なにも言わなかったようだね」

「あんな輩《てあい》にいうことなんかあるもんですか」

「なにも言わずに、だまって保護してくれじゃ、向うも弱ったろう」

「あたし言ってやったのよ。滋野が雪の晴れ間に強羅から下りてくれば、どこのカーヴでどうなって、どんな風にして谷へ落ちこむか、はっきりと知っていた人間がいるって……そこまで言ってもわからないんだから、申しあげる言葉もないのよ」

「それだけでは、おれにもわからない。どういうことなんだ」

「仕事があるならともかく、いまはオフでしょう。あの怠け者が雪降りの朝の八時に車で降りてくるなんてしょっちゅうあることじゃないから、誰かに誘いだされたのだと思うべきでしょう」

「そうかも知れない」

「そうかも知れないでなくて、事実だったの。八時ちょっとすぎに、いつも連絡してくれる女の子から電話があって、滋野さん、いま車で出ましたから、間もなくそちらへ着くでしょう。お悪いような話でしたが、お元気な声を聞いて安心したわ、って……あたしは病気でもなし、滋野に電話なんか掛けたおぼえはないのよ」

「誰だろう」

「自動車の事故は霧の日か、道が凍ったときだけにかぎると思うのはまちがいで、天気のいい、陽の照りつけるときだって起りうるのよ……映画に関係したことのある人間ならすぐ気がつくことなんだけど、あなたにはわからないかも知れない……「羞明《しゅうめい》」って言葉、知ってる？」

「知らないね」

「眩しさというものに極端に鋭感な状態……あたしもそうだったけど、滋野はライトにやられて、電気性眼炎というやつになって、失明する一歩手前まで行ったことがあるの。もう普通になったけど、なにかの拍子で強い光線にあたると、視界が暗黒になるようなことがあるので、クルックスの特殊ガラスのサングラスをいつも持って歩いていたわ」

「そうだったのかい。そんなものを掛けたところを見たことがなかったが」

「滋野は気取り屋だから、人にさとられないようにしていたらしいけど、この間、仙石原のゴルフ・リンクで西陽に向ってアプローチをしているとき、とつぜん羞明がはじまって、えらいミスをやったもんだから、笠原が感づいてしまったのね」

「それは君の想像なのか」

「想像でも妄想でもいいの……話の順序はこうなのよ。たぶん、あなた見られたと思うんだけど、霧の夜、玄関であたしと滋野が立話をしていたことがあったでしょう。滋野はゴルフ・リンクでクルックスのサングラスを失くしたもんだから、心配になってあたしのところへサングラスを借りにきたところだったの……あたしウルトラジンのサングラスを持っていたはずなんだけど、探しても無いもんだから、貸してあげることができなかったわ」

「へえ……事実なら怖いような話だね」

「ええ簡単なことだったのよ。滋野のサングラスを隠して、雪間の陽の照りだしたところを見はからって、誘いだしの電話をかけるだけ」

一応、筋は通っているが、あの頓馬な笠原がそこまでの芸当をやってのけるかどうか、信じられないような話だった。

安芸子は脇窓から、急に冬めかしくなった錆色の風景をながめながら、呟くようにいった。

「いまとなっては、どうでもいいことだけど、滋野のサングラスは宮ノ下の笠原の部屋のどこかに放りだしてあるはずだわ。あたしにはそれが見えるような気がする」

春の山

蘆田周平はサンルームのつづきの日向くさい絨氈の上に寝ころがり、去年の冬から床のうえに放りだしてあった絵葉書を拾いあげた。パリのあやかしに憑かれ、ひとりで気負ったようになっている仲間がよこした自作の絵葉書である。

八月にレジェが死んだと思ったら、この月の六日にユトリロが死んだ。パリでは毎日のように人生の一大事に逢着している。そちらはどうだ。古沼の淀みのなかで、相も変らずクラゲ同然にフワリフワリしているのだろう、などと生意気なことが書いてある。

ユトリロが死んだことが、はたして人生の一大事かどうか、よく考えてみないとわからないが、周平の住んでいる世界はあまりにも無事で、ちょっと気をゆるめると、つづけさまに欠伸がでてとまらなくなる。

周平は、日本間だけでも十五室もある義姉の実家にあたる松井甲子太郎の売空家《うりあきや》に管理人がわりに入りこみ、サンルームの脇間にこもって絵を描いているうちに、まわりの景色がいつの間にか春になっていた。

周平の住んでいる紅ヶ谷のあたりは北と東に山があり、西南が海にむいてひらいている関係で、鎌倉のうちでもとりわけ暖く、南下りになった山曲《やまたわ》の日だまりで二月のうちにすみれが咲く。三月になると、空は子供が絵に塗る青のようなすき透った青さになり、薄色の山桜の下で草がはげしい緑を萌えたたせるといったぐあいになる。周平は抽象画の勉強にうちこんでいるが、そのほうは順列や二項定理の問題とおなじで、観念内の仕事だから、自然や風景に用はない。

周平は画室にあぐらをかいて、欠伸ばかりしているが、にわかに春めいてきた気候のせいばかりでなくて、人間のいない清潔すぎる環境の影響も、多分に作用しているふうだ。松井の家は居宅そのものも大きいが、屋敷がまたとりとめのないほど広い。鎌倉と逗子の境になる光明寺の裏山をうしろに背負ったような地形で、天照山の峯を越え、名《な》越《ごえ》の切通しを上から見おろすあたりまでが庭つづきになっている。いちど尾根をつたって、地境いになるらしいほうへ降りてみたが、谷もあれば川もあり、萱や葎《むぐら》にとじられた広い草地や、陽の目も通さないような暗い雑木林がはてもなくつづいている。この家の持主は千万円という値をつけて売りに出しているが、デフレのさなかに、こんなバカべら棒な家が右から左に売れるわけはない。見ただけで気疲れがし、愛想をつかして帰ってきた。

去年の冬、十二月もおしつまった三十日の夜、光明寺の裏山へ門松にする姫小松を盗みに行った小坪の漁師の子供が、道に迷って谷へ落ちて死んだ。子供の母親が提燈を持って、「カネやーい、カネやーい」と叫びながら、尾根や谷戸《やと》の上の道を根気よく探しまわっていた。提燈の火は夜の明けるまで見えていた。思いかえしてみると、この半年ほどの間に、自然に人事がまじりあったのは、そのときだけだった。

浄瑠璃寺の弥勒仏そっくりの顔をした由さんという六十ばかりになる常傭の植木屋と、仲間の六さんというのが、月に三度、庭を掃除しにくる。郵便配達の三三《みさ》さん、小坪で網元といわれている吉兵衛、その息子の吉青年……その辺が画室の常連だが、そういう組合せでは、いたずらに煩わしいばかりで、精神を高めてくれるような、なんの寄与もしない。とても、人生の一大事に逢着するというようなことにはならないのである。

由さんは若いころ小博奕に凝って、横須賀のなんとか親分の身内になり、銀被《ぎんぎ》せの木刀を腰に差し、テラ箱を担いで田浦衣笠の辺を走りまわったこともあったそうで、そのころの気風が残っているのだとみえ、植木ばかりいじって暮しているくせに、言うことになんとなくクセがある。それは由さんだけのことではなくて、六さんも、三三も、吉兵衛も、その息子の吉青年も、遊び好きでアクの強いことにかけては、由さんと変りはない。吉青年は、おれたちは三浦党の後裔だなどと、つまらないことをいって威張っているが、紅ヶ谷、飯島、名越、三浦道寸の城のあった小坪あたりまでの地積は北条経時の領地で、明治の中頃に乱橋村という区分になり、名主だった松井の先々代に支配されていた村方《むらかた》一般の子孫なので、ものの考え方や生活感情に、習俗とでもいうような共通したものがあるらしい。周平にたいする当りかたはまず尋常で、東北の山奥の部落民のように他所者《よそ》扱いをしていじめるようなことはしないけれども、正体の知れない、わけのわからないようなところがあって、簡単にはあしらいかねた。

無為と倦怠の中で風化したような、この空家に入りこんだ当座、みじめなくらい孤独だが、煩わされることのない清らかなよろこびにみちた生活に、周平は深い満足を感じていたが、おいおい春めいてくると、おだやかすぎる気候と、人生のない淡泊すぎる環境に気《け》おされ、いちど見切りをつけた煩わしい生活へ、人間がひしめきあう喧騒の世界へ、しばらく立戻ってみたいと思うようなこともあった。

そういう春の朝、周平がモーターでタンクに水をあげて遊んでいるところへ、のっそりと六さんがやってきた。

「留守だと思ったら、いたな」

「六さんか、お茶でも飲んで行けよ」

「顔を見たから安心した。また来まさ」

翌日、早がけに由さんがやってきた。

「生きていたかね。十日も表の通りへ顔を見せねえから、患っているんじゃねえかと思って」

勝手の框に腰をおろすと、煙草に火をつけて長い煙をふきだした。

「なア、困るじゃねえかよ。こんな陽気に、家にばかり籠っていちゃ毒だア。ちっと浜へでも出てみなせえ」

「海なら、毎日見ているよ」

「釣りはどうだ。釣りをするなら舟を出すが」

「舟に弱いから、海釣りはごめんだ」

「今日は彼岸の中日だが、なにか忘れていることがあるんじゃねえのか……五ノ日は地方《じかた》の休み、十一日は浜方《はまかた》の潮休み……彼岸のお中日は、土地じゃ大切な日になっているんだが」

周平は絵筆を洗いながら相手になっていたが、由さんの言いまわしのなかに、なにか気むずかしい絡むような調子がある。悪意ではない、親切なのだろうが、飲み屋で知らぬ客から盃を強いられ、断るにも断りかねるときのような当惑と忌々しさを感じた。

「お祭りの寄附か。どれくらい出すのか言ってくれよ。留守番だから、たいしたことはできないが」

「金をもらいに来たわけじゃ……東京の奥さまから、なにか聞いちゃ、いなかったですか」

「なにも聞いていなかったよ」

「しょうがねえな」

由さんはむずかしい顔になって、
と舌打ちをすると、じゃ、またそのうちにと言って帰って行った。

二時間ほどすると、小坪の吉青年がやってきた。

「先生、居るかね」

仕事をしているところへ上りこんできて、ふてぶてしい恰好であぐらをかくと、

「ちょっくら、見てもらいたいものがあって、持ってきた」

「吉あんちゃんか、なにを持ってきた。この辺の土出《どしゅつ》なら、もうたくさんだ」

「そんなものじゃねえ、びっくりするなよ」

横風なことをいいながら、鬱金《うこん》の布に包んだ丸味のあるものを、脇間の床の上に置いた。

立杭焼の古いものだが、ガラス壺に合格せず、穴窯の外に捨てられたものらしく、歪《ひず》んでかたちが崩れ、底に食っつきがある。こんな半端ものは、上下の両立杭や釜屋に行けば、十円もしない出来損いだが、よく見ると、彎曲してかたちの崩れた小判形が、まんざらではない。水簸《すいひ》せず、荒地のままで使っているから、いちめんに石ハゼが出ているのも面白い。窯の中で松の灰かなにかが落ちかかり、それが硝子化したのが、青い美しい色になって一筋流れている。表面はザラザラし、色艶が悪く、見た眼には汚いが、口造りといい、ビードロの流れといい、茶人なら飛びつくようなものである。

「これはどこから出たんだ」

「先生、たいしたもんだろうが。どこってことは、いえねえが、おれが掘出したんだ」

見識だと言いたいところだが、眼も素養もない二十三の網元の倅に、味の深いこの美しさがのみこめようわけはない。色とか線とか、美の要素について審美の鍛錬を経ない素人の、こいつはいいという認容ほどあてにならないものはない。

「ほんとうに掘出したのなら、飛んだまぐれあたりだが、どうも嘘らしいな」

「嘘ってことがあるかよ、ほんとうだ」

「騙されはしないよ、誰にもらったんだ」

吉青年は頭を搔いて、

「騙せねえか。騙せねえなら白状するが、横須賀の叔父の家からチョロまかして来たんだ。売るとすれゃ、どれくらいに売れるだろう」

「好きなひとなら、どうかすると飛びつくだろうが、値をつけるような代物じゃないね」

「がっかりさせやがる。それァほんとうかい」

「おれにくれないか。そこにある絵なら、どれを持って行ってもいい」

「そんなにほしいか。そんなら、これから横須賀へ行こう。気にいったのをチョロまかしてやる。今日は家にいねえはずだから、都合がいいんだ」

行こうといいかけたが、歪んだところ、やりそくなったところが面白いので、こんなよくできた出来損いなど、いくつもあろうはずはない。

「おめえは煮えきらないから嫌いだよ。なんぼおれでも、叔父貴のいるところじゃ、仕掛けがきかねえ。善は急げだ。立ちなよ」

由さんがしつっこく絡みついたあたりから、なにかあるなと思っていたが、吉青年の誘いかたがはげしいので、それで、はっと行きあたった。

「ちょっと伺うがね、どうして、みなでおれを外へひっぱりだしたがるんだ」

周平がひらきなおってそういうと、吉青年は虚をつかれて、

「おれが、どうしたというんです。なにをいってるのか、ちっとも、わかんねえや」

と、しどろもどろになった。

「おれがここにいると、ぐあいの悪いことがあるらしいな。そうじゃないのか」

「先生がここにいたからって、べつに、どうということはねえです」

「そんなら家にいる。横須賀へ行くのはやめた。六さんと由さんに、そう言っておけ。先生は、当分、家から出ないそうだって」

「こいつは弱ったね」

「おれが家にいたって、吉あんちゃんが困ることはないだろう」

「それがどうも弱るんで……ここで先生に臍を曲げられると、大事《おおごと》になる」

吉青年は割膝になってかしこまると、ついでに床に両手をついて頭をさげた。

「先生、このとおりだ」

「家をあけてくれるなら、あけてやってもいいが、あてなしに出るというわけにはいかないな」

「釣をするなら何隻《なんばい》でも舟を出します。ゆっくり行っていらっしゃい」

「甘く見るな。そんなものの言いかたがあるか。ものを頼むなら、筋を通してから頼むもんだ」

吉青年は頭を抱えて、

「うむ……と唸ったね。これは村方の神事みたいなもんで、亡くなられた松井の旦那も東京の奥さまも、承知のうえで見ないふりをしていてくれるんです。四県五郡の親分衆が、昨夜から宿をとって場の立つのを待っているという正念場だ。たのむよ、先生」

春秋二回、彼岸の中日に、近県の親分が集まって、松井の邸の奥の囲地で闘鶏の関東大会をやるのが、久しい以前からのシキタリになっている。もっとも、仲間だけの手合せなら、夏冬なしにやっているがと、ひとを馬鹿にしたようなことをいった。

「なんだ、うちの地内で、そんなことをやっていたのか」

このあたりの自然の風致は、のどかすぎてとるところがないと思っていたが、退屈そうな見せかけをした庭の奥で、そんな活潑な情景がくりひろげられていたとは考えもしなかった。

「潮休みには浜方がまじるので、いつもどえれえ騒ぎをおっぱじめるんだが、ほんとうに知らなかったのかよ」

「知らなかった。それらしいものも見かけなかったが、その連中、どの道から入りこんでくるんだ」

「どの道といったって、入口は一つだ。みな門から入ってきまさ」

そう言われれば、六さんや由さんが半纏の裾になにかを丸めこんで、庭の奥へ入って行くのを見た記憶がある。

「六さん、あの齢で若いものといっしょになって、悪さをするのか」

「先生はなにも知らねえんだね。六さんこそは関東一の軍鶏師《しゃも》よ。六さんの手にかかったら、反羽鶏《そっぱどり》も軍鶏になるというくらいのもんだ。今日の花試合に出す「明月院」ってのが、そこに伏せてあるが、見たかったら、のぞかせてやろう」

去年の落葉が冬のままに堆高くたまった裏山の斜面をあがって行くと、柊の大木の下に、久しく閉めきったままになっているらしい暗ぼったい小屋があった。

吉青年は扉の前に立って、中の物音を聞くようなほのかな目づかいをしていたが、周平のほうへ振返って、

「奴さん、威勢がいいや。入ってみよう」と誘いかけるようなことをいった。

馬立のある小屋の小暗いところに、紅絹《もみ》の袋をかぶせた二尺ばかりの高さの伏籠が置いてあって、その中でガサガサと気ぜわしく動きまわる鶏の足音が聞えた。

周平が伏籠の前へ行くと、軍鶏はにわかに猛りたって、ゾョゾョと羽ずれの音をたてながら、飛びあがり飛びあがり、伏籠の天井を蹴るので、いまにも籠を破って出てきそうで不気味だった。

「うるさいやつだな。軍鶏ってのは、いつでもこんなに腹をたてているものなのか」

「闘鶏のある日にゃ、鶏冠と尾羽をつめて、赤いものをかぶせておくから、奴は心得て張り切るですよ。話には聞いていたが、「明月院」ってのは、まだ見たことがねえ。六さんにドヤされるかもしらねえが、ちょっくら、のぞいてやるべえ」

紅絹の袋をとると、総黒の、見るからに精悍そうな軍鶏が、伸びあがるような恰好で、ひとりであばれていた。

「うわ、すごい。先生、こいつはマレモノですぜ」

鶏冠はズタズタに裂けて磯の血色藻《ちいろも》のようにゆらゆらし、眼は睨みつけるようで、どこといって一点、可愛げのない憎体《にくてい》な面がまえをしている。

明月院は眼を光らせて周平の顔を見ていたが、なにが気にいらないのか、羽毛のない赤膚を緊張させると、怒り毛を逆立て、いまにも飛びかかろうとするように、身体をゆすりながら足踏みをはじめた。

水に濡れたような正真の烏黒《からすぐろ》に、エメラルド色の細かい斑がいちめんにちらばったところなどは、どう見ても、青い色糸でタッチングしたロシア天鵞絨《ビロード》の感じである。斑のない羽丘には薄青いケムリがあがって、身動きするたびに、首から尾羽へ、秋の野末の稲妻のようにキラリと青い光が走る。鶏冠の色は洋紅に朱をまぜた複雑な赤で、羽毛の黒と斑の青に対照して、ゴヤが闘鶏図で造形した黒軍鶏のような深味のあるヴァリュウを見せている。

「吉あんちゃんが持ってきた立杭焼の壺みたいなやつだな。とんだ出来損いだが、見れば見るほど味が出てくる。原っぱで蹴合いするところは、どんなだろうね」

およそ相闘うというたぐいのことは、なんであっても生存競争とおなじことで、わざわざ見てやるほどのことはないというのが、周平の意見だったが、そんなことをいっているうちに、このままひき退るわけにはいかないようになった。

「闘鶏って野蛮なものなんだろうな。ちょっと見たいような気もするが、むやみに血を出したりするのでは、やりきれたもんじゃないから」

と気をひくと、吉青年はすぐ乗ってきて、

「急に色気をだしたね。そんなら、花試合を見たらどうです」

「花試合って、どんなことをするんだ」

「言ってみれば気力の戦争で、むごいことはしねえのです。持ち時間は軍鶏師が相対できめるが、だいたいは四十分……その間に、怖けて泣き声をあげるか、疲れてしゃがみこむか、羽交の下に首を入れるか、囲場の側に凭れて脚を投げだすか……四失《ししっ》のうちのどれかをやれば、負けということになるんでさ」

「その程度なら、いやな思いをしなくてもすみそうだ」

「見る気があるなら、見ておきなさい。花試合がはじまったら、そっと迎いにきますから」

二時間ほどしてから、吉青年が迎いにきた。小屋の横手から尾根を越え、谷戸につづく細道をおりて行くと、むかし豆腐川が流れていた涸谷《かれたに》の磧《かわら》に出た。磧のむこうは、茨や萱にとじられた深い雑木林で、その奥でさかんな人声があがっている。

「あの中でやっている。見つかると、いい顔はしないから、隙見する程度にしておきな。明月院の相手は、佐介という黄笹《きざさ》の軍鶏です。もうはじまる、おれはあっちへ行くよ」

吉青年が行ったあと、雑木林の近くまで忍んで行くと、木立の間から、花々しいほどの闘鶏場の風景が見えた。

それがリンクになるところなのだろうか。雑木林に囲まれた草地の中央を二坪ばかり掘りさげて川砂を敷き、四つ隅に杭を打って、三尺ほどの高さに茣蓙《ござ》で囲ってある。リンクのまわりにシートを敷きつめ、審判席とでもいうようなところに、抜目のなさそうな面がまえの男が十二人、親分の貫禄を見せて座布団のうえにゆったりとおさまり、巻脚絆に地下足袋をはいた世話役が二人、介添のかたちで、片立膝で控えている。張方か客人か、表通りの店で見かける商家の旦那をまぜた三十人ほどが、申しあわせたように一升瓶をひきつけ、笑ったりしゃべったりしている。

リンクの左手のすこし離れたところに、野立の茶会のような幕を張ってあるのは、支度部屋というようなところなので、伏籠の中であばれまくる鶏の声が聞えた。

世話役の一人がリンクのそばへ行って、

「第五回は花試合……持ち時間は四十分となっております」

と錆のかかった渋辛声で披露すると、六さんと由さんが、ちがうひとのような甲走った顔で、伏籠を抱えて出てきた。

「片や明月院、片や佐介」

リンクのまわりで、わっと歓声があがる。

六さんと由さんは東西に分れ、リンクの近くに伏籠を置くと、如露で鶏に水をかけ、そろそろと伏籠から出し、羽交の下に手を入れてしずかに抱きあげた。

世話役がストップウォッチを見ながら、ヘッと突んぬけるような奇声をあげると、六さんと由さんは同時にリンクにおりて、向きあう位置に鶏を据えた。

いきなりあばれだすのかと思ったら、そうではなく、両足の間にひっ挟むようにして、じっと鶏をおさえつけている。軍鶏師の禿頭にうららかな春の陽が照り、二羽の軍鶏は、なにかしんとしたようすで、たがいに顔を見あっている。

明月院の相手は、羽着《はづ》きの薄い枯笹色の貧相な鶏で、いくどかの戦いで背中のあたりまで羽毛をむしられ、ぞっとするような赤肌をむきだしているのは悲惨だが、鶏冠を半分以上も剃り落してあるので、頭だけ見ると、鸚鵡のお化けのようで滑稽だった。明月院は凜然たる剣豪の風格だが、佐介のほうは鶏の隠居といった態で背中を丸め、このまま眠りたいとでもいうように眼をショボショボさせている。戦うなどというスタイルではない。ショオにでもなりそうな間のぬけた組合せなので、観衆はクスクスと忍び笑いをしていたが、なにかのきっかけで、いちどにどっと笑いだした。

この試合は賭のない娯楽の一番らしく、誰も試合の成行などは問題にしていない。明月院のようなマレモノをつくりだした六さんにたいする祝儀の一番なので、佐介は絶対に負けるためにリンクにひきだされた生餌にすぎない。花試合というのは、本来、こんなものなのだろうが、もしそうだとすれば、残酷だという意味ではちょっと類のない試みであった。

周平が伸びあがって見ると、明月院と佐介が一体になって揉みあっていた。蹴る、ひっかける、おし倒す、乗りつぶす。そのたびに、黒と茶の羽毛がまじりあって、噴水のように空に噴きあがる。

明月院のほうが優勢だが、佐介もやられてばかりはいない。戦うほか、生きる道はないのだと理解しているように、死の淵に追いつめられた生物《いきもの》の窮極の姿勢で、サイドに尾羽をすりつけながら、リンクのまわりをグルグルとまわっていたが、チャンスをつかんで明月院に襲いかかると、頭をひっぱたいてあおのけにひっくりかえし、五尺ぐらいも飛びあがっておいて、背中のまんなかに隕石のように落ちかかった。明月院はサイドの近くまでコロコロところげて行ったが、そこであっけなく乗りつぶされ、砂に首を埋めて、みじめな声で鳴いた。

観衆は期待はずれで拍子ぬけがし、二つ三つ気のぬけたような拍手を送った。

二本目の試合で、にわかに形勢が逆転した。佐介は闘志を失って物臭くなり、リンクの隅を辿って逃げてばかりいる。明月院はリンクの遠い隅で、身体を揺りながら足踏みをし、戸惑ったようにウロウロしている佐介のほうを見込んでいたが、とっさに駆けだして行くと、嘴と眼の間へ距《けづめ》を打ちこみ、背越しに一間ほどもうしろへ投げつけた。

佐介は死に、それで勝負は終った。世話役が佐介の骸《むくろ》をさげて雑木林のほうへ来、ひと振りして無雑作に周平のいる草むらへ投げこむと、すぐつぎの試合がはじまった。

佐介はまだ生きていた。生きているしるしが、かすかに残っていた。嘴を折られ、眼玉をえぐりだされ、不幸な人間の末路といったぐあいに長く伸びていたが、そのうちに意識が戻ってきたふうで、血をためた眼窩を上にむけ、途方に暮れたようにトホンと空を見あげてから、辛い努力をかさねながら、草むらから身体を起しにかかった。

何度か失敗して、やっとのことで立ちなおると、死の終局が近づいていることを知りつつ、最後まで本性に忠実であろうと勉めるように、攻撃のかまえで、ヨタヨタと周平のいるほうへ歩いてきた。しかし、その行動はいっこうに甲斐のないもので、ものの一尺ほど歩いたところで、尻餅をついてへたばってしまった。

佐介の眼から、だしぬけに涙のようなものがあふれだした。へし折られて、嘴ともいえないような短い嘴のあいだから血と胆汁を吐き、あおのけにひっくりかえって、縊るものがあったら縊りつきたいというように、ギクシャクと脚を踏みのばしていたが、間もなく身体が硬直し、乾反《ひぞ》ったように突っぱってしまった。

ここにも一大事があった。周平は心のなかでつぶやいた。

「春の山で、一羽の軍鶏が涙を流しながら死んだ」

猪鹿蝶

いつお帰りになって？　昨夜？　よかったわ、間にあって……ちょいと咲子さん、昨日、大阪から久能志貴子がやってきたの。しっかりしないと、たいへんよ……あなたを担いでみたって、しょうがないじゃありませんか。ええ、ほんとうの話……誰だっておどろくわ。どんなことがあったって、東京なんかへ出てこられる顔はないはずなのに。そこが志貴子の図々しさよ……終戦から六年、その前が四年だから、ちょうど十年ぶりね。木津さん？　そのことなのよ。なにはともかく、大至急お耳にいれておくほうがいいと思って、それでそれはもう、あなたさまのおためになることでしたら、いかようにも相勤めまするでござるだけど、お蔭さまで、今日はくたくた。

朝の十時ごろ、築地の山城から、いきなり電話をかけてきたものなの。折入っておねがいしたいことがあるから、どこか静かなところで、一時間ほどお話できないだろうかって。すらっとしたものなの……志貴子の追悼会をやったあとで、久能徳が本門寺の書院で、いろいろとお助けいただいたご恩にたいしても、生涯、志貴子は東京へ出しません。おやじの私がお約束するって、畳に両手を突いておじぎをしたでしょう。いくら年月がたったにしろ、あのいきさつを考えたら、かりに東京へ出てきたって、厚顔しく電話なんかかけて来れる義理はないのよ。だいいち東京へ出てくること自体、あまり人をバカにした話でしょう。木津さんに回状をまわして、大真面目な顔で年忌までやったあたしたちの立場がどうなると思っているのかしら。木津さんはひっこんでいるからいいようなものの、銀座あたりで二人がひょっこり逢いでもしたら、あんな大嘘をついた手前、木津さんに合わせる顔ないわ……あなたはそうでしょう。木津さんを釣っておくためなら、どんなことだってするひとなんだから、バレたらあやまればいいと思っているんでしょうけど、あたしのほうは悪かったじゃすまないのよ。それはそうだろうじゃありませんの。志貴子さん、お亡くなりになったんですってねえって、久能徳のうしろにくっついて、まっさきにお悔みに行ったのはあたしなんだから、罪が深いわ。

モシモシ、電話、遠いわね。聞えて?……逢ったわ。もちろんよ、志貴子なんかの話をきいてやる筋は、あたしのほうにはないわけなんだけど、いい気になってほっつき歩かれでもしたら事だから、うんととっちめて、昨夜にでも、大阪へ追い返してやるつもりだったの……銀座のボン・トンで。なまじっかな場所だと、かえって目につくから、ざわざわしたところのほうがいいと思ったの。

ええ、やってきたわ。二十分も遅れて。腹がたって、ひっぱたいてやろうかと思ったくらい……遅くなってとも言わないの。ずるずるに椅子に掛けて、「お別れしてから、久しうなりますのに、ちょっともお変りになってはれしめへんな」なんて、のんびりしたものなの。おぼえているでしょう。神戸にいるころは、朴なんとかいうボクサーくずれに入りあげて、耳のうしろの肉が落ちて、栄養失調の子供のようないやな感じだったけど、こんどは身幅がついて、人がちがったみたいに水々しくなって、頰の艶なんかバカバカしいくらいどう見てもせいぜい三十一、二ってところ。ええ、そう。面白くないのよ。「いつか摩耶へ遊びに行ったのが、最後だったわね。そのあとのほうが、派手で面白かったけど。いっこう音沙汰がないから、こんどこそ、ほんとうに死んだんじゃないかって、咲子さんと、噂したこともあったのよ」って露骨にあてつけてやると、「うち、なんべんも長い手紙書きましてんけど、そのたんびに恥かしうて、やめましてん。封じ目した手紙が、手箱に何本もでけてますわ」てなぐあいで、全然、手ごたえがないんです。

面白くないことが、もう一つあるのよ。当座、見た感じで、たかだか水通しの本結城と、軽く踏んだんですけど、結城はまったくの見そくない……なんというものなのか、粉をふいたような青砥色《あおと》の地に、くすんだ千歳茶《ちとせちゃ》の斜山形が経《たて》つれの疵みたいに浮きあがっているの。袖付や衽《おくみ》の皺が苔でも置いたようなしっとりした青味《あおみ》の谷をつくって、いうにいえないいい味わい……帯はね、蝦夷錦の金銀を抜いて、ブツブツの荒地にしたあとへ、モガルの色糸で、一重蔓小牡丹の紋をいたずらでもしたようにチラホラ散らしたという……お話中……わからないひとねえ、お話中だと言ってるじゃありませんか。切れたらつないでください。あなたの仕事でしょう。

モシモシ、ふふ、あたし……帯はともかく、着物のほうがわからない。吉野でもなし、保多織でもなし、あれでもないこれでもないと考えているうちに、いつだったか千々村がいっていた、秋田の蕗織なんだとやっとのことで行きついたというわけ……ほら、昭和十何年かの京都の知恩院の大茶会に、鴻池可津子がたった一度だけ着たという、あれの連れなの。ちょっと死にきれないでしょ。

それはそうと。なにかというと、張りあう気でいるひとなんだから、あたしのほうにも、もちろんツモリはあったのよ。薄いレモン地に臙脂の細い立縞をよろけさせたお召に、名物裂《めいぶつぎれ》の両面つづれの帯……山浦の織元をやめてひっこむ前に、一反だけ織った織留めの秀逸でフランス代表部のモイーズさんが「無左右」の絶品だって折紙をつけたくらいのものでしょう。これだけひき離しておけば、絶対大丈夫と思ったのが、油断だったのね……そうなると、ジョーゼットまがいの、悪く新しがった薄っぺらなところ、浮きあがったようなレモンの色合のわざとらしさが、悲しいほど嫌味で、こちらは泣きだしたいくらいになっているのに、志貴子のやつ、わざわざ手で触ってみて、「まあま、これ中村だっか。地入れがようて、サラリとして、ジョーゼットそのままねんね。それにおみ帯の品のいいことというたら。両面錦みたい、博物館へ行っても見られんものを見せてもろて、ほんまに眼の保養をしました」なんて、ニヤニヤしているの。あたしの気持、お察しになれます?……パンセ・ヴゥ(お察しねがう)ってとこよ。

泣きだしもしなかったわ。あなたとはちがうから……どうしてやろうと思うと、眼がチラチラして、まわりのものがみな浮きあがってくるみたい。どうしたって、このままでは帰されない。是が非でも、ぎゅっという目に逢わしてやろうと思うんだけど、志貴子、どんな生活をしているのか、久しく不通だったもんだから、正体がわからない。苛めようにも、てんで方針が立たないってわけなの。せめて輪廓だけでもつかまないことには、手も足も出ないから、「この四、五年は、一年ぐらいの早さですんでしまったけど、数えてみると、あれからもう十年になるのね。このごろ、どんな生活なの」と釣りだしにかかると、「うちらに、生活みたいなもん、あれしません。ぼやぼやと一日一日がたっていくだけですねん。でも、東京いうたら、いつ来てみても、なんやしらん、ざわついていますねんなア。うち山ン中にひっこんでるせいか、こないしていると、中腰で居立っているような気イして、ちょっとも落着けしませんのン」なんて……そうなの。銀座のような、手軽なところへ呼びだされたのが心外だ、という意味でもあるんですけど、要するに、上手にぼやかして、尻尾をつかませないの。癪でしょう。あたしもついムキになって、「あなたは恩知らずよ。あたしたちに、あんなに世話になっておきながら、たよりひとつよこさないなんて、あんまりバカにしているじゃないの。今日はあなたをとっちめに来たんだから、そう思ってちょうだい」とキッパリとやりつけてやると、志貴子は、困ったような顔でもするどころか、「あの節は、木津さんのことで、あんじょうお助けをいただきまして、いちどお礼にあがらんならんところでしたねんけど、東京方面では、うち盲腸炎で死んだことになっていて、みなさんに年忌までもしてもろた手前、照れくそうて、手紙みたいもん、書けしません。それに、ひょっとして、木津さんの手にでも入ったら、それこそえらい騒動になって、あなたや咲子さんにご迷惑をかけると思って、つつしんでおりましたねんわ」まるで恩に着せるような言い方。「ご殊勝なことだけど、それくらいつつしみのあるひとが、ヒョコヒョコ東京へ出てきて、あたしたちに迷惑をかけるのは、いったいどういうことなのかしら。あたしにしろ、咲子さんにしろ、欺し役までひきうける義理はなかったんですけど、あんたのお父さまが、わざわざ東京へ出ていらして、木津さんの思召しはありがたいが、先々代からの掛りあいがあって、たとえ久能の店をつぶしても、志貴子をさしあげるわけにはいかない。といって、あれほどご執心では、生仲《なまなか》なことではおひきにはなるまいし、荒けた話をして、喧嘩にしてしまうのも困る。コケの才覚のようでおはずかしいが、志貴子さんが死んだことにでもすれば、いくら木津さんでも、おあきらめになるだろう。そのうちに結婚でもなすって、気持が落着かれたら、白状して、あらためておわびすることにする。先々代からの掛りあいと言いましたが、それればかりではないので、親の口からこんなことを言うのは異様なものですが、志貴子みたいな、しようのない娘をおもらいになったら、これはもう一生の不作です。その辺のところは、くどくどしく申しあげなくとも、お二人にはようくおわかりになっていられると思う。木津さんのおためでもあるのだから、ひとつ加勢をしていただきたい……って、こういう話だったの。どこがよくて、木津さんが、あんたみたいなひとに夢中になっているのかわからない。あたしたちは絶対反対で、どんなことがあっても、まとめさせるもんかと言っていたところだったもんだから、木津さんに怒られるのを承知で、加勢してあげたの。木津さんが結婚したとでもいうならともかく、まだあんなふうにブラブラしているんですから、あなたは東京へなんかへ出てこられるわけはないのよ。ひとのことはどうでもいいとして、ひょっくりどこかで出逢いでもしたら、死ぬほど嫌っている木津さんに、またうるさく追いかけまわされることになるでしょう」と、まア説いてきかせると、志貴子のやつ、含み笑いをして、じつは昨夜、木津さんに見つかってしまったらしいというじゃありませんの……お話中……お話中ですよ……あたしのおどろきっちゃなかったわ。どきっとして、息がとまったくらい……こうなのよ。「昨夜、麻布に用があって行った帰り、一本道の横通りでバッタリと木津さんと顔が合うてしまいましてん。こら、えらいこっちゃ思うて、いきなり駆けだすと、木津さん、どこまでも追うて来やはるやありませんの。駆けっこなら自信があるんですけど、木津さん、コンパス長うて、すぐに追いついてしまはりますねん。どないしようと思いながら、なんたらいうお寺さんの前までゆくと、門脇の潜戸が開いてますのんで、とっつきの、枳殻《からたち》の生垣をまわした墓石のうしろにしゃがんで息ィついていたら、木津さん、そこへドサドサ入ってきやはって、墓石の向う側に棒立ちになって、大目玉むいてギョロギョロしてはるさかい、もうあかんと、観念しましてん。入ってくるなら来い思うて、平気にかまえてたら、木津さん、生垣の前に立ってはるだけで、いつまでたっても入って来やはれしません。じりじりしてきて、墓石の端のほうからそっと覗いてみると、こないして、手ェ眼にあてながら、ぶつぶつ言うてはりまんねん。そないな恰好を見せいでも、お前の気持はようわかっている。僕も間ものうそっちゃへ行くさかいに、うろうろせんで、待ってくれ……そないいうて、おろおろと泣きはりますねん。ここで笑うたら、ブチ壊しや思いますねんけど、おかしうておかしうて、どないにもこらえられへん。思わず笑うてしもうて、はッとしてすくんでいたら、木津さん、眼ェむいて、墓石を見てはりましてんけど、なにィ思うたかしらん、いきなり門のほうへ走って行かはりましてんねん」

ところがそうでもないのよ。もう平気な顔……言うことがいいじゃありませんか。木津さんは、あたしが死んだと信じきっている証拠を握ったわけで、すっかり気持が落ちついた。そうと話がわかったら、ビクビクして隠れていることはないから、大っぴらに出歩くつもりだ。木津さんに関するかぎり、あたしのことは心配してくれなくともよろしいって。

なァに？　よく聞えないけど……そんなこと言わしておく手はないって？　聞えたわ。あたしが叱られてるみたいね。あたしに腹をたててみたって、しょうがないじゃありませんか……それでね、咲子さん、これはべつな話なんだけど、あなたにおわびすることがあるの……いま言いますから、お先っ走りしないでちょうだい。モシモシ、聞いている？　あのね、あたし、木津さんに志貴子を逢わしてやったのよ……やっぱり怒ったわね。あなたとしちゃ、木津さんをとるかとりかえされるかという、たいへんなところなんでしょうけど、泣き声をだすのはおよしなさいよ。情けなくなるわ……なぜかと聞かれても困るんだけど、あたしだって性《しょう》のある生物ですから、腹のたつこともあれば、癪にさわることもあるのよ。志貴子ぐらいにいい気になられて、だまってひっこむわけにはいかないでしょう。一白庵の名残の茶会へひっぱりだして、逃げ場のないお茶室で、だしぬけに木津さんに逢わせてやろうと思っただけ……なによウ、そんな大きな声をだすのはよして。耳がガンガンするわ……面子はあなただけのことではないでしょう。軽蔑される点でなら、あたしだっておなじことよ……後のこと？　カンカンになって居ましたもンですから、後のことまでは考えませんでしたの。すみませんでございます……ふざけてなんかいるもんですか。大まじめよ。そんな生意気なことをいうなら、電話、切ってよ。あんたみたいなバカ、勝手にするがいいわ。

やっぱり聞きたいんでしょう。だからつまらない強情を張るのはおよしなさいっていうの……そこは腕よ。その気になったら、志貴子ぐらい釣りだすぐらい、ぜんぜんお軽いのよ。「あなたにはかなわないわね。でも、いまの話を聞いて、あたしもなんだかホッとしたわ。木津さんには悪いけど……平気な顔でおし通すつもりなら、どちらのためにもいいかもしれなくってよ。そんなら、いいパァティにご案内するわ。午後、赤坂離宮で使節団の観光茶会があるのよ。元宮様や大公使の集り……お出になる気はなくって」

元宮様のほうは知らないけど、外交官の古手ぐらいは出るらしいから、大公使はまんざら嘘でもないのよ。ただし、志貴子をまごつかせようというのは、それがすんだ後の観楓亭の跡見の茶会のほうなの。

もちろんよ。すぐ乗ってきたわ。「そないなパァティやったら、服は半礼装でっしゃろ。シャールも銀狐ぐらいにせな、恥かくわ」なんて、嚥みこんだようなことをいっているの。茶席をパァティといったのは、洒落のつもりだったんですけど、解釈は、むこうさまの自由でしょう。ダンスでもあるつもりで、半礼装かなんかでやってきて、長裾を踏んづけたりパタパタさせたり、見っともない恰好をして、大恥をかくのだろうと思うと、面白くなって、しつっこいくらいに誘ってやると、「宮さまいうたかて、このごろは安っぽくなってしもて、汗ェかいてまで、見に行くほどのことはないのんですけど、せっかくですよってに、お伴させてもらいます」しぶしぶ承知したふうにして、「そのパァティ、何時からやらはるのン」と何気ないようすで聞くのよ。宿へ飛んで帰って、親戚眷族を総動員して、半礼装なるものを探させようという魂胆なんですワ。もちろんそうなのよ。

四時に迎えも出すことにして、家へ帰って、こちらはすぐ着付にかかる……長襦袢は、朱鷺色縮緬の古代霞のぼかし。単衣は、鶸茶《ひわちゃ》にけまんを浮かせたあの厚手の吉野。帯は、コイペルのゴブランにして、西洋の香水は慎しんで、沈香の心材に筏を彫った帯止だけにしておく。それでお出かけ……こちらが先に着いていないとまずいから、約束の時間より早いけど、かまわず迎えに行くと、木津さん、ひょんな顔をしていたけど、それでもすぐ出てきたわ……ええ、そう。いつもの通り……雨絣の本薩摩に革模様の紺博多、結城の紺足袋というお仕度で、白扇をブラブラさせながら車に入ってくると、「お暑いですな。こんじつは、お誘いくだすってありがとう」なんて、ひどくツンツンしているんです。

なんですって？　聞き捨てにならないことをおっしゃるわね。あなたなら、どうされたってうれしいでしょうけど、あたしのほうは、さようなわけにはまいりませんの。そんな扱いをされるおぼえはないんですから、どうしたんだろうと考えていると、すぐアタリがついたわ。ツンツンしているわけじゃないの。いささか無常を感じ、人間臭いものはみな嫌、てな心境にいるんですワ……えらい。見ぬいたわね。ええ、そうなのよ。昨夜、いまは亡き愛人の仮りの姿に出っくわしたせいで、浮世がはかなくなって、ぼーっとしているところなの。こういう迂闊なひとに、幽霊が足を生やして、半礼装の裾をパタパタさせながら逃げだすという厳粛な実景を見せて、生悟りに活をいれてやるのは、友情というようなものでしょう……それァあたしだって、考えないわけはなかろうじゃありませんの。死んだのではなかったと知ったら、木津さんはまた逆上して、志貴子をつけまわすにきまっている。志貴子をあわてさせるのは痛快だけど、手をかけて、木津さんというひとを、わざわざ志貴子のほうへ追いやってしまうようなものだと、妙な気がしないでもなかったけど、乗りかかった舟で、いまさらあとにひけやしないのよ。外露地や腰掛だと、顔の合わないうちに消えられるおそれがあるでしょう。ギリギリのところで茶席へ追いこんでやろうと思って、頭のなかで席入りの段取をこねまわしているうちに、面白くなって、笑いだしそうで困ったわ。跡見の茶会で、不時の客のほうが多いくらいだから、そういういたずらをするには、至極、都合がいいの。

五時に席入りの合図があって、ご先客から順に、一人ずつ座敷飾を拝見して帰ってくるの。あと二人ばかりでこちらの番になるというのに、なかなかあらわれない。感づいて体をかわしたとも思わないけど、席へ入ってしまうと、手筈がみなだめになってしまうんですから、お尻で円座をもじりながらイライラしていると、あと二人というところで、「えろ遅そなってしもて」なんてすました顔でやって来たのはいいんだけど、半礼装に銀狐なんて場ちがいじゃなくて、あたしと同じ鶉茶の吉野で、すらりとした着付なんだから、さすがのあたしも、あッといったわ……まァお聞きなさいよ。デッサンはちがうけど、帯はマアベルのゴブランで、帯止は沈香の花鏡の透彫りというのは、いったいどういうことなんでしょう……へんだわどころの話ですか。大いにあやしいのよ。そんなうまい偶然なんてあり得るはずはない。誰かがあたしの着付を志貴子に知らせてやったんだとしか思えない。ご先客のなかに、そういうすばしっこいひとがいたと、考えられなくもないけど、仮りにあの場から電話で知らしてやったとしても、わずかの間に、着物から帯止まで、こちらとそっくりおなじものを揃えるなんて、どんな奇術をつかったって、出来るわけのものではないんですから、考えれば考えるほどわけがわからなくなって、ぼんやりしてしまったわ。ひどくやられちゃって、腹をたてる気力もないの。

ええもう、そこまでおっしゃってくださらなくとも結構よ。おむこうさまは、あたしのようなずんぐりむっくりとちがって、すらりしゃんとしていらっしゃるんですから、おなじ吉野のひき立つことといったら。着手がちがうと、こうまで変るものかと、つくづく見惚れたくらい……

そうそう、その話ね。のぼせちゃって、かんじんなところを読み落すところだったわ……木津さん？　待合にいたのよ。はっきりと二人の顔が合ったわけ……どうしたって？　これからそこを語ろうというんじゃありませんか……志貴子は、たしかにドキッとしたらしいけど、そこはバカじゃないから、顔色に出すようなヘマはしないの。奥の円座にいる木津さんの顔を、あどけないみたいな眼つきで、ただもうマジマジと見つめながら、ぼんやりと立っているんだけど、頭のなかはひっくりかえるようなさわぎになっているんです。待合へ入ったとたんに、こちらの計画はあらかた見ぬいてしまったわけなんだから、このところ、志貴子の進退掛引は、よっぽど考慮を要するんですヮ……こちらは面白くてたまらない。さっぱりと溜飲をさげて、どう出るだろうと思って高見の見物をしていると、志貴子はいきなりあたしのそばへ来て、わざと木津さんに聞えるような高ッ調子で、「そこにいやはりますのン、木津さんじゃありませんの」と耳こすりをするじゃありませんか。まさかそんな出かたをするとは思わない。そこにいるのは、なんといったって木津さんにちがいないんですから、思わず、ええ、そうよとうなずいちゃったの。すると志貴子は、シナシナとしながら木津さんの前へ行って、「木津さんとちがいますすか。うち、志貴の妹の志津子ですのン。何年前でしたか知らん、いちど神戸でお目にかかってます」てなことを言って、お辞儀をしたもんです。

憎らしいでしょうとも。でも腹をたてるなら、もっと後にしたほうがよくってよ……木津さんのほうも、いっこうに驚かない。白扇を斜《しゃ》にかまえて、「志津子さんでしたか、何年前でしたか、いちどお目にかかりました。引揚船で上海からお帰りなったことは聞いていましたが、かけちがってお目にもかかれず」なんて、おなじようなことをいってとめどもなくお辞儀のしあいをしているんですから、阿呆らしいやらバカらしいやら、どっちもどっちだと思って、見ているあたしのほうが悲しくなっちゃったわ。

　ところが、それからがたいへんなの。跡見がすんで、あとは数茶《かずちゃ》になったんですけど、二人だけできりもなく点前を所望しあって、纏綿たる情景を見せるもんですから、さすがの一白庵もまいってしまって、「今日はお粗末で」と皮肉をおっしゃったんだけど、てんで通じないの。庵主が手燭を持って、中くぐりまで送って来たのに、二人でなにかいって笑いながら、礼もせずに出て行く始末なんです。

　まったく、なんのこった、よ。放っておくと、二人でどこかへ行ってしまいそうで、あぶなくてしょうがないから、離すわけにはいかない。おさえつけておいて、木津さんの眼の前で嘘の皮をひンむいて見せないと、木津さんなんてひとは、どんな化かされかたをするか知れたもんじゃないから、二人に追いついて、「ちょいと志貴子さん」と声をかけると、志貴子のやつ、びっくりした顔もしないで、「うち、志津子……まちがわんといとうわ」とすらりと受流したものなの。「あら、ごめんなさい。あまりよく似ていらっしゃるもんだから、錯覚を起してしまうのよ」「まあ、お上手やこと。うち、姉はんみたい綺麗なことあれしません。そないにいわれるときまりわるいよってに、やめとほしわ」「なんとかおっしゃるわ。それはそうと、このままお別れするのもなんですから、ごいっしょに夕食でもいかが。目黒の松柏園なんだけど、どうかしら」

志貴子は、はあといって、これが、ぜんぜん煮えきりません。「これから、どこかへおまわりになる?」「まわるとこて、あれしませんけど……木津さん、どないしはります?」志貴子が甘ったれたようなことをいうと、木津さんは木津さんで、「それはもう、結構すぎるくらいですが」なんて、ありありと迷惑そうなようすなの。ちょっとお手洗に行っている間に、二人の間に早いとこ夕食でもする約束ができてしまったわけ……そうですとも、いよいよもって放っておけないことになったから、近いところで、むりやり赤坂の陶々亭へひっぱって行って、支那卓の前へおしすえたものなのよ。

志貴子に志貴子だと白状させるぐらいのことは、わけはないと思って、軽く踏んでかかったんですけど、てんで歯がたたないの。いつの間に、そんなところまで話しあったのか、あたしには見当がつかないんですけど、れいの年忌のことまで抜目なくちゃんと吹きこんでしまったみたいで、あのときのことを言いだしても、木津さん、笑うばかりで受けつけようともしないんだから、あたしもやつれてしまったわ。やりきれなくなって、昨夜、志貴子が麻布のどことかで、木津さんに逢った話をすっぱぬいてやると、志貴子、ぼんやりした顔で、「それ、うちゃったかもしれしませんなァ」という挨拶なんです。

お聞きなさいよ。こういう話なの。「こない言うと、けったいな思われるでっしゃろ。うちあけたところをお話しますが、じつはふしぎなことがありますの。はっきりした日にちはわかりまへんが、一年ぐらい前から、うちの身体に、ときたま、けったいな変化が起るのんですが、そのあいだ、辛ろうて辛ろうて、息もでけんようになるのんです。変化いうたら大袈裟か知らんけど、なんということもなく、うちの好みが変ってしまうのんです。いままで好きやった着物の色目や柄が、急に見るのんも嫌ァ思うようになったり、口の端にも寄せられなんだ食べもんが、むしょうに欲しィになったり、顔つきや声まで変ってしもて、べつな人間のようなことをやりだしますねんわ。はじめのうちは月に一度ぐらいやったのんが、だんだんはげしくなって、五日に一度ぐらいの割合ではじまるようになりましたさかえ、生国魂はんの巫女さんに見てもらいに行きますと、「あんたには、急な病で死ィとげた、肉親の女のひとがついている。そのひとは、現世で仕残したことがあるのんで、それがあきらめきれんで、あなたの身体に憑りうつって、現世のいとなみをしやはるねん」って……そないに言われると、思いあたることがあるのんです。ときどき変る、着るもんや食べもんの好みは、そういえばみィんな姉の好きやったもんで、その何日かの間は、知らず知らず、姉になった気ィで行動していたように思われますねん……そうとわかると、本意なく死んだ姉が、気の毒で、いとしゅうて、うちなど、どないなってもかめエへん。いつまでも離れんといて、思うとおりにうちの身体使こて、仕残したことをなんなりやったらええ、思うようになりましてん。こんど東京へ出てきたのんも、動いているのんは、うちの身体ですが、そないさせるのは志貴子の意見やよってに、そないなところで、木津さんに逢わせようとした姉の気持が、うちにはよう察しられますねんわ」

　なにか言うことがあるなら、おっしゃいよ。ここで伺っていますから……ええ、聞えるわ。それもまたひとつの意見でしょうが、長い間、だまされていたのは、あたしたちのほうじゃなかったかというような気がするの。邪魔にされていたのは、あたしたちのほうだったらしいわ。お二人さんは、今日、強羅あたりにおさまっているはずよ。そのことについて、ご相談したいと思いますから、これからすぐいらっしゃらない？

ユモレスク

一

出かける時間になったが、やすが来ない。離室《はなれ》になっている奥の居間へ行ってみると、竹の葉影のゆらぐ半月窓のそばに、二月堂《にがつどう》が出ているだけで、あるじはいなかった。

壁際に坐って待っているうちに、六十一になるやすが、息子の伊作《いさく》に逢いに一人でトコトコ巴里までやってきた十年前のことを思いだした。

滋子《しげこ》は夫の克彦《かつひこ》と白耳義《ベルギー》にいたが、十二月もおしつまった二十九日の朝、アスアサ一〇ジパリニツクというやすの電報を受取ってびっくりした。

やすは滋子の母方の叔母で、伊作をうむと間もなく夫に死に別れ、傭人《やといにん》だけでも四十人という中洲亭の大屋台を、十八という若さで背負って立ち、土地《しま》では人の使いかたなら中洲亭のおやすさんに習えとまでいわれた。

長唄は六三郎、踊は水木《みずき》。しみったれたことや薄手《うすで》なことはなによりきらい、好物はかん茂《も》のスジと初茸《はつだけ》のつけ焼。白魚なら生きたままを生海苔で食べるという三代前からの生粋の深川ッ子で、その年まで旅といえば東は塩原、西は小田原の道了さまより遠くへ行ったことがなく、深川を離れたら一日も暮せないやすが、どんな思いをしながらマルセーユまでたどりついたろう、巴里までの一人旅はさぞ心細く情けなかったろうと、考えただけでも胸がつまるようだった。

夏はドオヴィル、冬はニースと一年中めまぐるしく遊びまわっているふうだから、ひょっとしたらいま巴里にいないのかもしれず、いるにしてもあのなまけものがいそいそと出迎えなどしそうもない。駅の停車場の出口あたりで、途方にくれておろおろしているやすのようすが見えるようで、とても放っておけなくなった。

克彦も心配して、行ってみるほうがいいというので、ブリュクセルまで自動車《カーズ》を飛ばして、午後の急行をつかまえ、夜遅く巴里へ着くと、案のじょう伊作はどこかで遊び呆けているのだとみえ、やすの電報は再配達の青鉛筆のマークをいくつもつけて手紙受の硝子箱の中におさまっていた。

ホームの目につくところに立って待っていると、やすはうねのある鼠紺《ねずこん》のお召にぽってりとした青砥《あおと》色の子持《こもち》の羽織、玉木屋の桐の駒下駄をはいて籠信玄《かごしんげん》をさげ、筑波山へ躑躅《つつじ》でも見に行くような恰好でコンパルチマンから降りてきて、

「おや滋さん、これはどうもわざわざ。若旦那は」

「伊作はよんどころない用事があって、それであたしがご名代よ」

「それはそれはどうも」

駅の玄関を出ようとするとやすは急に渋って、

「こんなところで降されてしまったけど、ここが巴里なの」

と、けげんな顔でたずねた。

「そうよ、ここが巴里よ」

滋子がうなずいてみせると、やすは、

「へえ、これが巴里」

あきれたような顔で煤ぼけた駅前の広場を見まわしていると、襤褸《シフォニエ》買いがオ・タビ・ラ・シフォニと触れながら横通りから出てきた。やすは、

「うむ、巴里もいいところがあるね。宝船を売りにきた。そら、おたから、おたから」

といっている」

「冗談じゃないわ。巴里で「なみのりふね」なんか売りにくるもんですか。あれは古服や襤褸のお払いといっているの。さあ、このタクシーよ」

タクシーが走るにつれて、やすはだんだん機嫌が悪くなって、

「巴里ってずいぶんしみったれたところなんだねえ。若旦那、なにがよくて七年も八年もこんなところでまごまごしているんだろう。子供のとき世界一周唱歌で、花のパリス来てみれば月影うつすセイン河ってうたったもんだけど、まるっきり絵そらごとだったよ。呆れたねえ」

と、こきおろしはじめた。滋子はつくづくとやすの顔を見て、

「呆れるのはこっちのことだわ。こんなところまで一人でトコトコやってくるなんて、いったいどうしたというわけなの」

やすは案外な落着きかたで、

「こんど延《のぶ》が店をやってくれることになって、身体があいたからちょっと遊びにきたのさ」

「なんだか知らないけど、出すひとも出すひとだわ。たいへんだったでしょう。マルセーユではどうだったの」

「べつになんでもなかった」

「なんでもないことはなかったでしょう。でもよく気がついてあたしのところへまで電報をうったわね」

やすはへんな顔をして、

「なんの電報」

「あなたがマルセーユから電報をくだすったから、白耳義《ベルギー》からこうしてお出迎いに罷りでたんじゃないの」

「それはあたしじゃない。滋さんの所書き日本へ忘れてきたから、うとうにもうちようがないじゃないの」

「でも、あなたのほかに誰が電報をうつというの」

やすもへんだと思ったか、解けきらない顔で、

「マルセーユじゃ、ちっとも心細い思いなんかしなかったのよ。税関がすんだので、なんとかいう旅行社のひとに駅まで送ってもらうつもりにしていると、どこかの奥さまがそばへ寄っていらして、お一人で日本から。よくまあねえ。さぞたいへんでしたでしょう。駅でしたらあたくしがお送りいたしましょう。ちょうど友達の車を持っておりますからっておっしゃるの」

「いい都合だったのね」

「三十七、八の、すっきりした、なんともいえない容子のいい方なのよ。まだ時間があるからとおっしゃって、あそこはなんという通《とおり》なの、明石町船澗《あかしちょうふなま》のあたりにそっくりな河岸のレストラントで、見事な海老や生海丹なんかご馳走してくだすって、それから」

「じゃ電報もその方がうってくだすったのね」

「そうなのよ。でもおかしなことだったの。あわてていたもんだから、電報の文句だけいって、若旦那の所いうのを忘れちゃったんだからなにもなりはしない。汽車が出てから気がついて、困ったことをしたと思って、巴里へ着くまで心配のしどおしだったけど、あなたが出ていてくれたのでほっとしたわ」

伊作のほうはともかく、ブリュクセルまで電報をくれたそのひとというのは誰だったのだろうと思って、

「あなたその方のお名前、伺って」

「それがつい気がつかずだったの。でもあの方ならどこでだってわかるわ。汽車が出るまでホームで見送ってくだすったけど、あんな愁いのきいた、眼に沁みるような美しい顔、見たことがない。いまでもありありと眼の底に残っているよ」

そういうと思いついたように籠信玄から塩せんべいをだして、

「滋さん、あなた好きだったわね。銀座の田丸《たまる》屋よ。荷物が着くとどっさり入っているわ」

じぶんも食べながら移りかわる河岸の景色をながめていたが、薄靄の中にぼんやり聳えているエッフェル塔を見つけるとうれしそうに手を拍《う》って、

「ちょいと、あれエッフェル塔でしょう……明治四十年の巴里の万国博覧会といって、よくあの写真を見せられたもんだった。おやおや懐しいこと」

他国で旧知にでも逢ったようにニコニコしていたが、パッシイの橋がすむと、

「ねえ、滋さん、あの上へのぼれるのかしら。エッフェル塔のてっぺんで初日の出を拝んだといったら話の種になるわね」

「ええ、のぼれるのよ。でもあそこが開くのは十時ですから、お日の出というわけにはいかないわ」

「ええ、ええ、それで結構よ」

やすが小走りに部屋へ入ってきて、滋子が坐っているのを見ると、

「なんだい滋さん、こんなところにいたの。もう時間よ、さあ出かけよう」

とせきたてた。

二

川崎をすぎると前窓《フロント》にあたる風の音がだんだん強くなって来た。沖に白く波がしらが立ち、倉庫の屋根の上で群れ鳩が風に逆いながらぐるぐると輪をかいていた。海岸でさんざんに吹きまくられるのかと思うと、やはり服にすればよかったと、急に振《ふ》りの赤さ

が気になってきた。

欧洲引揚船の荷物検査はいつも無事にすんだためしがないが、こんどもまた子供の靴下からぞろりと宝石があらわれて五日も観音崎の沖でとめられ、ようやく上陸許可になったと思うと検疫中にチブス患者が出たり、なにかひどくごたごたした。

やすは白足袋の爪先をきっちり揃え、福々とした顔でなにかかんがえているふうだったが、

「伊作はけっして帰って来ないだろうと思って、ずっと前から覚悟していたのよ」

とだしぬけにそんなことをいいだした。

「へえ、どうして」

「どうしてってことはないけど、そんな気がしたの。だから、帰ってきたなんていったって、どうしてもほんとうのような気がしないのよ」

「帰るも帰らないもあるもんですか。否応《いやおう》なしよ。二十年近くも欧羅巴でしたい放題なことをして、四十二にもなって、追いかえされて来るなんて。あなた土耳古《トルコ》のアンカラへ赴任なすった千田公使、ごぞんじでしょう」

「まだ書記官でいらしたころ、ときどきお見えになったよ」

「ついこの間聞いたんですけど、千田さんはノスタルジーに耐えられなくなって……

日本へ帰りたい帰りたいで神経衰弱におなりになって、ご夫婦でピストル自殺をなすったんですってよ」

「あの千田さんが……ご夫婦で。それはお気の毒だったわねえ」

「なにしろ任地がアンカラでしょう。そうまでなさるにはどんなにお辛かったろうと思って、つくづくお察ししたわ。そんな方もあるのに、伊作なんか、帰ってきたって欧羅巴のほうばかり眺めながら腑ぬけのようになって暮すんでしょう。帰らないですむならあんなひと帰って来ないほうがいいんだわ。あなたやはり逢いたい？」

「逢いたいね」

「母親なんて馬鹿なもんだわね。あんな目にあわされても息子が恋しいなんて」

「ええええ、どうせあたしは馬鹿なのよ」

やすを自動車に残して山下桟橋へ行ってみたがちっともようすがわからない。冷たい風が波しぶきといっしょに吹きつける桟橋を寒肌をたてながら行ったり来たりしていたが、引揚者は収容所にいるだろうということでそっちへまわった。

合宿所へ行くと伊作はいたが姿を見せず、ホテルのポーターのようなのが代りに出てきて、磯子の萩ノ家という家で待っていてくれ、すぐあとから行くからといってよこした。

もとはどういう名のある邸だったのか、竹の櫺子《れんじ》をつけたいかにも床しい数寄屋がまえなのに、掛軸はかけず、床柱の花籠に申訳のように薊《あざみ》と刈萱《かるかや》を投げいれ、天井の杉板に金と白緑《びゃくろく》でいちめんに萩が描いてある。こういうのがこのごろの趣味らしいが、それにしてもふしぎなながめだった。

飛瀑障《ひばくざわ》りというのか、池のむこうの筋落《すじお》ちの小滝を楓の真木《まぎ》が一本斜めに切るように滝壺のほうへ枝をのべている。萩ノ家というだけあって、庭いちめん、汀石《みぎいし》の控えにまで萩を植えてある。

すぐ行くといった伊作は十一時すぎになってもやってこない。やすはのんびりと庭をながめてから床《とこ》のほうへ立って行って、青磁の安香炉を掌《て》に受けて勿体らしくひねくりはじめた。滋子はイライラして、

「どうしたのかしら。ひどく遅いわね。もう二時間になるわ」

腹立ちまぎれにあたりちらすと、やすは、

「どこかへ遊びに行って、こっちのことなんか忘れてしまったんだろう」

こちらへ背を見せたまま気のない調子でいった。

「それにしたって、こんなに待ちこがれているひとがいるのを、知らないわけでもあるまいし」

やすは居《い》なりにこちらへむきかえると、

「あたしはいつも待たされ通しよ。日本で待ち、巴里へ行っちゃ待ち、この二十年、若旦那の帰りばかりを待って暮してきたようなもんだわ。巴里じゃ、窓のそばの天鵞絨《ビロード》椅子に坐って、足音にばかり耳をたてたっけ。でもそれはこっちの我儘なのよ。子供が大きくなれば母親なんかいらなくなる。それはあたりまえのことなんで、婆ァうるさい、日本へ帰れってアパートから追いだされてしまったけど、うるさがらせに行ったあたしのほうが悪いんだから、文句をいうセキなんかありはしない。でも当座は悲しいもんだから、マルセーユまで泣きづめに泣いていたわ。フランス人に見られるといやだから、廊下へ出て泣いたり、はばかりへ入って泣いたり」

そういうとクスクスと笑いだした。

親馬鹿もここまでくれば行きとまりだと、滋子はなにをいう気もなくなって、

「そんな目にあって笑っていれば世話はないのよ」

「だって、おかしいじゃないの。あたしは汽車の西洋便器の蔽い蓋の上へ腰をかけて手ばなしで泣いていたのよ。その恰好を思いだすと笑わずにはいられないわ」

「まあまあ、たんととぼけていらっしゃい。あなたもおっしゃるからあたしもいいますけど、ほんとうにあの時ぐらい困ったことなかったわ。朝になっても伊作は帰ってこ

ないし、あなたは竺仙《ちくせん》の黒紋付かなんか着てチンと坐ってるでしょう。巴里にはお元日なんかないったって、そうかとすぐ話のわかるひとじゃなし、大急ぎでマドレーヌのエデアールへ駈けつけると、錨の印のついたふしぎな正宗なんですが、情けないことにはたった一本だけなの。しょうがないからそれを仕入れてきて、柄付鍋《キャスロール》で火燗をして油漬鰯《サルディン》で一献献上したのはいいけど、なにしろ七勺たらず。二人でひと舐めふた舐めしたと思ったらそれでおしまい。膝に手を置いて神妙にあとを待っているから、お屠蘇はもうチョンなのよというと、おやおや、へんだねえ。なんなのさ、これは、って怒ったでしょう。あんな情けないことなかったわ」

やすはおっとりと笑って、

「なけれァないっていやいいのよ。あんなしみったれた飲ませかたをするから。でもエッフェル塔はよかったわね。エレヴェーターを降りてから階段をあがるのは弱ったけど、あの景色だけはいまでも忘れない」

「四階の展望台《カンパニエール》でポンポンと拍手を打ってお日さま拝みだしたのはえらかったわねえ」

そんなことをいっているうちに、ふとしたことを思いだした。

「エッフェル塔を降りてシャン・ド・マルスを歩いているとさ、だしぬけに、あっ、若旦那、って大きな声をだしたでしょう。あれはなんだったの」

やすは大袈裟に首をひねって、

「へえ、おぼえていないわ。あなたのききちがいでしょう」

と、わからない顔をしてみせた。

とぼけたりするところを見ると、たしかになにかあったのらしいが、伊作をかばいだしたら挺《てこ》にもおえなくなるのがむかしからの例なので、きいても無駄だと思ってやめにした。

女中が電話だといいに来たので、出てみると伊作からだった。

「なんなの、ひとをこんなに待たせて」

「用事が重なってすぐぬけられそうもないんだ。代人《だいにん》をやるから、待たずにはじめてくれよ。ゆっくりやっていてくれれば、終るくらいには行く。じゃ」

「ちょっと待ってちょうだいよ。代人ってなんなの。あまりへんなひとよこさないでちょうだい」

「君も知っているだろう。S銀行のボストンの支店長をしていた幹《みき》さん」

「ええ、知ってるわ。利吉雄《りきお》さん」

「あのひとのお嬢さんの杜松子《ねずこ》さんと巴里でおなじキャンプにいたんだが、横浜で焼けた幹さんの疎開先がわからないというから、そのあいだしばらくうちでお世話してあげたいと思って」

「あなたにしては神妙な話ね。ええ、よくわかったわ」

「杜松子さん、十分ほどしたらそちらへ行くから」

三

杜松子という娘の顔を滋子はあっけにとられてながめながら、生れてからまだこんな美しい膚の色もこんな完全な横顔も見たことがなかったと思った。栗梅《くりうめ》の紋お召の衿もとに白茶の半襟を浅くのぞかせ、ぬいのある千草《ちぐさ》の綴錦《つづれおり》の帯をすこし高めなお太鼓にしめ、羽織は寒色縮緬《さむいろちりめん》の一の紋で、振りから大きな雪輪《ゆきわ》の赤い裏がみえた。

杜松子は檐《のき》の蔭になった濡縁《ぬれえん》の近くに浅く坐って庭を見ていたが、滋子のほうへふりかえって、

「この花は萩でしょうか」

としずかにたずねた。滋子はそばへ立って行って、

「ええ、そうよ。あれが山萩、むこうのは豆萩……木萩……あちらが千代萩。でもあれは四月でなくては咲きませんの」

杜松子は顔をかしげるようにして萩の花むらをながめながら、

「花もサンパチックないい花ですけど、葉もいやしい葉ではありませんのね」

といった。滋子は思わず笑いだして、

「萩の葉をほめたのは、あなたがはじめてかも知れないわ。そういえばフランスには萩はなかったようでしたね」

「レスペデーズって、いくらか似たのがありますけど、まるっきりべつなものですわ」

そういうと流れるように瞳をよせて、

「日本にだけあって、フランスにない花を見たくなると、息苦しくてどうしていいかわからなくなるようなことがあります。むかし母と、土筆を摘みによくエトルタへまいりましたわ」

「フランスでは土筆のことを鼠の尻尾というんでしょう」

「あたしたちが土筆を摘んでいると、村の人が通りかかって、リアン・ド・コア・マンジェ(この国には食えるようなものがないからね)とからかって行きますのよ」

急に陽《ひ》が翳って、湿った潮の香《か》にまじった苔の匂いが冷え冷えと座敷にしみとおってきた。杜松子が坐っているあたりはいっそう蔭が深くなり、着物のくすんだ色目がしっとりと沈み、白い膚の色が舞いだすようにあざやかに見えた。

ふだんの滋子なら、すぐ気がつくのに、いままでなんとも思わずに見すごしていたのがふしぎなくらいだった。こうして見てみると三十歳ぐらいのひとの着付だが、十八、九の若さでそれがちっともおかしくないというのは、これはもうたいへんなひとなのだと思った。

「失礼ですけど、そのお装《めし》、結構な色目ですことね」

杜松子はどこか薄青い、深い眼付で滋子を見ながら、

「おほめをいただきましてありがとうございます。でもこれは母のおさがりですのよ。いちどちょっと日本へ帰ったときにつくったんだそうですけど、母はこの着物が好きで、日本へ帰ることがあったらこれを着て帰るようにってよくそうもうしましたので、きょう思いきって着てみましたの。でも三十年というとたいへんなデモードね」

「あなたは巴里のキャンプで伊作といっしょでしたって」

「十二人の方と七十日ばかりおりましたが、久住さんにはたいへんにお世話いただきました。船の中でもいろいろもう」

やすはニコニコ笑いながら二人の話を聞いていたが、だしぬけに、

「あなたさま、いぜんから伊作をごぞんじでいらっしゃいましたか」

とたずねた。杜松子は瞼をふっくらさせて、

「いえ、そのときはじめて」

「そうでしたか、それはそれは。ほんとうにふしぎなご縁で」

滋子は笑って、

「ふしぎなご縁とはまた旧式なことね」

「でも、知らない同志がキャンプで知り会うなんてのはそれがよくせきな縁よ。戦争がなかったら、死ぬまで逢わずにしまったかもしれないんだから」

女中が電話をいいにきた。

「ええ、幹《みき》はあたくし」

杜松子が出て行くと、やすは滋子のそばへいざりよってきて、

「滋さん、あなた気がついて」

濡れた大きな鹿の眼で滋子の顔を見つめながら、

「杜松子さんって、あたしの孫なのよ」

とささやくようにいった。滋子は呆れてやすの顔を見かえしながら、

「いったいなにをいいだすつもりなの」

やすは急に幅のあるようすになって、

「伊作の娘ならあたしにとっては孫でしょう、そうじゃなくって」

滋子は押しまくられてたじたじになりながら、

「伊作がいったことなの、それは」

「いいえ。でもあたしにはちゃんとわかるの」

滋子は肩をひいて、

「よしてちょうだい、へんなことをいうのは。ちっとも伊作に似てなんかいないじゃありませんか。眼だって鼻だって。あなたどうかしているわ」

「父と娘は後姿が似るというけどほんとうね。いま立って行った後姿……肩のぐあい、首、頭のさきまで伊作にそのままよ。白状するけど、エッフェル塔の下で、あっ、若旦那って頓狂な声をだしたでしょう。あなたは気がつかなかったようだけど、伊作と女のひとが乗った自動車がすぐ前を通って行ったのよ。それでその女のひとってのは、マルセーユでいろいろ親切にしてくだすったあの奥さまなのよ」

「たいへんなめぐりあいね」

やすはうなずいて、

「たいへんというならまだたいへんなことがあるのよ。杜松子さん、その奥さんに瓜二つなの」

幹邦子《みきくにこ》が夫の利吉雄を捨てて欧羅巴へ駆落ちをしたというたいへんな評判で、新聞社の巴里と倫敦の支局は、本社からの命令で辛辣に邦子の足どりを追及した。男と二人で欧羅巴にいることはたしかだが、所在をつかむことも相手をつきとめることも、とうとうどちらも成功しなかった。その後だいぶたってから、白耳義のスパや瑞西《スイス》のヴェーヴェなどで邦子を見かけたというひとが二、三人あった。

滋子は波のように揺れ揺れる萩の花むらを眼を細めてながめながら、二人にとっておそらくたった一度の油断を、見るはずもないやすに見られたというのは、いったいどういうことなのだろうとつくづくと考えた。

杜松子は生き生きした顔つきになって戻ってくると、心のうれしさを包みきれぬといったようすで、

「久住さんからでしたのよ。そちらの昼食には間に合わないけど、かならず夕方までに帰るからっておっしゃっていらっしゃいました」

「どうもお世話さま。ずいぶん長いお電話でしたのね。なにか面白いことがあって?」

滋子がそういうと、杜松子は身にそなわった品《ひん》を失うまでに身体をはずませながら、

「おあてになったわ。それは面白いお電話でしたのよ。久住さんがあんなにお笑いになるのはじめてよ。そうして、あたしが電話を切ろうとしますと、もうすこし、もうすこしって」

廊下にしずかな足音がして女中たちがお膳を持って入ってきた。

向《むこう》は鯛のあらい、汁は鯉こく、椀盛は若雞と蓮根、焼物は藻魚《もうお》の空揚げ、八寸はあまご、箸洗い、という献立だった。青紫蘇の葉を敷いた鯛のあらいも、藻魚の附合せの紅葉おろしも、みないい知れぬ哀愁を含んだ美しさで、やすと向きあって食事をしている杜松子の顔の中にもなにかしらそれと通じあうものが感じられ、愁いに似たやるせないほどの愛情で胸をつまらせた。

膳がひかれて薄茶が出ると、やすは茶碗を手に持ったまま杜松子のほうへ向きかえて、

「だしぬけにみょうなことをおたずねいたしますが、あなたさまのお母さまは、昭和十二年の暮にマルセーユへおいでになったことはございませんでしたか。古いことでおぼえていらっしゃらないかもしれませんけど」

「昭和十二年というと三十七年のことですわね。よくおぼえていますわ。十二月の二十八日の朝、どうしてもマルセーユまでお迎えしなければならない方がおいでになったともうしまして、大急ぎで発って行きました」

「あたくしがちょうど日本から着いたばかりのところを、あなたさまと瓜二つなご中年の方にいろいろとお世話いただきましたが、すると、やはりあなたさまのお母さまでいらしたのですね。お名前を伺うのを忘れて、お礼もうしあげることも出来ませんでし

たが、その後、お母さま、ごきげんよくっていらっしゃいますか」

杜松子は下眼にうつむいて、

「母はマルセーユからサン・レモへまいります途中、自動車《オウト》といっしょに崖から落ちて亡くなりましたの」

「それはどうも。一月元旦にエッフェル塔のそばを自動車でお通りになるのをお見かけしましたが、するとそれが」

杜松子は眼を見はって、

「母は三十日の午後に亡くなりました」

やすはなにげないふうでチラと滋子の顔を見ると、茶碗をかえし、両手を膝に置いてしずまりかえってしまった。

女中がまた電話をいいにきたので滋子が電話へ出てしばらくして帰ってくると、杜松子がいない。

「杜松子さんは」

「庭を見るって」

なるほど池の汀の萩の間でうらうらとした杜松子の後姿が見えていた。

滋子はそこへ坐りこむと、血の気をなくした顔になんともいいようのない薄笑いをう

かべながら、

「あなたのおっしゃるとおりだったわ。ああ、ああ」

身体を支えるように右手を畳について、

「あなたはちゃんと見ぬいていらしたんですから驚きはなさらないでしょう。ね、驚かないでちょうだい。伊作は死んだわ。……ホテルからしらせてきたの。ひどいホテルらしいわ。もののいいかたなんか、まるで雲助なの……鞄の上へ腰をかけて、外套を着たまま、ピストルで頭を射って……ああ、ああ」

やすは顔をあおむけ、天井を見るような恰好でだまって聞いていたが、顔をうつむけたひょうしにキラリと光るものが一つ膝の上に落ちた。

「かあいそうに、かあいそうに……あたしにはなにもかもみなわかっていたんだけど」

と低い声でいった。

「でもあなたこんな末のことまでどうしてわかっていらしたの」

「若旦那と幹《みき》さんの奥さんのことは、ずっと前からなにもかも知っていた。あんなふうに十年も二十年も世間をだますようなことをしているんじゃ、どうせ、いい最後はしないと覚悟していたのさ……放っておけないから、あのとき巴里まで出かけて行ったが、幹さんの奥さんは、無理に別れさせられるくらいなら、いっそ死んでしまったほうがいいとお思いなすったんだろう。元日の朝、若旦那と並んだ姿を見せたのは、影身《かげみ》に添うことだけはゆるしてくれというのだったかも知れない……抑留所ではじめて父娘《おやこ》がめぐり逢うなんて、これは因縁。どんなことがあったってあのひとのいる土地を見捨てる気のない若旦那が、フランスを離れて、わざわざ日本まで杜松さんを送ってきたのは、これは愛情……あたしはこれから若旦那のところへ行きますから、あなたは杜松さんを家へね」

母子像

進駐軍、厚木キャンプの近くにある、聖ジョセフ学院中学部の初年級の担任教諭が、受持の生徒のことで、地区の警察署から呼出しを受けた。

年配の司法主任が、知的な顔をした婦人警官を連れて調室に入ってきた。

「お呼びたてして、恐縮でした」と軽く会釈すると、事務机を挟んで教諭と向きあう椅子に掛けた。尾花が白い穂波をあげて揺れているのが、横手の窓から見えた。

「こちらは少年相談所の補導さん……この警察は開店早々で、少年係がおりません。臨時に応援にきてもらったので、事件を大きくしようというのではありませんから、ご心配のないように」

「司法主任のおっしゃるとおり、私どもは、たいした事件だと思っておりませんの。廃棄した掩体壕《えんたいごう》のなかに、生憎と進駐軍の器材が入っていた関係で、やかましいことをいっておりますが、器材といっても、旧海軍兵舎の廃木なんですから、ちょっと火をいじったぐらいのことで、放火のどうのと騒ぐのはおかしいですわ……ですから、理由はなんだっていいので、あそこでギャングの真似をしていたとか、キャンプ・ファイヤをやろうと思ったとか、書類の上で、筋が通っていればすむことなんですが、石みたいに黙りこんでいるので、計らいようがなくて、困っておりますの」

「私のほうでも、これ以上とめておきたくないのですが、書類が完結しないので、返すわけにいかない……先生はクラスの担任で、本人の幼年時代のことも知っていられるそうですから、家庭関係と向性の概略をうかがって、それを参考にして適当な理由をこしらえてしまおうというので……」

「いろいろとご配慮をいただきまして、ありがとうございました」

教諭が丁寧に頭をさげた。

「では、さっそくですが」。婦人警官が机の上の書類をひきよせた。

「和泉太郎、十六年二ヵ月、出生地はサイパン島……聖ジョセフ学院中学部一年B組、アダムス育英資金給費生……父はサイパン支庁の気象技師で、昭和十五年の死亡。母は南洋興発会社の内務勤務。戦災による認定死亡、となっております……本人のほうですが、十六年二ヵ月で、中学一年というのは、どういうわけなのでしょう。学齢にくらべて、だいぶ進級が遅れているようですが」

「あの子供は、終戦の年の十月に、戦災孤児といっしょにハワイに移されて、ホノルルの有志の後援で、八年制のグレード・スクール……日本の小学校にあたる学校に六年いて、今年、二十七年の春、学院の中学部に転入してきました。学齢からいえば、三年級に入れるところですが、日本語の教程が足りないものですから」

「アダムス育英資金というのは」

「資金というようなものではありませんが、便宜上、そういった名称をつけているので……アダムスというのは、ハワイ生れの二世の情報将校で、サイパンで戦災孤児の世話をしていましたが、将来、神学部へ進むという条件で、五人ばかりの孤児に、ひきつづいて学費を支給しているのです。学院では三人預っております」

「父は本人の四歳のときに死んでおりますから、ほとんど記憶がないのでしょう。母というのは、どういうひとですか」

「東京女子大を出た才媛で、会社のデパートやクラブで働いている女子職員の監督でしたが、その後軍の嘱託になって、「水月」という将校慰安所を一人で切りまわしていました。非常な美人で……すこし美しすぎるので、女性間の評判はよくなかったようですが、島ではクィーン的な存在でした」

「慰安所の生活というと、これはもう猥雑なものなのでしょうが本人はそういう環境で生長期をすごしたのですね」

「いや、そうじゃないのです。いまもいいましたように、すこし美しすぎるので、なにかと気が散って、子供なんか見ていられないいそがしいひとなので、独領時代からいるカナカ人の宣教師に預けっぱなしにしてありました」

「すると、悪い影響はたいして受けていないのですか」

「そのほうの知識は全然欠如していて、あの齢の少年なら誰でも知っているようなことすら、ほとんど知りません。一例ですが、映画を見たことがない。映画については、幻燈がうごく、という程度の概念しかもっていないのです。バイブル・クラスの秀才といったところで、日常を見ていると子供にしては窮屈すぎるようで、かえって不安になるくらいです」

「考課簿の操行点も「百」となっていましたが、でもねえ、先生、私どものほうには、まるっきり反対な報告がきているんですよ。こんどの事件は別にして、かんばしくないケースが相当かさなっています……五月三日の夜、本人は女の子の仮装で……セーラー服を着て、赤いネッカチーフをかぶっていたそうですが、そういう格好で、銀座で花売りをしているところを、同僚につかまって、注意を受けております……こちらの地区では、基地のテント・シティの入口でタクシーをとめて待っていて、朝鮮帰りの連中を東京へ送りこむ……ポン引そっくりのことをしていますわ。それから、最近、泥酔徘徊が一件あります。十月八日の朝の六時前後、相模線の入谷駅の近くの路線をフラフラ歩いていて、あぶなく初発の電車にひかれるところでした」

一座が沈黙して、しばらくは枯野をふきめぐる風の音だけが聞えた。

「先生は長いあいだ本人を見ていらしたのですから、おっしゃるような子供だったのでしょう」

婦人警官が慰めるような調子でいった。「つまり、最近になって急に性格が変った……原因はなんであるか、想像がつきませんが、やっていることの意味は、いくらかわかるような気がします。女になってみること、泥酔してみること、ポン引の真似をしてみること、火気厳禁の場所で火いじりをすること……表れかたはそれぞれちがいますが、禁止に抵抗するという点で、通じあうものがあるのですね……本人には、なにか煩悶があるのではないでしょうか。たとえば、過去の思い出に不快なものがあって、無意識に破壊を試みているといったような……そういう点で、お気づきになったことはありませんか」

教諭はうなずきながらこたえた。

「ご参考になるかどうか知れませんが、こういうことがありました。あれは母の手にかかって、殺されたことのある子供なんです。麻紐で首を締められて、島北《しまきた》の台地のパンの樹の下で苔色になって死んでいました……それにしても、ほどがあるので、首が瓢箪になるほど締めあげたうえに、三重に巻きつけて、神の力でも解けないように固く駒結びにして、おまけに、滑りがいいように麻紐にベトベトに石鹼が塗ってあるんですね……むやみに腹がたって、なんとかして助けようじゃないかということになって、アダムスと二人で二時間近くも人工呼吸をやって、いくらか息が通うようになってから、ジープで野戦病院へ連れて行きました……サイパンの最後の近いころ、三万からの民間人が、生きて捕まったらアメリカ人に殺されると思って、親子が手榴弾を投げあったり、手をつないで断崖から飛んだり、いろいろな方法で自決しましたが、そういうのは親子の死体が密着しているのが普通で、子供の死体だけが草むらにころがっているようなのは、ほかには一つもありませんでした」

「これはどうも、辛い話ですな」。司法主任が湿った声をだした。

「母親に首を締められて殺されたという思い出は、戦争というものを考慮に入れても、子供としては、たいへんな負担でしょう。そのときのショックも、相当あとまで残るでしょうし」

教諭が椅子から腰をうかしながらいった。

「あれは、どこにおりますか。こんどの事件はどういうことだったのか、よく聞いてみたいと思うのですが……気のついたこともありますから」

「かまいませんよ、どうぞ……いまご案内します」

どうぞ、こちらから、と婦人警官が左手の扉を指した。

太郎は保護室といっている薄暗い小部屋の板敷に坐って、巣箱の穴のような小さな窓から空を見あげながら、サイパンの最後の日のことを、うつらうつらと思いうかべていた。

薄暗い部屋のようすが、湿気が、小さく切りとられた空の色が、圧しつけられたような静けさが、熱の出そうな身体の疲れが、洞窟にいたときの感じとよく似ている。洞窟の天井に苔の花が咲き、岩肌についた鳥の糞が点々と白くなっていた。洞窟の口は西にむいてあいているので、昼すぎまでじめじめと薄暗く、夕方になると、急に陽がさしこんできて、奥のほうに隠れている男や女の顔を照らしだした。

骨と皮ばかりになった十四、五の娘が、岩の窪みに落ちた米粒を一つ一つひろっては、泥をふいて食べている。そのむこうの気違いのような眼つきをした裸の兵隊は、オオハコベを口いっぱいに頰ばり、唇から青い汁を垂らしながらニチャニチャ嚙んでいる……そういう人間のすがたも、間もなくまた薄闇のなかに沈む。そうして日が暮れる。

「そろそろ水汲みに行く時間だ」

太郎は勇みたつ。洞窟に入るようになってから、一日じゅう母のそばにいて、あれこれと奉仕できるのが、うれしくてたまらない。太郎は遠くから美しい母の横顔をながめながら、はやくいいつけてくれないかと、緊張して待っている。

「太郎や、水を汲んでいらっしゃい」

その声を聞くと、かたじけなくて、身体が震えだす。母の命令なら、どんなことだってやる。磯の湧き水は、けわしい崖の斜面を百尺も降りたところにあって、空の水筒を運んで行くだけでもクラクラと眼がくらむ。崖の上に敵がいれば容赦なくねらい撃ちをされるのだが、危険だとも恐ろしいとも思ったことがない。水を詰めた水筒を母の前に捧げると、どんな苦労も、いっぺんに報いられたような深い満足を感じる。

「あれは幾歳《いくつ》のときのことだったろう」

ある朝、母の顔を見て、この世に、こんな美しいひとがいるものだろうかと考えた。その瞬間から、手も足も出ないようになった。このひとに愛されたい、好かれたい、嫌われたくないと、おどおどして、母の顔色ばかりうかがうようになった……。

太郎は頭のうしろを保護室の板壁にこすりつけながら、低い声で暗誦をはじめた。

「旅人よ……行きて、ラケダイモンに告げよ……王の命に従いて……我等ここに眠ると」

最後の日の近く、母がひと句切りずつ口移しに教えて、いくども復唱させた。

「ラケダイモンというのは、スパルタ人のことなの……二千年も前に、スパルタの兵隊が、何百倍というペルシャの軍隊とテルモピレーというところで戦争をして、一人残らず戦死しました。その古戦場に、こういう文章を彫りつけた石の碑があったというんです……スパルタ人は偉いわね。あなただって、負けちゃいられないでしょう」

母は親子二人のギリギリの最後を、歴史のお話と掏りかえて、夢のような美しいものにしようとしている。

「いよいよ死ぬんだな」とつぶやき、自分の死ぬところをぼんやりと想像してみた。眼の下の磯や、断崖の上から、親と子が抱きあったり、ロープで身体を結びあわしたりして、毎日、いく組となくひっそりと海に消えて行く。あんな風に母と手をつないで死ぬのだと思うと、すこしも悲しくはなかった。

夕焼けがして、ふしぎに美しい夕方だった。母が六尺ばかりの麻紐を持って、太郎を洞窟の外へ誘いだした。

「多勢の人にみられるのは嫌でしょうから、外でやってあげます」

首を締められて、一人で死ぬなどと考えたこともなかったが、あきらめて、母の気にいるように、うれしそうに身体をはずませながら、けわしい崖の斜面をのぼって行った……。

婦警が迎いにきて、いつもの刑事部屋へ連れて行った。板土間のむこうの、一段高い畳の敷いたところにヨハネという綽名のある教師がいた。沖縄人で、サイパンにいるときは砂糖黍畑の監督だった。太郎が膝を折って坐ると、ヨハネはいつもの調子でネチネチとやりだした。太郎は神妙に頭を垂れたまま、板土間の机で書類を書いている警官の腰の拳銃を横眼でながめていた。

「あのピストルとおなじピストルだ」

洞窟にいるとき、海軍の若い少尉が胴輪のついた重い拳銃を貸してくれたっけ。

「お前は女の子のセーラー服を着て、銀座で花売りをしていたそうだ」

とヨハネがいった。

「大当り」

と太郎は心のなかでつぶやいた。ヨハネでも、やはり言うときは言うんだな。女の子に化けたのは、たった一度だけだったのに、いったい誰から聞いたんだろう。あのときの婦警かしら。セーラー服を借りた、二年A組のヨナ子がしゃべったのかもしれない。

「お前は、他人の金で勉強するのが嫌になった。それで、自分で学費を稼ぎだそうと思ったんだね。先生は、お前の自主性にたいして敬意をはらうが、花売りをすることには、賛成しない」

「外《はず》れ」

と太郎はまたつぶやいた。花売りの恰好はしていたが、花なんか売っていたんじゃない。ヨハネはなにも知らないのだと思うと、うれしくなってニッコリ笑った。

母が銀座でバアをやっていることはホノルルで聞いていた。東京に着いた晩、すぐその店をつきとめた。子供が公然とバアに入って行くには、花売りか、アコーデオン弾きになるしかない。誰だってすぐ考えつくことだ。毎日曜の夜、ぼくは母の顔を見るために、花売りになって母のバアへ入って行った。八時から十時までの間に五回も入った。店があまり繁盛していないので、母は苛々していた。

「しつっこいのねえ。いったい何度来る気？　うちには花なんか買うひと、いないのよ」

と癇高い声で叱りつけた。その声が好きだった。いちどなどは、女給に襟がみを摑んでつまみだされた。それでもかまわずに入って行った。

「お前は、毎土曜の午後、朝鮮から輸送機で着くひとを、タクシーで東京へ連れて行った。アルバイトとしては金になるのだろうが、お前の英語が、そんな下劣な仕事に使われているのかと思うと、先生は情けなくなる」

それは誤解……ぼくはアルバイトなんかしていたんじゃない。母のバアがあまりさびれているので、すこしばかり賑かにしてやったんだ。見えないところで、母の商売に加勢することで満足していたが、それはたいへんなまちがいだった。

十月の第一土曜の夜だった。フィンカムの近くの、運転手のたまりになっている飲み屋へ車をたのみに行くと、顔馴染の運転手がこんなことをいった。

「あそこのマダムは、おめえのおふくろなんだろう。おめえはたいした孝行者なんだな。だがな坊や、おめえが送りこんだやつとおめえのおふくろが、どんなことをしているか、知ってるのか」

太郎がだまっていると、その運転手は、

「知らなかったら、教えてやろうか。こんな風にするんだぜ」

といって、仲間の一人を抱いて、相手の足に足をからませて、汚ない真似をしてみせた。

太郎は母のフラットへ忍びこんで、ベットの下で腹ばいになって寝ていた。夜遅くなってから、太郎はげっそりと瘠せて寄宿舎へ帰ると、臥床《バアス》の上に倒れて身悶えした。

汚ない、汚ない、汚なすぎる。人間というものは、あれをするとき、あんな声をだすものなのだろうか。サイパンにいるとき、カナカ人の豚小屋が火事になったことがあったが、豚が焼け死ぬときだって、あんなひどい騒ぎはしない。母なんてもんじゃない、ただの女だ。それも豚みたいな声でなく女なんだ。いやだ、いやだ、こんな汚いところに生きていたくない。今夜のうちに死んでしまおう。死にでもするほか、汚いものを身体から追いだしてやることができない。

太郎はロッカーから母の写真や古い手紙をとりだして、時間をかけてきれぎれにひき裂くと、炊事場の汚水溜へ捨てた。なにか仕残したことはなかったかと、部屋のなかを見まわしたが、しておかなければならないようなことは、なにもなかった。

「することなんかあるわけはない。ぼくには明日というのがないんだから」

始発の電車が通る時間まで「ちょっと眠っておく」という簡単な作業のほか、自分の人生にはもうなにもすることがないのだと思うと、その考えにおびえて、枕に顔を埋めてはげしく泣きだした。

「果してお前は堕落した。酔っぱらって相模線のレールの上を歩いていて、電車に轢かれかかったそうだな。酒まで飲むとは、先生も思わなかった」

半当り——酒なんか飲んでいなかったが、ぼくは酔っぱらっていたのかもしれない。

夜が明けかけていた。ホームと改札口にパッと電灯がついた。間もなく始発が入ってくるというしらせだった。ぼくはサック・コートをぬいで草むらに投げだすと、レールの間にうつ伏せに寝て、電車がぼくを轢いてくれるのを待っていた。意外にも、電車は背中の皮にも触れずに通りすぎて行った。保線工夫がぼくを抱いてホームへ連れて行くと、駅員にこんなことをいっていた。

「上着を着ていたら、キャッチャー(排障器)にからまれて駄目だったろう。丸首シャツとパンツだけだったから助かったんだ」

太郎はどうしても死にたいので、野分の吹く夜、厨房用の石油を盗みだして寄宿舎の裏の野原へ行くと、崩れかけたコンクリートの掩体壕へ入って、肩と胸にたっぷりと石油をかけた。何本かマッチを無駄にしたところで、ようやく袖口に火が移ったが、気力のない炎をあげただけで、風に吹き消されてしまった。いくどかそんなことを繰返しているうちに石油のガスにやられて太郎は気を失ってしまった。厨房ストーヴに使う新式のケロシン油は、いきなり火になるむかしの石油のような引火性がなく、じれったいような緩慢な燃えかたをするものだということを、太郎は知らなかった。

「どういう目的で、お前はアメリカの資材に火をつけようとしたのか。警察では、正直にさえいえばゆるすといっている。言わないと罪になるぞ」

資材があったことなんか知らない。資材どころか、自分の身体に火をつけることすらできなかった。

「死刑にしてください」

だしぬけに太郎が叫んだ。

「死刑にしてくれ、死刑にしてくれ」

ヨハネは、

「まア静かにしていろ」

といって、部屋から飛びだして行った。気がちがったのだと思ったのかもしれない。死刑——こんなうまい考えが、どうしてもっと早くうかばなかったのだろう。なにかうんと悪いことをすれば、だまっていても政府がぼくの始末をつけてくれる……

若い警官が入ってきて、バンドを解いて拳銃のサックを畳の上に投げだすと、

「疲れた」

といって、どたりと上框にひっくりかえった。太郎は膝を抱いて貧乏ゆすりをしながら、眼の前にある拳銃をじっとながめていた。板土間の警官は、こちらに背中を見せて、せっせと書きものをしている……若い警官は、あおのけに寝て眼をつぶっている……

「いまなら、やれる」

太郎はバンドの端をつかんで、そろそろと拳銃のサックをひきよせた。サックの留め

をはずした。拳銃をぬきとって、音のしないように安全装置をはずすと、立ちあがっていきなり撃鉄をひいた。正面の壁が壁土の白い粉末を飛ばした。若い警官は板土間へころがり落ちた。机の前の警官は椅子といっしょにひっくりかえった。太郎は調子づいて、いくども撃鉄をひいた。

「この野郎、なにをしやがる」

警官が起きあがって、そこから射ちかえした。鉄棒のようなものが太郎の胸の上を撲りつけた。太郎は壁に凭れて長い溜息をついた。だしぬけに眼から涙が溢れだした。そうして前に倒れた。

復活祭

一

二時半に食堂部が終ると、外套置場と交換台に当番をおいてレジスターやルーム・メイドが食事《レーション》に行く。客室から信号も鳴らず帳場へくる客もなく、ラウンジに外来《クラベー》が二、三人残るほか、四時ぐらいまでのあいだ社交部といっているあたりがひっそりする。

八時から昼食までの伝票を分けて室別になった整理棚《ファイル》へほうりこむと、鶴代の今日のおつとめはおしまいになった。電車でフラットへ寝に帰る気もしない。脇間の籐椅子でひととき頭を霞ませていると、川田がふらりとフロントへ入ってきた。

なにがあるのか、きょうはめずらしくきちんとドレスアップしている。アメリカの西部ではこれが夜会服《イヴニング》になっているというグレイのジャケットにタクシード用のトルウザァスの組合せで、襟に黄色いミモザの花をつけている。

「いらっしゃいぐらいはないのかい」

「いらっしゃい」

「おかしなところに坐りこんでいるよ。ラウンジへでも行こうか」

「ここでいいじゃありませんか。どこだっておなじよ」

「タバコを買い忘れた。ひとつわけてもらおうかな」

「そのへんにこないだのアーケディアが残っているはずよ」

「そのへんって、どのへんだ。まあすこし立ちなさい」

「デスクの抽斗しだったかな。おぼえていないわ。じぶんが吸うものならじぶんでさがせばいいでしょう」

「これァ神経衰弱だよ。君のマザアも動きたがらなかったが、こんなではなかった」

川田は帳場へ入ってアーケディアの鑵を探してくると、となりの椅子に掛けてパイプをふかしはじめた。

年のせいで咽喉の皮膚がたるみ、酒焼けなのか潮焼けなのか、首が蘇芳《すおう》でも塗ったように赤いので、そのへんが七面鳥の喉袋みたいにみえる。ごつい折襟の作業服を着て、赤と白の水先旗をたてた港務部《ハアバア・セクション》のボイラーの舳《みよし》に立ち、頭から潮がえしを浴びながら沖へ出て行くときの川田は簡単明瞭ないいおやじだが、きちんとドレスアップしたりすると、バクチウチのやくざな調子《スポウティ》がでて、べつな感じの人間になってしまう。

「今日は三交替《シフト》だから身体があいたんだね」

「そう。これから寝に帰るところ」

「こんないい陽気にフラットへ寝に帰る。そうくすんでいちゃしょうがないな。洒落れたフロックでも着てアメリカン・クラブへおしだすような相手《バアレイ》はいないのかね。鶏の羽根をむしって歩かせたような、あのキョトンとしたいい男はどうした」

「どうしたかしら。知らないわ」

「ユウのマザアも惚れるってことをしないひとだった。古代雛みたいな立派な顔で、真面目すぎるもんだからまわりが気苦労だった。ユウがまたそうだ。顔も気性も、よくもまあ似たもんだと感心することがあるよ」

「母に似たいと思ったこともないけど。しょうがないでしょう、あたしってこんな娘なんだから」

「それはそうだが」

「西洋のえらいひとがいってるわ。恋愛だの、野心だの、そんなものは精力をすりへらして命をちぢめるから、長生きをしたいと思ったら慾をださないことだって」

「人間の命も金とおなじようなもんで、いろいろな釣合いで成りたっているものなんだから、命だけを貯めこむなんてのも馬鹿げた話じゃないかね。だいいちそんなことはユウぐらいの年の娘のいうことじゃない。色恋の垢を舐めつくしたやつがいうことだ。ともかくむずかしいひとにちがいない。このごろの娘の気持はミイにはわからない。ユウのマザアなら、まだしもいくらか手がかりがあったが」

鶴代は十四の年、母に呼び寄せられてアメリカへ行った。田舎の祖母のところで大きくなり、移民局の食堂ではじめて母というひとの顔を見たわけだった。

そのころ川田淳平は桑港《サンフランシスコ》の日本人街で「三笠」という割烹店をやっていたが、紐育《ニューヨーク》へ発つ日まで二人でその世話になった。狭い町の両側に、寿司、蕎麦、お座敷天婦羅、おでんと、こんなにまでと呆れるほど食べものやばかりが並び、町幅だけの自動車の列がクラークソンや号笛を鳴らしながら、朝から夜中まで黒い流れのように切れ目もなく動いている。土地の日本人は英語まじりのなげやりな日本語で喧嘩でもしているように話し、落着きなどはどこを見てもない。情けない町もあるものだと、鶴代はそのときからアメリカの生活が嫌いになった。

紐育の邦人会は外交官や銀行関係を代表する一派と、店員や小商人などの一派、下宿屋、宗教団体、学生倶楽部を中心とする一派と三つのサークルにわかれているが、そのほかに在留邦人名簿に名が載っていない第三街組《サード》といわれている組がある。西部から中西部を経て東部に流れこんだ、博奕打ち、喧嘩師《ポンサー》などの渡世人《スボウティ》、脱走船員、密入国者、密買行商人といった、日本の夢も見ない連中だけがつくっている大きなサークルで、ほとんどみな第三街に住み、邦人のクラブなどには絶対に顔をださない。

鶴代の母の店も第三街のまん中にあった。小原東城の縄張り《テリトリー》で、三階のホールが賭場になり、手の指に爪のない本職のバクチウチがいつも七、八人いて客を待っていた。鶴代がアメリカへ着いたばかりのとき、爪のない川田の手をふしんな思いでながめていたが、カルタをあつかう指先が鋭敏になるように、爪を剝いでしまうのだと聞き、貸元《ハウス》か親分《ナンバア》とかいわれる小原や石根のようなひとまでそうだったので、つまるところ川田もバクチウチなんだとあとで納得した。

三年後に母が死んで、鶴代とアメリカの縁が切れ、日本へ帰る支度をしていると、カレッジの学費をだしてもいいといってくれたひとがあった。楡や楓の木立のむこうに、古城のような建物の見えるウェルズリー女子大学の校庭に、黒いガウンを着せた自分を置いて見て、心をはずませたこともあったが、どうしてもこの国の生活と折りあえぬものがあるのを感じ、せっかくの申出を断って日本へ帰ってきた。

川田は開戦直前の十一月、エレヴェーター付五階建の三笠を、食器、家具一式、居抜きのままただの二千五百ドルでさらりと売りわたし、最後の竜田丸でさっさと日本へ帰ってきた。戦争中は暁兵団の運用長をやり、終戦後は占領軍の水先人《パイロット》になって小さなフラットとジープをもらい、ホテルの裏口から従業員の食堂へはいりこんで給食《レーション》の夕食をするほか、一日中、ランチか入港船の上で暮していた。博徒時代はたいへんなものだったらしいが、「三笠」をはじめるとそのほうはピタリとやめ、カルタの端にもさわらなかったそうで、顔も南瓜親爺のようなおどけた顔つきになり、むかしを思いださせるようなものはなにもなかった。アメリカのことにはどちらも触れず、鶴代の母の話が出たことはいままでただのいちどもなかったが、きょうはいつもの川田とちがっていた。

「ユウがマザアとシスコへ来たのは、あれは何年だったろう。面白いといえば面白い時代だった」

鶴代は川田の横顔をじろじろながめながら、本牧のナイト・クラブや入港船のサロン・スタジオでこのごろポオカアの大きな勝負があるというのは、案外、川田あたりが仲人《キーパー》をしているのではないか、バクチウチが身なりに凝るのは仕事にかかっている証拠で、川田もやはり堅気になりきれず、むかしの生地をだしはじめたのではないかと思った。

「川さん、きょうはさかんにユウのマザアが出るわね。どうしたの」

「どうした、ってのは」

「むかしがなつかしくなるのは危険な徴候だわ。またはじめてるんじゃないでしょうね」

「馬鹿なことをいってる」

「ドレスアップしていったいどこへ押しだすつもりなの。そんなミモザの花、捨てちゃいなさい」

「捨てたってかまわないが、まあもうすこしこうしておこう。復活祭《イースター》のお祝いに、オフィスの小さな女の子がつけてくれたんだから」

なるほど今日は復活祭だった。白領コンゴ、エジプト、ギリシャなどから来ているまだ日本がめずらしいバイヤーたちは、復活祭の休暇をつくって、昨日、京都見物に発って行った。もう何年となく思いだしもしなかったが、復活祭の紐育の騒ぎが眼にうかぶ。第三街の日本人までがライラックやミモザの花をつけて浮き浮きしていた。

「今日は復活祭だったわね。こんなところでもっさりしていないで、早くパアティへいらっしゃい」

「そんなものがあるなら、まっすぐそっちへ行くよ」

「じゃ、ドレスアップして、あたしのところへ来てくれたってわけなの」

「ラウンジでユウの顔をみながら、コクテールでもやろうと思って。ぜひとも復活祭のお祝いをしなければならないって義理はないが」

「わびしいことをいうわね、川さん。じゃ、どこかへ遊びに行きましょうか」

「えッ、そうかい。そういいたかったんだが、ユウはむずかしいひとだから」

「面白く遊べそうなところあって」

「そうだな、あそこはどうだろう。昨夜、プレシデント・ラインのウイルソン号が復航で入航した。いい美容室もあるし、百貨店みたいなものもある。復活祭のダンス・パアティがあるっていってた。美容室へ行って、飯を食って、ダンスをするというのはどうだい」

二

岸壁の端から車止の柵のそばまでセダンやジープがずらりと並び、舷窓からもタンデム・キャビンの窓からも明あかとあかりが洩れて、劇場の大玄関のようなにぎやかな感じだった。

鶴代は借りもののフロックがさっきほど気にかからなくなり、三枚襲ねの薄いクリーム色のタフタのペティコートの上に、もうひとつおなじ色のパアティ・ドレスをかさね、足首まである裾をゆったりと波うたせ、川田に腕をとられながらギャング・ウエイをのぼって行くのは充分にたのしかった。

バー・ルームのつづきが広い舞踏室《ダンシング》になっていて、そのまわりと桟敷《ギャレリー》のようになった中二階に、色蠟燭の燭台を置いた小卓が巧まぬ粋をみせてアト・ランドムに置かれ、酔っぱらいが口ずさむワルツのモチーフのような懶《ものう》い曲で、二十組ばかりの客がダンスをしていた。

男と女の組が天上から糸で釣《つる》された操人形さながらに、死んだようなメロディにつれて千鳥足でよろけまわり、男と女が重なりあってぐったりと床にしゃがみこんだと思うと、起きあがってまたのろのろと歩きだす。魂のぬけた、人間の抜殻が散歩しているような痴呆的なダンスだった。

「これはなんというダンスなの」

「ゾムビィだよ。アメリカで戦前に流行ったワルツのニュウ・スタイルだが、あんなものどうだっていい。こっちはこっちだ」

川田に腕をとられながら赤いネオンサインのついた隣りのバア・ルームへ行くと、仕立のいいカッタウェーをきちんと着こんだ五十歳ぐらいの男が立飲台《コントアール》に凭れ、チーズから切りだしたような上品な横顔をこちらに見せてひっそりとグラスを含んでいた。たくらんでいるのかと思われるほど優雅な身のこなしで、グラスを持った手のようすのよさなどはちょっと馬鹿馬鹿しいくらいだった。

川田はバアのトバロ《くち》で足をとめると、鶴代に顔を寄せてささやいた。

「東城がいる。小原東城さ。ユウは知っているはずだ」

鶴代は胸苦しくなって、大きく息を吸いこんだ。

東側《イースト・サイド》の貧民窟へすべりこんだ、第二街と六十丁目が交叉する角から三軒目、ブリキの看板の出たみすぼらしい三階建で、入口のガラス戸に手垢でよごれたレースのカーテンがかかり、入るといきなり日本式の西洋間になって、醬油の汚点だらけのクロースをかけたテーブルがいくつか置いてある。富士山を刺繡した衝立がダム・ウェーターの穴を隠すためで、マントルピースの上の壁に石版刷の応挙の鷹の絵がかかり、輸出物のあくどい色をした九谷焼の花瓶があり、薄端《うすばた》へ挿《い》けた馬蘭に埃が白くたまっていたのがはっきりと印象に残っている。そういうわびしい風景の中に、身なりだけはいい本職のバクチウチが七、八人、退屈そうにテーブルに頰杖をついて客を待っている。小原東城もそのなかにいた。

母に肩を押されながらホールへ入ると、小原がすらりと椅子から立ってきて、

「よう、来たね」

といいながら、ゾッとするような美しい手をさしだした。

友達と手をひきあったことはいくどもあるが、握手というものはこれがはじめてだっ

た。かいつぶりのいる沼のそばで育った十二歳の少女には、他人の手は、心やすくも親しげにも、そうやすやすと握れるものではなかった。小原の手は美しすぎ、鶴代の手よりはるかに白かった。さしだされた手は宙に浮いたまま、いつまでも鶴代の手を待っている。握らないわけにもいかないので、温かいほっそりした手を鶴代は目まいがするような気持で握った。

小原は、なるほど握手とはこんなふうにするものかと、田舎育ちの少女にも即座に納得がいくような心のこもった仕方で、一、二度強く握ると、

「よく来たねえ、たいへんだったろう。なんといったってこの年じゃ」

と、浪花節の裏枯れ声でいった。鶴代は小原の顔をみつめたまま、返事をしなかった。鶴代は紐育までの汽車の中で、当然、父の話がでるものと期待していたが、母は忘れたのか、とうとうそのことには触れなかった。あとで笑い話になったが、退屈そうな顔で坐りこんでいるバクチウチのなかから、一人だけ立ってきて握手をしてくれた、あの小原という男がつまり父なのだと、固く思いこんでいた時期があった。父でないことがわかってからも、はじめて握手というものをした小原の印象は薄れずにながく心に残っていた。

そのころの小原は、プリンストン大学卒業という触れこみで上品な英語をあやつるふ

しぎな男だった。いくらか長目な、かたちのいい細面にすんなりと伸びた口髯がよく似あい、プレスのきいたカッタウェーに灰色の山高帽をかぶり、マロッコの杖をかかえて入ってくるところなどは大学教授とでもいいたいような実誼《じつぎ》な見かけで、ちょっとした身振りの中にもなにか謎のような美しさがあった。

日本へ帰ってからも、ときどきなにかのついでに小原の噂をきくことがあった。あのころは田舎から紐育へ出てくる邦人のお百姓を相手にするありふれたバクチウチでしかなかったが、十年ほどの間に下町一帯に縄張り《テリトリー》をひろげ、アリー・ドラガンと肩を並べるほどの顔役に成りあがってしまった。

川田の話では高級《ハイ・ブロオ》のナイト・クラブをマンハッタンだけでも五つも持ち、第三街へ持ちこまれる脱税ウィスキーは一箱についていくらという歩合をとり、ほんの上っ面の財産だけでも五百万ドルをくだるまいということだった。川田はサンフランシスコやロサンジェルスを地盤にして西部の小原に張合っていたむかしのいきさつがあるので、あア見えても内実はたいしたものではないなどと軽くいっているけれども、評判どおり生仲な日本人などは寄りつきもできないような存在になっているのは事実らしかった。しかしそれも開戦前までのことで、戦争がはじまると同時にどこかへ深く沈みこんでしまい、交換船や引揚船で帰った邦人に聞いてみても、小原の消息に通じているものは一人もなかった。小原は死んだのだろうと取沙汰されていたので、この邂逅は意外だった。

小原はグラスを置いてタンブラーの水をひと口飲むと、眼にしみるような白いハンカチで唇を拭き、寛濶な足どりで悠然とこっちへやってきた。

「よう、どうしたい」

小原は川田を見て冷淡にうなずき、足をとめて鶴代の顔をながめていたが、そのうちになんともいいようのない深みのある笑顔になって、

「ツルさんだ。こりゃおどろいた。ずいぶんひさしぶりだったなア」

軋るようなれいのしゃがれ声でいいながら、なつかしそうに鶴代のほうへ手をさしだした。

歳月の力も小原には作用しなかったのだとみえる。どんなに少なく数えても五十六、七にはなっているはずなのに、どこにも小皺ひとつなく、髪も口髯も二十年前のように黒々と濡れ、唇は血の色が透けて少年のような無垢の美しさをたもっている。きっちりと身についたカッタウェーは小原の商標のようなものだが、薄い卵色の両前のウェーストト・コートに黒リボンで縁取《ふちどり》した英国風のトルウザァス、コラ織らしい渋い幅広襟飾《アスコット》という、一種、不朽の風姿をつくりあげていた。

二十年前、六十丁目のみじめなホールで握手した、これがあのときの手なのだと、鶴

代はぞっとするような思いで小原の手を握った。

「しばらくでした。あなたはちっともおかわりにならないわね。あたしはこんなオールド・ミスになってしまったのに。でもこんなところでお目にかかれるなんて、ほんとうに夢みたい」

「あれはたしか昭和三年だった。するとユウは三十二か。まったく夢だなア」

小原は手にものをいわせようというふうに、言葉の切れ目切れ目で鶴代の手を握りしめながら、

「さっき舞踏室《ダンシング》でチラと見たとき、どうも似たようなひとだと思って、それこそ飛びたつような気がしたなア。ここでひと口やりながら考えていたんだが、じつにどうもなつかしくてねえ、探しに行こうと思っていたところだったんだ。ミイはこの船で明日の朝アメリカへ帰るんだが、こんな狭間《はざま》でユウに逢おうなんて、こんなシャフト(目)が出ようたあミイも思っていなかったよ。身寄りもたよりもみな死に絶えてしまって、内地にブリード(肉親)と名のつくものは」

そこまでいいかけたとき、川田はじれったくなったのか、

「お話中だがね、小原君、ミイたちはまだえさについていないんだ。そのへんでキリにしてもらって」

小原は離さずにいた鶴代の手に気がついて、それとなく手をひきながら、川田のほうへ笑顔をむけた。

「飯ならミイもいっしょに」

「いや失敬しよう。ユウのサブ・スタッフ(涙物語)を聞いたってしょうがないんだから」

川田はニベもない口調ではねつけた。小原の顔がみるみる額ぎわまで真赤になった。

「ユウはそれをミイにいうのか」

川田はとぼけた笑顔で、

「誰にいうもんか、小原東城にいってるんだ。それがどうした」

いぜんのような白々とした顔になると、小原は苦笑しながら、

「それもそうだ。じゃツルさん」

と鶴代のほうへちょっとうなずいてみせ、舞踏室を通ってタンデム・キャビンにつづく桟敷《ギャレリー》の階段をゆっくりあがって行った。

三

遊びほうけたあとの憂鬱が身体にしみとおり、わけもなく飲みつづけたコクテールや

ジンフィーズの酔いで手足がしびれ、ときどきふっと夢心地になる。

空は無色になって、夜が明けかけてきたが、人気のない広い構内はまだ真暗で、海風で湿った岸壁が舷窓からあふれだすあかりを受けてところどころで光っていた。

鶴代はフラフラしながらB甲板のほうへ上って行った。非現実のすがたのまま、この長い間、心の中に持ちつづけていた男性のイメージは、けっきょく小原のそれだったことがわかった。夜が明けると小原はこの船でアメリカへ帰ってしまう。このまま別れたら、これからの日々はおそろしく辛いものになるだろう。そんなことを考えながら小原の船室の前まで行くと、まだ起きているのだとみえ、バア・ルームのあのすばらしい瞬間を思いださせるような、やわらかな光がほんのりと窓から洩れている。のぞいてみると、小原はナイト・ガウンを着てベッドの端に掛け、綴りにつづって手のほどこしようもない荒布《あらめ》のようなカッタウェーの裏絹を、そこここととひきよせながら骨を折ってとじつけていた。

鶴代は船室の鉄の側壁に凭れて眼を伏せた。小原の生活の裏にもやはり人知れぬ辛さがあるのだろう。もしそうなら、いまの自分の気持をわかってもらえるかもしれない。

「愛していた」などという言葉をつかわずに自分の気持をつたえられないものだろうか。この扉《ドア》のむこうの世界と結びつくことは出来ないのだろうか。この船室の中へ身を投げこむことは許されないのだろうか。あのとき自分は十二で小原は三十六だった。いまは三十二と五十六。おかしいことはない。この扉《ドア》をあけさえすれば、どんな男のそばでも味わえないような幸福に身をまかせることができる。鶴代は扉《ドア》のノッブに手をかけたが、手の動きはそこでとまってしまった。

との曇った冷たい朝で、風が波しぶきといっしょに顔をうった。

なにもかも一瞬転の夢だった。船室の扉《ドア》のノッブの感触がそのときのまま鶴代の掌に残っているのに、ウイルソン号は鷗にまつわられながら岸壁を離れようとしていた。鶴代はまだ夢から醒めず、最後の瞬間にかならず小原が甲板へ出てくるという希望を捨てなかった。小原が甲板から手招きをしたら、川田をおしのけてギリギリのところで舷梯を駆けあがって行こうと待ちかまえていたが、先任の水先人が高い船橋から川田のほうへ手を振っているだけで、鶴代の期待にそうようなことはなにも起きなかった。

岸壁とウイルソン号の間は雑物をうかべたぞっとするような汚い海で、鶴代の夢想を絶ち切るようにすこしずつ幅をひろげ、白い泡の中で大きく舳をまわすと、プールに返り波をうたせながらゆるゆると内防波堤の口のほうへ進んでいった。

「飲みすぎた。今日は沖へ行くのが辛いぞ。ユウはどうもないか。青い顔をしているが」

「頭がすこしぼんやりするだけ。面白かったわ。でも川さん、たいへんだったでしょう。カウントしてくださいね。半分払うわ」

「そんなことはどうでもいい。さあこれでお祭りはすんだ。早く帰ってそのドレスを返さないと。それにユウは昼番だろう」

川田はしおれて小さくなった襟のミモザの花をぬいて海へ捨てると、鶴代の肱をとってジープへおしあげた。

薄靄のかかった朝の町をジープが飛びあがるように走って行く。百貨店の高い塔の上にある航空標識がパッと消え、ノース・アメリカンの旅客便が定時に羽田のコースへ入ってきた。

お祭りはすんだ。観光ホテルのデスクで働いて、なんということもなくチビチビとドルを貯めていた。ルーム・メードはドルの貰いや現物給与が多いので、デスクをやめてメードになろうかと思ったことさえある。ドルを貯めて小原のいるアメリカへ行くつもりだったらしい。今日からはもうドルなんか貯めるのはよそう。行きあたりばったりに生きていくだけ。夢や希望がなくなり、憎しみだけがふえるだろう。ホテルでは気位の高い気むずかしいやつだと思われているらしい。それは自分だけの夢にはまりこんでいたから。今日からは、ひねくれた、意地の悪い、ご注文どおりのオールド・ミスになっていくだろう。鶴代はパアティ・ドレスの裾が浮きあがるのを手でなだめながら、ぼんやり考えこんでいた。

「ホテルへ帰るまでに話をつけてしまおう。五日前、ウイルソン号が往航で横浜へ入った。ミイが船で仕事をしていると、小原の野郎がやってきて、ユウにひと目逢わしてくれと、こういうだしぬけな話なんだ。逢わせるも逢わせないも、ホテルのデスクで働いているから、行って勝手に逢ったらいいだろうといってやった。すると小原の野郎が、それが出来ないから頼むんだ。アメリカ三界でさんざ悪事を働きながら、戦争に負けたのをいい汐に大きな面をして内地へ帰るやつがあるが、ミイにはそういうことは出来ない。ミイのこの足で日本の土はただの一歩も踏むまいと誓いを立てている。戦争がはじまると、所在の悪因縁を絶ち切って、なにもかにもさらりとやめ、田舎へひっこんで鬚剃の石鹸溶《モダ》しでコオフィを飲むような実誼な暮しをし、この世の欲という欲はみななくなったつもりでいたが、肉親のオブセッション(執着)は手のつけられないもので、あれをひと目見たいと思うと、もう矢も楯もない。それだけの一本槍でこうしてはるばるやってきた。ほかの目あてはなにもない。あれの顔をひと目見さえすれば、この船ですぐアメリカへ帰る。そういうわけだから、ひとつ頼む」

「川さん、それはどういう話なの」

「小原はユウのファザアだ。それでミイがいった。親子の名乗りもしないで、三十何年おっぽりだしておいて、いまになって顔を見たいもあんまりいい気なもんじゃないか。オブセッションも糞もあるかときっぱり断った。すると明けて昨日の朝、ウイルソンが復航で上海から入ってきた。運悪くミイの当番で、仕様事なしに船へ行くと、小原の野郎がまた出てきてしきりに口説く。いろいろ船できいてみると、なるほどと思われるふしもあるんだ。縄張りを捨てて身一つになったというのは嘘じゃないらしい。いくらかでも金があったら、あの洒落者がこうはしまいと思われるようなたしかな証拠も見た。横浜にいる二日、上海での二日、一歩もキャビンから出なかったとキャビン・ボーイがいっていた。ユウに逢うだけの一本槍でやってきたというのは本当らしい。好かないやつだが、そうまでして来たものをと思うと、無情《つれ》ないこともできない。じゃまあ連れてきて逢わしてやろう。だがあれはいま、それこそ肉親の悪因縁から離れて、落着いて暮していているんだから、心を乱すようなことをいってもらってはこまるんだ。父親の名乗りなんてのも、いまとなっては余計なものだ。大きくなった、しばらくだったぐらいにしておいて、けぶりにもさとられるようなことはしてくれるな。これが約束できるなら骨を折ってみよう。小原は、もちろんそれで結構だという。それからもうひとつ……あれのマザアもそうだったが、気むずかしいところがあって、なにか気がさすと挺《てこ》でもいけなくなる。引受けたからにはどんなことでもしてみるつもりだが、そんな船へなんか行きたくないといったら、これはまああきらめてもらうよりしようがない。それでいいか。それでいい。それじゃ夕方までにここへ来るものと思っていてくれ。バア・ルームで落合うことにしよう。そうすると、小原の野郎はいきなり美容室へ飛んで行って、髪を染める。髭を染める。アイロンで顔の皺をのばしかねないさわぎなんだ。これにはミイもやられた」

「川さん、ファザアならファザアだと、なぜひと言いってくれなかったんです。たいへんなことになるところだったわ」

「ファザアだなんていったら、ユウが行くはずはないだろう。逢わせたくもなし逢わせたしで、ミイもおろおろしたさ。だがあのとき行きたくないとひと言いったら、悪じいせずにノオという返事を持って行くつもりだった。まあそう腹をたてないでくれ。こんどばかりはミイもとんだ辛い破目だったんで」

なんともつかぬ感動が鶴代の胸をしめつける。子供のころにだけあって、大人にない、たとえば忘れられてしまった古い習慣のように、過去の奥深いところに隠れていた手慣れた感情……そんなものだった。

「ごめんなさい、川さん。あなたに悪いことなんかなにもないのよ。ただ小原がファザアだということを前に知っていたら、どんなによかったろうと思って。なんでもないのよ。ただそれだけのことなの。ともかくたいへんなお祭りだったわ、どちらのためにも」

ホテルへ帰ると、昨夜、ここのホールでも復活祭《イースター》のアト・ホームがあったらしく、食堂係の掃除婦が床の上に落ち散ったミモザやライラックの花を掃きよせていた。

まだ夢はつづいている。これからまたコツコツとドルを貯めよう。鶴代は機嫌のいい子供のように鼻唄をうたいながら更衣室で仕事着に着換え、パアティ・ドレスを抱えてフロントへ出てきた。

「このドレスを大急ぎで調衣部《ランドリー》へ出して、出来たら二百二十号へ返しておいてください」

ルーム・メイドにドレスを渡して帳場へ入ると、信号のあった部屋へ返信《レプライ》をしながら川田に、

「今日は給食《レーション》に来るんでしょう。どうもいろいろありがとう。じゃ、また今夜」

と愛想よくいった。

春雪

一

四月七日だというのに雪が降った。

同業、東洋陶器の小室《こむろ》幸成の二女が、こんどバイヤーで来た松永の息子と結婚してアメリカへ行くのだそうで、池田藤吉郎も招かれて式に列《つらな》った。式は三越の八階の教会で二十分ばかりですんだが、テイト・ホテルで披露式があるのですぐそっちへまわった。

会場から離れた脇間《わきま》の椅子で葉巻をくゆらしながら窓の外を見ると、木瓜《ぼけ》の赤い蕾に雪がつもり、冬には見られない面白い図になっている。そういえば、柚子が浸礼《しんれい》を受けたあの年の四月七日も霜柱の立つ寒い朝だったなどと考えているところへ、小倉陶園の伊沢忠《いざわちゅう》が倫敦《カクネエ》仕立のカッタウェーを着こみ、下ッ腹を突きだしながらやってきた。

伊沢もおなじ機体屋で、命がけで新造機に試乗したりしてはげまし合ってきた仲だったが、戦後、申し合わしたように瀬戸物屋さんになってしまった。

「いやはやどうもご苦労さん」

「式には見えなかったようだな」

「洋式の花嫁姿ってやつは、血圧にごく悪いんだ。ハラハラするんでねえ」

「それにしては念のいった着付じゃないか」

「なァに告別式の帰りなのさ。これは一時間ぐらいですむんだろう。久し振りだから今日は附合ってもらおう。そういえばずいぶん逢わなかった。そら柚子さんの」

いいかけたのを気がついたようにやめて、

「ともかくどうだい。逢わせたいひともあるんだ」

「まあ、それはそのときのことにしよう」

チャイム・ベルが鳴ってみなが席につくと、新郎新婦がホールへ入ってきた。新郎は五尺六、七寸もある、日本人にしてはめずらしく燕尾服が身につくとんだマグレあたりだが、新婦のほうは思いきり小柄なのに曳裾《トレーヌ》を長々と曳き、神宮参道をヨチヨチ歩いている七五三の子供の花嫁姿のようで、ふざけているのだとしか思えない。

新郎と新婦がめでたくメインテーブルにおさまって式宴がはじまった。新婦は杓子面《しゃくしづら》のおツンさんで、欠点をさがしだそうとする満座の眼が自分に集中しているのを意識しながら、乙にすまして羞《はに》かもうともしない。活人画中の一人になぞらえるにしても、柚子ならもっと立派にやり終わすだろう。美しさも優しさも、てんで段ちがいだと、池田の胸にムラムラと口惜しさがこみあげてきた。

この戦争で死ななくともすんだ若い娘がどれほど死んだか。戦争中だからまだしもあきらめがよかったともいえるが、いくらあきらめようと思ってもあきらめられないものもあり、また是非ともあきらめなければならないというものでもない。死んだものにはもうなんの煩《わずら》いもないのだろうが、生き残ったものの上に残された悲しみや愁いは、そう簡単に消えるものではない。

柚子はその頃、第X航艦の司令官をしていた兄の末っ子で、母は早く死に、三人の兄はみな海軍で前へ出ていたので、女学校以来寄宿舎にいて、家庭的にはめぐまれない生活だった。

だいたいが屈託しない気質で、あらゆる喜びを受けいれられる人生の花盛りをしかめッ面《つら》で暮し、せっかくの青春を台なしにしているようにも見えなかったが、それにしても十七から二十三までの大切な七年間を戦争に追いまくられてあたふたし、とりわけ最後の二年などは池田の二人の娘を連れて茨城県の平潟へ疎開し、そこから新潟へ、また東京と、いつ見てもズボンのヒップに泥がついていた。

そうしたあげくのはて、過労と栄養失調、風邪から肺炎とトントン拍子のうまいコースで、ろくすっぽ娘らしい楽しさも味わわず、人生という盃《さかずき》からほんの上澄みを飲んだだけで、つまらなくあの世へ行ってしまった。

四月七日の霜柱の立つ寒い朝、滝ノ川で浸礼を受けた帰り、自分にはいままで幸福というものがなかったが、いまささやかな幸福が訪れてくれるらしいというようなことをいった。それが柚子の人生におけるただ一度のよろこびの言葉であった。

「あれだけがせめてもの心やりだ」

池田は機械的にスプーンを動かして、生気のないポタージュを口に運びながら、そう呟いた。

その頃、池田の会社では、青梅線の中上《なかがみ》へ、何千とも数えきれない、未完成の飛べない飛行機を集めて、ローラーですり潰す仕事をやっていた。板塀で囲われた広い原は見わたすかぎり残骨累々たる飛行機の墓場で、エンジンにロープを巻きつけ、木の根ッ子でもひき抜くようにしてキャタピラがむこうの一角へ集めるあとから、山のようなスチームローラーがそれを潰して歩く。どこを押しても飛行機はもう一機も出来ない。戦争はヤマが見えていた。

四月五日の空襲の夜、柚子がこんなことをいいだした。

「日本人がいま戦争をしているというのはほんとうなんでしょうか」

日本人は戦争をしているが、大半は擬態にすぎないことを池田は知っている。現に池田の会社では、飛行機をすり潰すという、なんら意味のない作業を仕事らしく見せかけ、兵隊は防空壕を掘ったり埋めかえしたりする仕事をくりかえしているだけだった。

「たしかに戦争をしている。が、それはごく少い数だろうな」

「あたしたちミナゴロシになるのね。爆撃で死ぬか、焼け死ぬか、射ち殺されるか、……それは覚悟していますけど、無宗教のままで死ぬのが怖くてたまらないの」

兄の細君は、代々、京都のN神社の宮司をしている社家《しゃけ》華族からきたひとで、柚子の祖母は先帝のお乳の人、伯母は二人とも典侍に上っているという神道《シンド》イズムのパリパリで、柚子の家の神棚には、八百万の神々のほかに、神格に昇進した一家眷族の霊位が、押せ押せにひしめいているという繁昌ぶりだった。

「無宗教って、お前のところはたいへんな神道じゃないか。それではいけないのか」

「だって叔父さま、神道は道《みち》……自然哲学のようなもので、宗教じゃないんでしょう」

つまるところじぶんの気持にいちばん近いのは基督教だから、大急ぎで洗礼を受けたい。それに立会ってもらいたいということなのだが、兄がいたらとてもただでは置くまい。ひょっとしたら一刀両断もしかねないところだ。

「えらいことをいいだしたもんだな」

「あたし、どんなに苦しんだかしれないの。お腹だちでしょうけど、柚子、怖がらずに死ねるようにしていただきたいの」

古神道と皇道主義の狂信的な家庭に育った、柚子のむずかしい加減の立場と悩みは、池田にもわからないわけはない。世俗的な叔父の立場にしたがえば、もちろん反対しなければならないところだが、日本自体が無くなりかけているというのに、社家も神道もあるものではない。無宗教で死にたくないという柚子の希望をかなえてやるほうがほんとうだと思った。

道灌山の崖下にある暗ぼったい古い木造の教会で、西洋人の白髪の牧師が出てきて二人を迎えた。達者な日本語で、あなたはどうぞここでと池田をベンチへ掛けさせると、柚子を連れて奥のほうへ入って行った。

粗末なベンチが二列に並んだ正面に低い壇があり、うしろは引扉《ひきど》で仕切られている。寒い朝で、堅い木のベンチに掛けていると、腰から冷えがあがってきて鳥肌が立った。

間もなく伝道婦らしいのが出てきてオルガンを奏《ひ》くと、その音にあわせて正面の扉が開いた。扉のうしろは二坪ほどのコンクリートの水槽になっていて、素膚に薄い白衣を着た牧師と柚子が胸まで水に浸って立っている。

眼をすえて見ていると、牧師は右の掌を柚子の脊中の真ン中あたりにあてておのけにおし倒した。柚子の身体は、一瞬、水に隠れて見えなくなったが、ほどなく頭から水をたらし、なにかの絵にあった水の精の出来損いのようなチグハグな表情であらわれてきた。

馬鹿なことをするものだと、池田が腹をたてているうちにまた貧弱なオルガンが鳴って、それで正面の扉が閉まった。

「すみました。ありがとうございました」

柚子は間もなく服を着て出て来たが、血の気のない青い顔をし、歯の根も合わないほど震えている。車が家へ着くまで充ち足りたようなぼんやりした眼つきでなにか考えているようだったが、震えはとまらなかった。

これが肺炎の原因になったことはいうまでもない。その晩から熱をだし、規定どおりのプロセスを経て、四月十三日、夜の十一時四十分、大塚から高円寺まで焼かれた空襲の最中に息をひきとった。死ぬ二日前、洋銀のつまらない指輪を左手の薬指にはめ、これはお友達から記念にもらったものですから、死んだらこのままで焼いてくださいといったので、そのとおりにした。

「では、池田さん、どうぞ」

ふと我にかえると、いつの間にかデザートの皿が出ていて、みなの視線がうながすよ

うにこちらへむいている。そうそう伊沢の次に弔辞を述べるはずだったと、咄嗟に立ちあがると、眼を伏せたまま、

「小室さんのお嬢さんが、二十三という人生の春のはじめに、この世を見捨てて行かれたということは、惜しみてもあまりあることで、ご両親のご心中……」

とねんごろな調子でやりだした。

「池田君、池田君」

伊沢がしきりに上着の裾をひっぱる。なんだといいながら振返った拍子に、いっぺんに環境を理解した。池田はひっこみがつかなくなったが、さほどあわてもせず、

「ご当人にとっては、結婚は新しく生れることであり、人生における新しい出発でありますけれども、ご両親にとっては、これで娘は死んだもの、無くしたもの……そしらぬ顔はしておりますが、娘を嫁にやる親は、みないちどはこういう涙の谷を渡って……」

とむずかしいところへ無理に詮《せん》じつけた。

二

伊沢と二人でラウンジまでひきさがったところで、池田は急に疲れてコージ・コオナ

アの長椅子へ落ちこんだ。

「たしかに名スピーチだったよ。弔辞と祝辞のハギ合せなんてのはちょっとないからな」

「もう、よせ」

「よすことはない。あんなオペシャに百合の花なんか抱えて花嫁面をされちゃ、いい娘を戦争で死なせた親たちの立つ瀬がない。ああいう面構えは、眼鏡でもかけて、女学校で生徒を苛めていりゃいいんだ。僭越だよ」

「おれは他人が美を成すのを喜ばぬほど小人でもないが、きょう結婚式に出たら、柚子をもうすこし生かしておきたかったと口惜しくなった。あれはあれなりに花の咲かせようもあったろうと思ってね」

「結婚式って、儀式だけのことなら、柚子さんもやっていたかも知れないぜ」

「なにを馬鹿なことをいってるんだ」

「ふむ、すると君にはまったくなんの感度もなかったんだな」

「感度ってなんのことだ」

「そんならたいしたファイン・プレーだ。柚子さんというのは、どうしてなかなかの才女だったんだな」

伊沢の口調の中に、ひとの不安を掻きおこすような感じの悪さがある。なんのことだろうと考えているうちに、柚子が死んでから日記を見て感じたあのわからなさが、また気持にひっかかってきた。

終戦の前の年の七月の末、次兄の遺品《かたみ》らしい白の防暑服にスラックスという恰好で、前ぶれもなしに柚子が丸の内の会社へやってきた。

「きょうはおねがいがあってあがったの。大森の工場で働かせていただきたいと思って」

大森の工場といっているのは、航空機の機体の形材(プロフィール)の材料試験をやっている研究所で、女子大の国文科で祝詞《のりと》を勉強しているようなクラシックの出る幕はない。

「働きたかったら、ここで働けばいい」

「事務や庶務なら、正直なところ気乗りがしないんです」

稚い才覚で自分一人の生活を設計施工してきたわけで、二十代《はたち》の娘の手にあまるようなむずかしいことでも軽々とやってのけるが、あまりにも真直ぐな積極性が、時にはうるさい感じをおこさせないでもない。

またはじまったと思ったが、妙な含み笑いをしていて、いつもの強情とはどこかちがう。この年頃の自意識の強い娘は、直接生産面にたずさわりたいなどという表現は、てれ臭くて素直にやれない。それなのだと見てとった。

次の日から工場へやってきたので、主翼工程の管理をしている技師に柚子を預け、ロックウェル(硬度計)をあてて形材の硬度を計る簡単な仕事をやらせておいたが、それから一と月ほどしたある朝、柚子のことで憲兵の訪問を受けた。柚子が毎朝七時ごろ、大森海岸のバスの停留所に、短いときで二十分、長いときで四十分も立っている、というのである。

「われわれが注意しはじめてから、雨の日も風の日も休まずにもう三週間もつづいているんですがね」

柚子は麻布霞町の家から都電で品川まで来て川崎行のバスに乗るから、当然、大森海岸で降りるわけで、これにはふしぎはないが、四十分もそんなところに立っているというのは尋常でない。尾崎・ゾルゲの事件のあった後で、うるさい時期でもあった。

次の朝、池田は早目に家を出、大森海岸のバスの停留所の近くに車をとめて窓から見ていると、七時ちょっとすぎに柚子がバスから降りてきた。なるほど携げ袋から岩波の文庫本かなにか出して立ったままで読んでいる。

ひいき眼ばかりではなく、そう頭が悪そうでもないが、憲兵づれに注目されるまで、毎朝こんなところでなにをうつつをぬかしているのかとジリジリしていると、まだ涼気《すずけ》の残っている京浜国道を、ギャリソン帽にズボンだけで、ピンク色に美しく焼けた膚をむきだしにした、半裸体の俘虜を乗せた大型トラックが二十台ばかり、一列になってやってきた。

毎朝、島の収容所から日本通運、京浜運河、三菱倉庫、日本製油、鶴見造船などの使役に行く連中で、この界隈では毎日見て馴っ子になっているが、山手に住んでいた柚子にとってこの感覚はまだ斬新らしく、本から顔を離してトラックを眼で追いはじめた。

何台か通りすぎて行ったあと、日本通運のマークを入れたトラックがやってきたが、柚子が立っている近くまで来ると、乗っていた三十人ばかりの俘虜が、側板に腰をかけている一人だけ残して、申しあわせたようにクルリとむこうへ向いてしまった。

その一人は、二十四、五の、どこか弱々しい感じのするノーブルな顔をした若い男で、柚子のほうへ花が開くような微笑をしてみせた。羞かんだような微笑の美しさはたとえようもないもので、あまり物事に感動しない池田の心にさえ強く迫ってくるような異様な情緒を感じさせた。

池田が見たのはそれだけのことだった。寄宿舎でばかり暮していた世間見ずの二十三の娘が、あれほどの魅力をやすやすとはねかえせようとは思えないが、それだからといってそれ以上のことがなにが出来るものか。柚子の心の中に分け入って、そういう情緒は不潔だときめつけるつもりなら問題は別だが、形の上でなら、非難することも叱ることも出来ないようなみょうなものだった。それでも用心するに如くはないと思って、窓をあけて呼ぶと、柚子が平静な顔で車のそばへ寄ってきた。

「ちょっと話があるから寮へ行こう。会社へは寮から電話をかけさせるから」

寮といっているが、この十年来メートレスの役をしている加津《かつ》という女にやらせていた待合を、便宜的な名義で保持しているだけのもので、それは柚子も薄々知っているらしかった。

海に向いた二階の部屋はみな目隠しされてしまったが、この家は建上《たちあが》りが高いので、二百米ほどむこうの島にある俘虜収容所の板塀越しに、バラックの棟を並べた白茶けた中庭がのぞける。

「あれが収容所だよ」

柚子はのびあがって見ていたが、

「空襲なんかあったら、どこへ逃げるんでしょう。怖いようだわ」

と低い声でいった。

「まあ、そこへ坐りなさい。今朝、長いことバスの停留所に立っていたね。おれは車の中からお前のすることを見ていた。注意してくれたひとがあったので、すこし前から毎日見ていた」

柚子は困ったような顔で笑って、

「あたしほんとうに馬鹿よ。こんどぐらいよくわかったことはないの。もうやめますから、お叱りにならないでちょうだい」

「馬鹿だっただけじゃわからない。なにしていたのかお前の口からいってごらん」

「ごらんになったでしょう、あの若いひと……はじめてすれちがった日から、いつもあんな顔をしてあたしを見て行くのよ。癪だから、あのトラックが来るまであそこに立っていて、睨みかえしてやるの」

「なんだかわからない話だな」

「でも、それをしないと、一日中気になってたまらないの。クシャクシャするんです」

「気になるというのは、好きだということなのかね」

「それはあたしも考えてみたことがあるの。でも、そういうことではなさそうなんです」

「そんなこと不自然じゃないか」

「不自然でもなんでも、そうなんです」

そういうと、いきなり畳の上に両手をついて頭をさげた。

「ごめんなさい。もうあんなつまらないことやめるわ」

いきなりあやまってしまったりするのは柚子の性質にないことだ。たしかになにか掛引をしているのにちがいないが、本音を吐かせるところまで捻伏せるつもりなら、こちらも感情を編みだすところからやらなくてはならない。のみならず、そういうやりかたは嘗つて成功したためしがないのだ。

「やめられるならやめたほうがいいね。ついでに工場のほうもしばらくよせ」

「ええ、そうします」

「明日から千駄ヶ谷へ来なさい。女中より先に起きて、家のことをするんだ。いいかね」

翌日、柚子はすこしばかり身の廻りのものを持って池田の家へ移って来た。当座は沈んだ顔をしていたが、そのうちに、二人の娘を学校へ出してやることから、ベッドに入る世話まで甲斐甲斐しくやるようになった。若いアメリカ人のことは忘れてしまったのらしく、ときどき調子はずれな声で鼻歌をうたったりする。それでももしやという懸念から、だしぬけに家へ電話をかけて不意打ちを食わせたが、いちども留守だったことはなく、夕方玄関へ出迎えるのはいつも柚子で、そのうちにそういう用心も馬鹿らしくなってついついやめてしまった。

それからしばらくして、女中の口から柚子が毎日朝の八時頃に家を出て夕方の五時頃帰ってくるという事情が洩れた。柚子自身からはそれについて一度も聞いたことがなかったので、池田は不審をおこしてたずねてみた。

「お前は毎日どこかへ出て行くそうだが、どんな用があるんだね」

「市川《いちかわ》と与野《よの》へ一日がわりに買出しに行っているのよ。そうでもしなければ、とてもやっていけないんですから」

足りないながら、さほど逼迫もしない毎日の食餌のことを考えあわせれば、そういう陰の働きがあったればこそと今更思いあたるわけだったが、女中の口の足らなさもさることながら、自分からは一言《ひとこと》もいわずにすませておく柚子の気丈さに感心するよりも呆れた。

柚子が死んでから手箱の整理をしていると、手帳式の薄手な日記帳が出てきた。柚子の日記というのはふしぎなもので、その日の天気のほかなにも書いていない。それも極く単純に、晴、雨と二つの表現しかない。まれに曇後晴というのが見えるだけである。

この日記は二月の六日にはじまって、翌年の三月十日で終っているが、池田が記憶している天気と齟齬しているところが多い。たとえば、九月四日、晴とあるが、その日は朝から土砂降りで、予定した試乗を延期した。十月十二日、雨とあるが、この日は長女の誕生日で、ホテルのグリルでかたちばかりの晩餐をしたのでよくおぼえている。この日は一日中よく晴れていた。

察するところ、晴とか雨とかいうのは天気のことでなくて、なにか柚子の心おぼえなのだと思われる。解くべき鍵もないので、疑問のまま心に残っているが、伊沢の思わせぶりな言いまわしを聞いているうちに、ふとまたそれを思いだした。

三

煤緑《すすみどり》の塘松《とうしょう》の、わずかばかり消え残った春の雪に陽の光がさしかけ、濠に鴨が群れてゆらゆらに揺れている。

池田はラウンジの窓からさざ波の立つ濠の水の色をながめていたが、伊沢だけが知っていて自分の知らない柚子の過去があるらしいと思うと、あまり愉快でなくなってきた。

池田は柚子が仕足《した》らぬことをたくさん残して死んだことを口惜しく思う一面に、いささかもこの世の穢れに染まずに、たとえば春の雪のように清くはかなく消えてしまったことに、人知れぬ満足を感じているわけで、池田の気持の中には、柚子の追憶を永久に美しいままにしておきたいという、ひそかなねがいもないわけではない。

安易な感傷といわれれば、いかにもそのとおりにちがいないが、柚子の過去の話が暗いつまらぬことなら、いっそ知らずにすますほうがいい。いまになって興ざめなことを聞いて、幻滅を感じるのではやりきれないとも思うが、いちど気持がそちらへ曲りこんでしまった以上、聞かずにすましてしまうというわけにもいかない。

「伊沢君、さっき誰かに逢わせたいといっていたが、それはどういうひとなんだ」

「カナダから来たマダム・チニーというひとだ。五日ばかり前に東京へ着いて、いまこのホテルにいる」

「バイヤーか」

「バイヤーじゃない。息子の墓を見にきたんだそうだ。君の話をしたら、非常に逢いたがっていたから」

伊沢は池田の顔を見ながらなにか考えていたが、ひとりでうなずくと、

「そうだな。いっそはっきりさせてしまうほうがいいんだろう。チニー夫人というのは、柚子さんのお姑さんになるはずのひとなんだ。くわしく言わないとわからないだろうが」

「すると柚子がカナダ人と結婚していたということになるのかね」

「そうだ」

すわり加減の眼の色を見ると、伊沢が冗談をいっているのでもふざけているのでもないことがわかる。

「そんな話をいままでおれに隠していたのはなぜだ」

「おれはさ、君が知っているのだと思っていた。いちどもいいださないのは、触れたくないのだと邪推していたんだ」

池田はつとめて平静にしていようと思ったが、ひとりでに息がはずんできた。

「邪推か。よかったね。ともかくおれは何も知らないんだから、よく事情を聞かせてもらいたいな。それはいったいいつごろのことなんだ」

「終戦の年の四月八日」

「なるほど。すると浸礼を受けたのは結婚式の準備だったわけだな」

「そのとおり。だが、断わっておくが、柚子さんはその相手と、ただの一度も文通したこともなければ、話をしたこともない。もちろん手を握ったこともない。恐らく同じ平面に立ったことさえなかったろう。これだけのことを最初に頭に入れておいてもらわないと困るんだ」

「相手はいったい何者だい」

「ロバート・チニー……フランス系のカナダ人で、香港で捕虜になって、すぐこっちへ送られた。君は一度顔を見ているはずだと、柚子さんがいっていたがね」

あの朝、京浜国道で見た、トラックに乗ってきたあの若い男なんだろうと、池田にもすぐ察しがついた。

「だいたい心あたりはある。しかし君はどうしてそんなことを知っているんだ」

「柚子さんがなにもかも僕にうちあけた」

「柚子が君のところへ行ったのはどういうわけなんだい」

「ロバート君は以前うちの工場へ使役に来ていたことがある。やはり俘虜なんだが、隊付牧師《チャプレン》だったというハンプ君というのと二人連れでトラックで材料会社へ行ったことがある。柚子さんはたぶんどこかで見ていたんだろう。よくよく困ったとみえて、僕のところへ相談にきた。いつかトラックにいっしょに乗っていた若いひとは、島の収容所にいないようだが、どこへ行ったか探す方法はないだろうかということなんだ。話をきいてみると、君の工場へ入る前、ロバート君が横浜の荷役に行っていた間、お互いにチラと眼を見合すだけのために、半年近くも、毎朝、山下橋の袂に立っていたというんだからたいへんだよ」

伊沢は火をつけたばかりの葉巻を灰皿の上に投げだすように置くと、

「柚子さんは、トラックに乗ってくる、名も国籍も知れない男に惚れて、惚れて惚れて仕方がなくなって、理でも非でもかまわない、敵であろうが味方であろうが、情《じょう》のいたるところいかんとも忍びがたし。さあ、どうでもしろといった勢いで、その意気込みはすばらしいものだったよ。戦争している国の国民の一人として、心の貞潔はなくしてしまったが、死んでもリミットだけは守る。手紙もいらない、話もしたくない。ただ見るだけでいいのだから、なんとかしてくれというんだな。ご承知のように、東京俘虜収容所には、日立と長野と新潟に分所といって支店のようなものがある。うちの工場へ派遣所長になってきていた依田《よだ》という軍属に調べてもらったら、ロバート君は日立の分所へやられたことがわかったから、おしえてあげた」

「君はそんな役までしたのか」

「君になんと思われようと、ロバート君の居どころを教えたのは僕なんだ。柚子さんは毎日、汽車で平潟から日立へ通っていたらしいが、ロバート君はそこからまた新潟の分所へやられ、そこで病気になって東京へ帰ってきた」

終戦の前の年の十月、二人の娘を疎開させなければならないと思いつつ手がまわりかねていると、柚子は自分で奔走して友達の郷里の茨城県の平潟という町へ疎開させることにきめ、転校の手続きまでテキパキとやってのけ、娘達の着換えや学用品をつめたりュックを脊負うと、じゃ、まいりますから、ごきげんよろしゅう、と二人の従妹の手をひいてサッサと上野から発って行った。

柚子は娘達が土地馴れたら帰ることになっていたが、一月の中頃、新潟から、是非見てあげなければならない病気の友達があるのでこっちへ来ているという短い便りがあって、三月のはじめごろ、ひどく憔《やつ》れて東京へ帰ってきた。

「それで、そのロバート君というのは」

「聖路加病院で死んだ。死ぬすこし前、以前隊付牧師《チャプレン》だったというハンプ君というのが工場へ僕を訪ねてきた。ハンプ君はそのころ大きな怪我をして、俘虜満期になって赤十字聯盟と収容所の連絡係のようなことをやっていたが、ロバート君はあのお嬢さんと結婚してから死にたいというので、お嬢さんの意志をたずねたら、よろしいということになった……基督教には代理結婚という形式があることをそのときはじめて知ったが、僕に柚子さんの代理をしてくれということなんだ。ちょっとむずかしい問題だが、考えたすえ、よろしいと返事してやった」

「よく平気な顔でおれにそんなことが言えるな」

伊沢は膝に手を置いたまま、

「なぜいけない。いったいあれはどういう時期だったい。まさかこんなざまで降伏するとは思わない。最後の洞穴《ほらあな》に立て籠って、一人になるまでやるほかないだろうといい合ったことを君も忘れはしまい。なんであろうと、好きだったら結婚するのもよかろう。のみならず、あの二人は、さっきもいったように、話はおろか、お互いに指先にさえ触っていないんだ。このみじめな敗戦の中に、そういう結婚があったらさぞ美しかろうと思ったのさ」

柚子の日記帳の「晴」というのは、この日はロバート君に逢えたというメモなのだろう。曇後晴というのは、長い間待ったあとでようやく顔を見た日の記録だということがわかる。そのころの柚子の生活は、晴と雨のほかなにものも容《い》れる余地のないほど充足した日々だったらしい。上澄みどころか、人生という盃から柚子は滓《おり》も淀《よど》みもみな飲みほし、幸福な感情に包まれて死んだことがよくわかり、心に秘密を持っている娘というものは、どれほど忍耐強く、またどれほど機略に富むものか、つくづくと思い知らされた。

池田はむずかしい顔を崩さずにいった。

「これだけ鮮かにやられれば文句はない。腹もたたないよ。それで結婚式はどんなふうだったんだ」

「形材《プロフィール》のエレクトロンで指輪を二つこしらえて病院へ行った。ハンプ君の仲介で指輪を交換してその指輪を柚子さんにやった」

「それはどうもご苦労さま。たいへんだったでしょう」

伊沢がボーイにチニー夫人の都合を聞かせにやると、お待ちしているという返事だったので、エレヴェーターで三階へ行った。

明るい窓際の机の上に写真立が載っている。いつかの朝、車の窓から見たあの青年と柚子が、銀の枠の中に仲よくおさまっていた。

次の間へつづく扉が開いて、六十歳ぐらいに見える、やさしい、悲しげな眼をした白髪の婦人が、銀の握りのついた黒檀の杖を突きながらそろそろとサロンへ入ってきた。

伊沢が池田を紹介すると、池田はわざと日本語で、

「このたびは、まったく、ふしぎなご縁で」

と丁寧に挨拶した。

伊沢が通訳するのを、老夫人は首をかしげながら聞いていたが、味わうようにその言葉をいくども口の中でくりかえしてから、

「おう、そうです」

と池田のほうへ手を伸して握手した。

この手は、柚子が生きていたらどんなにかよろこんで握るはずの手だった。そのとき

の柚子の顔を想像すると、気持まではっきりと伝わってくるようで、なかなか離しがたい思いがするのだった。

解説

川崎賢子

久生十蘭(本名・阿部正雄)は一九〇二(明治三五)年、函館に生まれた。

当時の函館は神戸、横浜とならぶ国際港として国内外の交通の要衝であり、欧米の領事館、新旧の教会、修道院、ミッションスクールに、ロシア正教会が居を構え、欧風の文物、風俗にふれる機会にめぐまれた地であった。一九一五(大正四)年に十蘭がすすんだ函館中学(現・北海道函館中部高校)には相前後して、水谷準、渡辺紳一郎、今日出海、長谷川海太郎(筆名・谷譲次、牧逸馬、林不忘)、長谷川潾二郎(筆名・地味井平造)、長谷川濬《しゅん》、長谷川四郎の四兄弟ら、錚々たる面々が籍を置いていた。だが学窓におけるかれらと十蘭との交遊は短いものに終った。これも同窓で、家も隣同士の亀井勝一郎によれば、十蘭は不良で鳴らしていたとのこと、地元の名門校にいられなくなり、東京滝野川の聖学院中学校に編入したがそこも中退し、帰郷して長谷川兄弟の父親の経営する函館新聞社の記者となり、音楽、演劇、文学に没頭。再上京し岸田國士、土方與志に師事することになる。

一九二九年から三三年にかけてフランスに遊学し、演劇界の重鎮シャルル・デュランに学んだとも、それが筆名の由来とも伝えられるが、一説にはレンズ光学を学んだともいう。帰国後は築地座をへて一九三七年に結成された文学座に参加、久保田万太郎、岩田豊雄(筆名・獅子文六)らとともに小説をものする岸田門下の三羽がらすとも称された。国内では既成のコースからはずれ学業をなかばで抛棄したかたちだが、学殖豊かなことは周囲からも認められ、明治大学文芸科長として演劇映画科を創設した岸田國士の推挽であろう、同大学で演劇を講じた。

一九四〇年「葡萄蔓の束」が直木賞候補作となって以来、「三笠の月」(一九四二年)、「遣米日記」「真福寺事件」(一九四三年)と候補にあがり、一九五二年「鈴木主水」で直木賞受賞。このとき「すでに大家」である十蘭にいまさら授賞とはいかがなものかとためらう選考委員が多いなか、つよく推したのは十蘭にとっては媒酌人にもあたる大佛次郎である。一九五五年には「ニューヨーク・ヘラルド・トリビューン」紙主催第二回世界短篇小説コンクールで「母子像」(訳・吉田健一)が第一席となり、これからの活躍が期待されるなか、一九五七年十月六日、食道癌のため逝去。享年五十五歳であった。

さて世にジュウラニアンもしくはジュラニアンということばがある。これは選ばれた幸福な少数者として久生十蘭の小説の美技に魅せられた読者をいうものであり、十蘭の小説家としての抜群の技量を理解するにはそれに応じた素養が読者にも要請されるという自負を持った、読者としての高踏派である。

十蘭のテクストのどこがジュウラニアンとよばれる読み巧者をとりこにするのか。明治以降、才能にめぐまれた小説家であればあるほど、なにを書くか、いかに書くかに加えて、小説とはいかなるジャンルか、文学とはいかなる概念か、西洋におけるそれは従来の日本語による表現概念および中国文芸に学んだ表現概念とどのように、そしてなにゆえ異なっているのか等々を問わずにはいられず、苦闘せずにはいられなかった。誤解を招きがちではあるが、その格闘は、西洋近代の小説表現に追いつき追い越せとか、直輸入ないし密輸業者的な模倣のわざとは、似て非なるものであったはずだ。近代文学史とはいちめんその死屍累々の軌跡である。一九二〇年代、昭和モダニズム期に入りようやくおびただしい犠牲と死灰のなかから世界的同時性を指摘しうる表現の試みが実を結びはじめるものの、しのびよる戦時体制の圧力はさらなる試練を課すこととなった。十蘭の表現の靭《つよ》さ、したたかさ、幾重にも重層化された批評精神、風刺の毒などは、まさしく歴史に鍛えられ、そこから自立した世界を構築している。

しかも近代日本のおおかたの文学者が、その苦闘と弱音と楽屋裏、台所事情をしばしば売り物にしたのと違い、久生十蘭という小説家はきわめて禁欲的に沈黙をつらぬいた。

彼がどのような直観によって、西洋近代の核心、小説表現の真髄をつかみとったものか、批評家・研究者にとってはぜひ解き明かしたい謎だが、一読者としてはその心憎いまでの小説のたくらみによろこんで翻弄され身をゆだねたい、との誘惑にもかられる。

いくつか例をあげるなら、

カトリックの信者ぐらい霊魂いじりのすきな連中はない。(「黄泉から」)

と説かれれば、霊魂、非在、虚構、幻想領域を排除することがリアリズムであり、西洋化、近代化であるかのような思いこみを苦笑とともに反省させられる。

「黄泉から」で、若い娘が死の枕元に謡曲全集をおいて「ほんとうにいいコントばかりよ、すばらしいと思うわ」といい「松虫」を語るあたりには、近代における「能」の発見・再発見の軌跡や、現在と過去、実在と非在、生死、夢幻などのさまざまな境界を往還する「能」がイェイツやパウンド、エリオットらに与えた深甚な衝撃と、その反応を逆輸入した日本のモダニズムのことなどがつらつら想い起こされる。「コント」の語は、フランス帰りの岡田三郎(一八九〇―一九五四)が紹介し、短く、軽く、知的な仕掛けのある短篇小説の一ジャンルを指すものとしてナンセンスばやりのモダニズム期にはしばしばもちいられたものである(しかしながら十九世紀末のフランス文学では、たとえば邦訳『残酷物語』『新残酷物語』(ヴィリエ・ド・リラダン、一八三八―八九)の「物語」にあたるのが「コント(conte)」である)。ちなみに戦時下のニューギニアでいまわのきわに雪を見たいとのぞむ娘の逸話には、加東大介(一九一一―七五)の手記「南の島に雪が降る」(一九六一年)に通じるところがある。映画化、テレビドラマ化もされた「南の島に雪が降る」は、応召した加東大介が、飢えと病に苦しむニューギニア戦線の兵を鼓舞するために命を受けて劇団をつくり、ジャングルのなかの舞台に紙の雪を降らせたという実話。いっぽう「黄泉から」のニューギニアの雪、無数のかげろうの大群のイメージは、月見の船遊びに「芸者たちが、おもて、みよし、艫とわかれておもいおもいに空へ川面へ銀扇を飛ばすと、ひらひらと千鳥のように舞いちがうのが月の光にきらめいて夢のようにうつくしい」という、はかない蕩尽の記憶と対になっているところが、印象深い。

あるいはまた「予言」における、

　安部は十七ぐらいから絵を描きだしたが、これがひどく窮屈なもので、林檎のほかなにも描かない。腐るまでそれを描くと、また新しいのを一つ買ってきてそれが腐るまで描く。(中略)安部の努力というのは、つまるところはセザンヌの思想を通過して、あるがままの実在を絵で闡明しようということなので、一個の林檎が実在するふしぎさを線と色で追求するほか、他に興味はないのであった。(「予言」)

というくだりは、それ自体が端的に興味深い芸術論になっているが、同時に、その芸術的探求が主人公に破滅をもたらす物語装置としてはたらく。語り手の批評精神は、西洋近代を通過するだけでは足りず、さらにそこから折り返され、内に重層化し、物語をつむぎだすのだ。

「予言」は、語りの人称と視点の移ろいの妙、予言されたことと夢みられたことと体験されたこととの境界のゆらぎ、現在進行形で展開する物語内容と現在から過去をふりかえってとらえかえされる物語内容との微妙な重複とずれなど、あたかも時間の迷路、ナラティヴの迷宮ともいうべき、構造を超える構造をもつ。泉鏡花の語りをモダンに洗練した継承者と呼びたくもなる。「安部は死ぬとは思っていないので、愉快そうに話していたが、われわれはもう長くないことを知っていたので、なんともいえない気がした」という最後の一文の、「知っていた」と語る主体のありどころ、その人称、時制の謎めいたありようについては、澁澤龍彦(一九二八—八七)をはじめ多くの評者が指摘している。

「予言」では「安部にとってセザンヌはつねに深い啓示をしめす一種の神のごときもの」であったと語られているが、「鶴鍋」には、

参亭の俳名はフランス語のSentier《サンティエ》、小径からきている。参亭はヴェルレーヌの詩の中に新しい句境をうちひらこうという、迫害の多い、むずかしい仕事を心がけ、じぶんの俳句の生涯は、人知れぬ孤独な小径だと、絶苦の境界をすでに覚悟しているふうだった。ものやさしい見かけに似ず、作句の態度は凄味のあるところまできていて、なんとしてもヴェルレーヌをうちやぶってしまわなくては、もう行きも戻りも出来ないという苦しいところで呻吟していた。（「鶴鍋」）

という俳人が登場する。このくだりを読めば、そこは西洋近代と格闘する作者の感慨が暗示されているのかとも読めるものの、物語はその先を行き、ヴェルレーヌと俳句に呻吟する人物を、蘆雪庵の系統をひくかと想わせる庭園に招じいれる。風流と豪奢で語りぐさとなっているヨーロッパ三大通《つう》のひとりが、フランスの新刊小説を読むことを日課の愉しみとしつつ造った庭は、「汀石はほとんど見えないほど根入りが深く、水のきらめきがそれとかすかに暗示するだけで、遠い池の端はあいまいに草の中に消え、水と空

がいっしょになってはてしなく茫々とし、倪雲林の「西林図」の湖でも見ているような広漠とした感じを起させる」。この異界としての庭園は、近代化イコール西洋化という結ぼれの図式を物語の内側から解体する装置ともなっている。中国や江戸を上手くつかう、このあたりが、久生十蘭のモダニズムの一筋縄ではいかぬところだ。「鶴鍋」は、『母子像』(新潮社小説文庫、一九五五年)への収録時に「西林図」と改題、改稿された。

久生十蘭の西洋文学受容ないし文化翻訳のわざが、いかに徹底したものであり、作家の古典概念に参照されては古きものと新しきもの、西のものと東のものとの認識論的布置がいかに編みかえられたか。その顕著な例が「無月物語」である。いっけん古代王朝末期の深い闇のなかから造型された異形の者の物語とみえるが、じつはその多くをチェンチ一族の逸話に負っている。十六世紀末のローマで、暴力と性的放縦をほしいままにした富裕な貴族フランシスコ・チェンチの娘ベアトリーチェが、父親による監禁、性的虐待、暴力に耐えかね、父を殺害、それが露見して処刑されたという史実である。多くの資料に記され、書き直され、スタンダール、ナサニエル・ホーソーン、メルヴィル、大デュマ、シェリー夫妻らの創作意欲をかきたてる事件だった。チェンチ一族の逸話は「まさに「忠臣蔵」のように、誰もが話の内容は知りながら、演じ手や語り手が変わるたびに、耳を傾けドラマの世界を堪能する」(千種堅「訳者あとがき」、ノルベルト・ヴァレンティーニ、ミレーナ・バッキアーニ『ベアトリーチェ・チェンチ——16世紀ローマの悲劇』河出書房新社、一九八六年)という種類の物語だが、千種氏は「ベアトリーチェ・チェンチ、日本では久生十蘭の「無月物語」(三一書房版「全集」第二巻所載)の下敷になっているのではないかという以外、ほとんど知られることのないこの悲劇のヒロイン」と、注記している。また、久生十蘭と同時代人ではアントナン・アルトーが一九三五年アルフレッド・ジャリ劇場における残酷演劇の実践にあたって「チェンチ一族」を題材とし、一九五八年にはモラヴィアが三幕の悲劇を上梓している。

久生十蘭の「無月物語」は主としてスタンダールの「チェンチ一族」(一八三七年)を下敷にしている。たとえば娘の「まなざしは柔らかくそして瞳は非常に大きい、つまり、さめざめと泣いている瞬間をふいに他人に見つけられた人のようなびっくりした様子」(生島遼一訳、『スタンダール全集6　イタリア年代記』所収、人文書院、一九七七年)。父の「自分の子供たち全部の墓を眼前に見ていたいという奇妙な欲望」(同前)を動機とする聖堂の建立。息子のひとりが世を去ったおりに「自分は子供たちがみんな埋葬されたときにのみはじめていくらかよろこびを味わうことができようとさけび、また、最後の子供が死んだら、自分は幸福のしるしに宮殿に火を放ちたいと思うと言った」(同前)という神の掟も家族の共同性もふみにじる非道。「父親が自分の娘と通じるとき、生まれてくる子供たちは必ず聖者でありローマ教会の尊崇しているもっとも偉大な聖者たちもみなこのようにして生まれてきた」(同前)との近親相姦を聖別化するかのような言説など、スタンダールからの引用はそこここにある。

いっぽうめだつ相違点といえば、父がローマを離れた別邸に娘と義母を軟禁し、その不自由が娘の反抗心と殺意を醸成したという解釈。父殺しに手を貸した男性が妻帯者であり、この男を手先として使うために、娘が性的な手管を駆使したという疑惑。父殺しが発覚する過程、関係者に加えられる残虐な拷問と見世物としての処刑にかんする記述。四散した一族の莫大な資産が、法王クレメンテ八世によって没収された経緯などである。

チェンチ一族の残酷悲劇にかんしては、キリスト教世界の倫理の彼岸に屹立する父に注目する言説と、近親相姦と父殺しの汚濁にまみれつつもどこかしら無垢な少女の面ざしをとどめ、永く歴史に記憶される美貌の娘に重きを置く言説がある。英米圏のフェミニズム批評のあいだでは、後者の立場から、娘ベアトリーチェ・チェンチの罪と罰をキリスト教世界と家父長制度の暴虐に身をもって抵抗したものとみなし、ダンテ「神曲」が神話化した、男性にとっての理想像たるいまひとりのベアトリーチェに対置する言説も形成されているようだ。「無月物語」ではベアトリーチェをふまえた花世の肖像に「霊性」と「仏画的な感じ」が指摘されている。もっとも、フランシスコに相当する藤原泰文が、放蕩にかまけて家をかえりみず、ときには自分に子どもがいることさえ失念するという、極端に無責任な性格につくりかえられているので、「無月物語」の家父長とは、権利も義務も存在論的抑圧もあったものではない、その意味での家父長制度の極北をしるすものとなる。フランシスコの父権はある意味で彼以上に狡猾な教権、クレメンテ八世の権威を背景にし、それと葛藤もしているが、「無月物語」で類比的な位置を占める後白河法皇はいかにも空虚な権威である。

スタンダールをはじめとする解釈は、キリスト教の厳格な戒律があってはじめて快楽が罪として成立するのであり、フランシスコ・チェンチは近代の産物であるというものだ。「ドン・ジュアンのような人物が存在しうるためには、世間に偽善がなくてはならぬ。古代ならば、ドン・ジュアン型の人間は原因なき結果といったごとき存在であったろう。古代は、宗教は一種のお祭りで、人間を快楽へとさそっていたのだから、どうして宗教が、ある種の快楽を自分たちの唯一の仕事としていた者たちを非難するなどということがありえただろうか？」(スタンダール「チェンチ一族」生島遼一訳)と。いわばフランシスコは、アンチ・キリスト的でもありアンチ・オイディプス的でもある肉体の限界への挑戦者として解釈されているのであり、その意味では二十世紀のアントナン・アルトーがチェンチ一族に魅せられたわけも腑に落ちる。

これにたいして平安朝を舞台につくりかえられた「無月物語」の主人公は、

泰文の身体のなかに陳腐な習俗に耐えられない、ムズムズする生物のようなものがいて、新奇で、不安な感覚を与えてくれるような事柄にたえず直面していないと生きた気がしないといったように、恥も情もなく、野性のままの熱情をむきだしにして、奔放自在にあばれまわっていた。(「無月物語」)

あるいは、

稚気に近い粗暴な振舞いや、思いきった悖徳無残な言動が多く、妻や子供らに酷薄な所業をしたが、それは考えるような悪質なものではなく、うちあけたところ、なにか変ったことをしでかして、同時代の人間をあっといわせたいという慾求から出ているのだと見る向きもある。残忍も無慈悲も、おのれを見せびらかし、自分というものを世間にしっかり印象づけたいという執念によることなのであるから、風説どおりに人をやって自分の子供たちを殺させたのなら、泰文がそれを吹聴もせずにおくわけはない……(同前)

とされる。

「私」のなかの他者としての手に負えない「野性」という存在の分裂したありようや、演技的にすぎて破滅的な自己顕示欲は、この主人公の近代的性格だろうか。なにごとも「スタイル」がものをいう王朝末期の「形式主義」が、さしあたり反抗の対象として設定されているが、このテクストが成立した一九五〇年前後の文学界の状況に照らせば、スタイルも形式もあったものではない雑駁な時代である。スタンダールを引用した物語の「父」の暴発も不可能への挑戦に似て、ときにむなしく宙を切る。ここにおいて、「無月物語」の悪はモラヴィアの戯曲「ベアトリーチェ・チェンチ」が造型したフランシスコの「倦怠」に近いものになる。「まったく、わしが倦怠と称しているものは、悪魔だけにしか解せぬものなのじゃ」「わしはなにものにも仕えぬ。そのゆえにこそ、倦怠に仕えている」「わしは放蕩の性分とみえる。倦怠が、わしの心を霧のように包みこむと、自分のなすことといっさいが、それに浸されて、口にするものまでがやりきれない味になってくるのだ」(以上、赤沢寛訳「ベアトリーチェ・チェンチ」『現代世界演劇7』白水社、一九七〇年)。

倦怠は虚無に通じる。

「無月物語」のテクストは、父殺しにつづく、尋問、裁判、処刑の後日談のいちいちに言及しようとはしなかった。肉体の苦痛と損壊を極限まで引き延ばす処刑を公開することは、チェンチ一族の時代の法権力の手法だったが、義母ルクレーツィアとベアトリーチェ処刑の日、「この悲劇がおこなわれているあいだじゅう、群衆の数は無数であった。目のとどくかぎり、馬車や人びとでいっぱいの街路、それに野次馬連中でおおわれた足場や窓や屋根などが見えた。その日は太陽は焼けつくように照ったので、多くの人たちが気を失った。熱の出た者は無数だった。(中略)いっさいが終了し群衆が散って行ったとき、多くの人たちが窒息し、また他の者は馬にふみつぶされた。死人の数はおびただしかった」「太陽が燃えるように照りつけていたため、この悲劇の見物人のうち何人かは夜のうちに死んだ」(スタンダール「チェンチ一族」生島遼一訳)といった記述と、「無月物語」の最後の闇の深さとは対照的である。

不可能への挑戦といえば、久生十蘭がしばしばとりあげたのが賭博者の情熱である。ルーレット必勝システムの研究に生涯をささげる「黒い手帳」をはじめ、「春の山」では闘鶏が、「復活祭」ではプロのカード賭博師が、登場する。

「黒い手帳」は、本短篇集所収テクストのなかでは唯一、戦前(一九三七年)に書かれたものだ。が、為替が「不幸な偏倚」を続けるパリの片隅に追いつめられた越境者、日系二世、挫折した芸術家や知識人の生態、「薄命」に「ファタアル」と、「夜食」に「レヴェイヨン」とふられるルビの魅力、毒物にかんするさまざまな文献(偽書もふくむ)の引用とうんちく等々、戦後テクストにつらなる要素を指摘することができる。「黒い手帳」は作者の生前、数次にわたり改稿され異本が多いが、初出テクストには原石のきらめきと、物語の原型の力がみなぎっている。

本書所収の短篇ひとつひとつが示すように、久生十蘭は文体について数多くの抽斗をもち、それを駆使し、自在に書き分けた。晩年のいわゆるノンフィクション、実録物では、歴史的過去を語るにあたり、むだを削ぎおとした緊密な文体をもちいた。「泡沫の記(ルウドウィヒ二世と人工楽園)」では、森鷗外(一八六二―一九二二)「独逸日記」の引用からはじまり、パスティーシュ(文体模倣)のようにこれを語り継いで、やがて複数の証言、諸文献(偽書をふくむ)の引用から引用へと転々とする構成をとる。その動的な構造そのものが文学としての「人工楽園」にもあたる。柴田錬三郎(一九一七―七八)は十蘭「母子像」(一九五四年)について「森鷗外にも、メリメにも、ポオにも、リラダンにも匹敵する」(「純文学は面白くない」)と評価し、向井敏(一九三〇―二〇〇二)は十蘭晩年の時代物と比較するなら「森鷗外や芥川龍之介も物の数ではあるまい」(「贅沢な読書」)と書いている。「泡沫の記」は、十蘭の鷗外にささげたオマージュでもあろう。

森鷗外「うたかたの記」(一八九〇年)は、ルウドウィヒ二世の横死に美少女マリイを配し、かれらの死の目撃者となる巨勢ともども、三者三様に十九世紀末の美と宿命と狂気に憑かれたありようが刻み込まれた佳品である。たいする十蘭の「泡沫の記」では、国庫を空にしてつぎつぎに偏倚な城を建築した、ルウドウィヒ二世の人工楽園への渇望の背景に、心の病ではなく、肉体を蝕む不治の病苦があったという説を立てている。

エヂプトのエラスムス三世という癩王は、周期的にあらわれる結節ができると、闘病してそれを克服するまでの間、苦痛を忘れるために途方もない大きな灌漑工事をはじめるのが常だった。

結節の周期が、三度あったので、それで、三つの灌漑工事が出来あがった。(「泡沫の記」)

という一節が、ルウドウィヒ二世の建築熱の記述に並置されるという換喩的なつくりである。ヴィリエ・ド・リラダン『残酷物語』所収「ポートランド公爵」をなかだちに、現世におけるおのれの肉体の崩壊にあらがうように、バイヨン寺院建設に執念を燃やす、カンボジアのジャヤ・バルマン七世を主人公にした三島由紀夫(一九二五―七〇)の戯曲

『癩王のテラス』(一九六九年)につらなるところもある(十蘭は、リラダンとも三島とも違って現実の病症に神話的な意味を求めたり、比喩としての病を実体化・物神化してはいないけれども)。函館市立文学館には、宴の卓をかこむ久生十蘭と三島由紀夫の写真がおさめられている。同時代の文芸時評には、新進の三島を十蘭と比較したものもあり、三島が十蘭を意識していたであろうことは想像に難くない。そこから森鷗外、久生十蘭、三島由紀夫という表現の水脈を想定することは、刺激的な仮説となるだろう。なお、史実や稀覯書、百科事典の片隅から掘り起こした事実と、偽書や虚構をおり混ぜる手法は十蘭のよくするものであったが、前記の引用中「エヂプトのエラスムス三世という癩王」とあるのは、話なかばとしても「ラムセス三世」とするのが妥当だろう。だが、本文校訂者としては、ここで「エラスムス」(エラスムスといえば風刺文学『痴愚神礼讃』(一五一一年)で知られる人文主義者を連想せずにいられない)と誤記せずにはいられなかった作家の無意識領域のありように興がつきず、あらためるのにしのびないので、あえて原文のままとする。ことによると人の悪い作者のことだから、わざと誤表記をおりまぜたのかもしれないとの疑いもぬぐいされないのである。

「白雪姫」は、ザイルで結ばれた遭難者のうち片方だけが助かるという設定で、十蘭のテクストでは、時代と場所を変えて「一の倉沢」(一九五六年八月『文藝春秋』)にもこれに類する話がある。この間、一九五五年冬、ナイロンザイル切断事件として知られる、ふたりの大学生が遭難し、ザイル切断によってひとりが命を落としひとりは助かるという、世間の好奇の眼をあつめる事件があった。また、五六年十一月から朝日新聞に連載された井上靖『氷壁』はベストセラーになった。

もっとも「白雪姫」では、事件の謎ときよりも、憎しみあった夫婦がザイルでつながれるという皮肉、生き残った夫の「愛してはいなかったが、捨てようと思ったことは一度もありませんでした。内面の衰弱で、生活の適性のないハナのような女にとっては、愛情は足りないもののすべての補いで、それがなければ生きて行くこともできないのだということを、感づいていたからです」「ひどい女でしたが、善も悪もひっくるめて、それが人間というものなので、死んでくれてよかったなどとはいちども思ったことはありません。それどころか、ハナに出逢わなかったら、この世の人間の玄妙さというものを、つくづくと感じることもなくすんでいたろうと思っています」という述懐に、読みどころがある。一九二八年にクレヴァスにのまれた妻の遺体が一九五〇年に氷河の左岸に浮きあがるまで、大戦のあいだも亡命者のようにフランスの片田舎に身をひそめて待ったという夫の凍りついた時間は、ほとんど寓意的ですらある。

「白雪姫」などという表題は少女趣味にすぎるようだが（ヘンリー・ミラーがアナイス・

ニンを「白雪姫」と呼んだという二十世紀文学史のこぼれ話はあるものの)、底意地悪く、安っぽく、わがままで手に負えない悪性女うんぬんとさんざんな書かれようのヒロインが、二十余年におよぶ天然の氷室に包蔵された幻想的な旅行のはてに浄化されたというのなら、それもひとつのおとぎばなしだろう。

チット・スキーパァ(＝ティト・スキーパー)のハバネラ「マリポサ」。戦争犯罪の記憶にさいなまれて自殺した男の遺書を想起するきっかけとなる「マリポサ・ローハ」という一枚の絵画。火葬に付された死者の遺骨が「蝶の鱗粉のように軽々と舞いあがり、一人一人の鼻の孔へ丁寧に形見分けをした」という最後の一節にいたるまで、「蝶の絵」は隙のないテクストである。名前(仮名)、図像、音楽、モノ、痕跡というさまざまな文学的位相で「蝶」のイメージは増殖する。エキゾチシズムの概念を逸脱し、「蝶」としての南方戦の記憶が現在におしよせてくる。

久生十蘭は海軍報道班員として一九四三年から四四年にかけて南方に派遣され、ジャワ、アンボン、ティモール、ニューギニアなどの戦線に赴いた。出発時に送られた寄せ書きには、当時住んだ南青山の隣人、岡本一平のサインもある。手稿のまま残された「従軍日記」は翻刻され、二〇〇七年に出版された。とくにジャワは情報戦の拠点で、陸軍報道部長として辣腕をふるい、火野葦平(一九〇七―六〇)を戦争文学の寵児におしあげたことで文学史に名を残す馬淵逸雄(一八九六—一九七三)が赴任していた。徴用されてこの地を訪れる文化人は、馬淵に挨拶をし、ボイテンゾルグ(現・ボゴール)植物園を見学するというのがお定まりのコースで、十蘭もその例に洩れなかった。この東洋最大の植物園の園長、中井猛之進(一八八二—一九五二)は大東亜共栄圏を代表する植物学者であり、陸軍司政長官として中将待遇で馬淵よりも高官だったが、その息子が、大著『虚無への供物』(一九六四年)の作家であり、自他ともにゆるすジュラニアンであり、編集者としても、十蘭の没後、彼の著作を世に出すために尽力した中井英夫(一九二二—九三)である。

大人の心理の駆け引きで読ませる「雪間」のような小説は、十蘭が晩年得意としたものであった。理に落ちるのではなく、相手の心理を読み、うがち、妄想をたくましくし、そこから不可視であるはずの領域のものまでもみえてくるというのが、十蘭流心理小説のおもしろさであり、おそろしさである。

「春の山」が、闘鶏をモチーフとしていることは先に触れた。

立杭焼の穴窯から捨てられたとおぼしき「彎曲してかたちの崩れた小判形」「水簸せず、荒地のままで使っているから、いちめんに石ハゼが出ている」「窯の中で松の灰がなにかが落ちかかり、それが硝子化したのが、青い美しい色になって一筋流れている」

半端物のモチーフは、エッセイ「歌舞伎教室――その形式と演劇精神」(『文藝春秋』一九五二年五月号)では、「バロック」的なるものの例として言及されていた。西洋近代美術の再検討から生みだされた民芸運動の言説や、日本的なるものの特殊性を主張する論者のほめる「わび・さび」とは異なる視点である。半端物の美を「バロック」と愛でるまなざしは、西洋近代美術の水脈の複数性、重層性を見ぬいている。ちなみに十蘭の母親、阿部鑑は茶道、華道の師匠として知られたひとで、鎌倉では十蘭と親しかった里見弴の茶室で茶会をひらいたりしたともいう。

「猪鹿蝶」は、電話のひとり語りのみで構成されている。モダニズム文学には新しい声のメディアである電話を使った作品がめずらしくないが、文学座のレパートリーであったジャン・コクトー(一八八九―一九六三)の「声」のパロディめいたところもある。「声」では、舞台のうえに受話器を握りしめて男をかきくどく女の身体があるが、「猪鹿蝶」では声の向うに身体が隠されている。語り手は一方的に電話をかけてきてしゃべりつづけ、電話を受けるいまひとりの女の応答は語りに呑みこまれて聞こえない。語りに圧倒的な映像喚起力があり、不在の男女の衣装、着こなし、身振り、たたずまい、体温、体臭、性にいたるまで、ありありと電話の向うからたちあらわれる。女同士が、第三の女への悪意をむきだしに、見栄をはりあう着物談義も笑いをさそう。この作品は『母子像』(前掲)への収録時に「姦《かしまし》」と改題、改稿された。

「ユモレスク」に登場する「やす」のような器量の大きな母親、家刀自《いえとうじ》は、久生十蘭の小説世界に登場する典型である。「長唄は六三郎、踊は水木。しみったれたことや薄手なことはなによりきらい、好物はかん茂のスジと初茸のつけ焼。白魚なら生きたままを生海苔で食べる」にならべて、「小説は久生」と、中井英夫は書いた。戦中戦後のともしい時期に、十蘭ほど小説における美食の表現を追求した作家もめずらしいが、お気に入りの献立は複数の作品にくりかえし登場し、「向は鯛のあらい、汁は鯉こく、椀盛は若雞と蓮根、焼物は藻魚の空揚げ、八寸はあまご、箸洗い」の献立もそのひとつだ。

「ユモレスク」の筋立て、経緯と状況は違うのだが、久生十蘭の母、阿部鑑は、フランスに遊学した息子(十蘭)を追って渡欧し、パリで活花の個展をひらいて現地の新聞に報道されたという傑物である。

「ユモレスク」は前掲『母子像』への収録時に「野萩」と改題された。また、「若旦那」の自殺の挿話が削除され、したがって末尾の「あたしはこれから若旦那のところへ行きますから」という「やす」のせりふも削られた。初出稿をあらためて再読すると「やす」のいう「若旦那のところ」とは、遺体が発見されたホテルであるのか、息子の魂魄が旅立った黄泉の世界であるのか、二様に読むことができる。生死の境界をまたぎ越す一文といえよう。

「母子像」は聖母子像の対極にあるような酷薄な母親像を描き出す。民間人もふくめた玉砕時のサイパンで、我が子を手にかける前に「旅人よ……行きて、ラケダイモンに告げよ……王の命に従いて……我等ここに眠ると」と復唱させる恐るべき母。右の詩句はヘロドトス「歴史」によればテルモピュライ(「母子像」表記ではテルモピレー)の戦いで全滅したスパルタ軍のためにささげられた碑文である。リラダンの『残酷物語』所収の「群衆の焦燥」は、これを従来の説に拠りシモニデスの作として冒頭に引いている(斎藤磯雄訳では「道ゆく人よ、ラケダイモンにかくこそ告げよ、聖なる国法に遵はんため、われら死して此処に在り、と」)。「母子像」が古今東西のどのようなテクストを引用し、どのようなテクストの間におかれているのかを分析するなら、そこには、玉砕や集団自決という太平洋戦争時の悲劇を、日本人の特殊性や封建的な遅れた心性などといったものに還元し片づけることのない、相対化をこころみる思索をみいだすことができよう。

「母子像」の受賞歴については、先に触れた通りである。もっとも、GHQ占領軍の将兵を相手に売春する母親と、それに絶望して自殺をはかる少年といったモチーフは、占領期であれば検閲によって公にすることができなかっただろう。占領する者と占領される者との、親密過ぎる性的関係は、CCD(民事検閲局)の検閲対象だったからである。

ＣＣＤによるメディア検閲の終了と、一九五二年のサンフランシスコ講和条約発効をへて、久生十蘭が「母子像」を書き、それを講和条約締結時の首相・吉田茂の息子、吉田健一が翻訳し、アメリカの新聞メディアによって賞をあたえられた。世界短篇小説コンクールというメディアイベントの成り立ち、ヘラルド・トリビューン紙の授賞意図などもあわせて、今後の研究課題である。

世界大戦をはさんで、越境者、漂泊者、移民、日系二世、混血、難破・漂流、行きくれて国家の庇護をはなれてしまった人びとの境涯、かれらの生きる多言語多文化空間のあれこれは、久生十蘭のきわめて重要な文学的主題だった。本短篇集所収作品だけでも「黄泉から」「予言」「鶴鍋」「黒い手帳」「白雪姫」「ユモレスク」とかぞえられる。「復活祭」もその一篇。

おしまいに「春雪」の歴史的な意味を考えるためには、「母子像」のところで言及した、戦後占領期のコードをふまえなければならない。国境を越えた恋愛や、国際結婚についての表現がきびしく制限された時代に、フランス系カナダ人の捕虜と日本人娘との秘密の恋と結婚の物語は、つよい緊張感をもって慎重に書かれなければならなかった。その緊張感の表象が、ふれあうどころか同じ平面に立つこともなく、現世では結ばれることのなかった純愛なのである。そうしてこの純愛のしるしは、文学的な記号として、恋人の顔を見ることができた日は「晴」、逢えなければ「雨」という暗号でつづられる。テクストのなかにしつらえられたメタテクストとしての娘の日記帳の暗号は、したたかな作者においては永井荷風の「断腸亭日乗」における性交の記録としての暗号にも匹敵するものかもしれない。

「春雪」の純愛は、空襲の夜に「日本人がいま戦争をしているというのはほんとうなんでしょうか」と問うた娘の無念を背負っている。

久生十蘭は、文学の諸ジャンルを横断し、複数の文化のあいだを越境し、おびただしい書物を批評的に引用し再編しつつ、戦時下・占領下の困難な現実にそこなわれることのない、珠玉のような作品を残した。ひとくちに時代の圧力に抗する文学の自立といい自律といってもそのありようは多様であるけれども、批評意識にみがかれて慎重に選びとられたことばそのものがものをいう作家のいのちは永い。同時代に流行するイデオロギーのいずれかに追随するというようなわかりやすい思想性ではないので、読者が時代の枠組にしばられているあいだは限界があって視えにくいけれど、その射程距離は長い。美の底の叡智の輝きが、時を閲《けみ》して眼につくものになってくる。久生十蘭はそういう種類の作家である。戦後占領期文学の、昭和文学の、可能性のひとつをたしかに示している。

本短篇集は、原則として初出紙誌を底本とした。

二〇〇八年より刊行が開始された「定本　久生十蘭全集」全十一巻(江口雄輔・川崎賢子・沢田安史・浜田雄介共編、国書刊行会)は、著者生前最後に公表された本文を底本にしている。

先に指摘したように、十蘭のテクストは初出と最終稿とでは改題・改稿がしばしばみられる。久生十蘭は執拗な改稿癖で知られるのだが、定本全集の編集にかかわった経験からあえていうなら、この作家にはテクストに手を入れることそれ自体を目的化する、あるいは書き変えることそれ自体によろこびをみいだしているのではないかとおもわれるふしがある。たとえば華麗で魅惑的なルビを改稿時にけずってしまったり、固有名を変えてみたり、それでいてケアレスミスや数字や続柄などのつじつまのあわぬ箇所はあらたまっていなかったりと、改稿に一定の方向性をみいだすことはむずかしい。小説としての完成度や文学的価値についても、初出と最終稿のいずれに軍配をあげるべきか、悩ませられる。あるモチーフやいいまわしを複数の作品で反復してもちいたり、べつべつに発表されたテクストを合体再編してひとつのテクストにしたりということも、しばしばこころみられている。ひとつの単位としてのモチーフやいいまわしが、異なるコンテクストに置きなおされることによって様相をあらたにする、その変幻をおもしろがっているようでもある。このような作家にとって、テクストとはつねに流動し揺らぎつづけて完結を知らないものであり、もっとも完成度の高い本文はいずれかという編集者の問いは愚かにすぎるのかもしれない。ヴァリアント(異本)のそれぞれに、それぞれ異なる意味があり、価値があるとうけとめるべきなのだろう。

以上を考慮して、あえて定本全集とは異なる底本による短篇集を編むことにした。関心をもたれた読者は、ヴァリアントを読み比べていただきたい。

二〇〇九年四月

〔編集付記〕

一、本書は雑誌・新聞初出の本文を底本とした。初出は次の通りである。

「黄泉から」「オール讀物」一九四六年一二月号
「予言」「苦楽」一九四七年八月号
「鶴鍋」「オール讀物」一九四七年七月号
「無月物語」「オール讀物」一九五〇年一〇月号
「黒い手帳」「新青年」一九三七年一月号
「泡沫の記」「別冊文藝春秋」一九五一年一二月号
「白雪姫」「オール讀物」一九五一年七月号
「蝶の絵」「週刊朝日 記録文学特集号」一九四九年九月
「雪間」「別冊文藝春秋」一九五七年二月号
「春の山」「新潮」一九五六年四月号
「猪鹿蝶」「別冊文藝春秋」一九五一年三月号
「ユモレスク」「オール讀物」一九四八年三月号
「母子像」「讀賣新聞」一九五四年三月二六―二八日
「復活祭」「オール讀物」一九四九年五月号
「春雪」「オール讀物」一九四九年一月号

一、明らかな誤記、誤植と思われる箇所については、既刊の諸本と校合のうえ、適宜訂正した。
一、本文中、不適切で差別的な表現が若干見られるが、原文の歴史性を考慮して、原文通りとした。
一、左記の要項に従って表記がえをおこなった。

岩波文庫(緑帯)の表記について

近代日本文学の鑑賞が若い読者にとって少しでも容易となるよう、旧字・旧仮名で書かれた作品の表記の現代化をはかった。そのさい、原文の趣をできるだけ損なうことがないように配慮しながら、次の方針にのっとって表記がえをおこなった。

(一) 旧仮名づかいを現代仮名づかいに改める。ただし、原文が文語文であるときは旧仮名づかいのままとする。
(二) 「常用漢字表」に掲げられている漢字は新字体に改める。
(三) 漢字語のうち代名詞・副詞・接続詞など、使用頻度の高いものを一定の枠内で平仮名に改める。
(四) 平仮名を漢字に、あるいは漢字を別の漢字にかえることは、原則としておこなわない。
(五) 振り仮名を次のように使用する。
(イ) 読みにくい語、読み誤りやすい語には現代仮名づかいで振り仮名を付す。
(ロ) 送り仮名は原文どおりとし、その過不足は振り仮名によって処理する。
例、明に→明《あきらか》に

(岩波文庫編集部)

久生十蘭短篇選《ひさおじゅうらんたんぺんせん》

2009年5月15日　第1刷発行
2023年5月15日　第12刷発行

編　者　川崎賢子《かわさきけんこ》

発行者　坂本政謙

発行所　株式会社　岩波書店
〒101-8002　東京都千代田区一ツ橋2-5-5
案内　03-5210-4000　営業部　03-5210-4111
文庫編集部　03-5210-4051
https://www.iwanami.co.jp/

印刷・精興社　製本・牧製本

ISBN 978-4-00-311841-2　Printed in Japan

読書子に寄す

——岩波文庫発刊に際して——

岩波茂雄

真理は万人によって求められることを自ら欲し、芸術は万人によって愛されることを自ら望む。かつては民を愚昧ならしめるために学芸が最も狭き堂宇に閉鎖されたことがあった。今や知識と美とを特権階級の独占より奪い返すことはつねに進取的なる民衆の切実なる要求である。岩波文庫はこの要求に応じそれに励まされて生まれた。それは生命ある不朽の書を少数者の書斎と研究室とより解放して街頭にくまなく立たしめ民衆に伍せしめるであろう。近時大量生産予約出版の流行を見る。その広告宣伝の狂態はしばらくおくも、後代にのこすと誇称する全集がその編集に万全の用意をなしたるか。千古の典籍の翻訳企図に敬虔の態度を欠かざりしか。さらに分売を許さず読者を繫縛して数十冊を強うるがごとき、はたしてその揚言する学芸解放のゆえんなりや。吾人は天下の名士の声に和してこれを推挙するに躊躇するものである。このときにあたって、岩波書店は自己の責務のいよいよ重大なるを思い、従来の方針の徹底を期するため、すでに十数年以前より志して来た計画を慎重審議この際断然実行することにした。吾人は範をかのレクラム文庫にとり、古今東西にわたって文芸・哲学・社会科学・自然科学等種類のいかんを問わず、いやしくも万人の必読すべき真に古典的価値ある書をきわめて簡易なる形式において逐次刊行し、あらゆる人間に須要なる生活向上の資料、生活批判の原理を提供せんと欲する。この文庫は予約出版の方法を排したるがゆえに、読者は自己の欲する時に自己の欲する書物を各個に自由に選択することができる。携帯に便にして価格の低きを最主とするがゆえに、外観を顧みざるも内容に至っては厳選最も力を尽くし、従来の岩波出版物の特色をますます発揮せしめようとする。この計画たるや世間の一時の投機的なるものと異なり、永遠の事業として吾人は微力を傾倒し、あらゆる犠牲を忍んで今後永久に継続発展せしめ、もって文庫の使命を遺憾なく果たさしめることを期する。芸術を愛し知識を求むる士の自ら進んでこの挙に参加し、希望と忠言とを寄せられることは吾人の熱望するところである。その性質上経済的には最も困難多きこの事業にあえて当たらんとする吾人の志を諒として、その達成のため世の読書子とのうるわしき共同を期待する。

昭和二年七月

《日本文学(現代)》〔緑〕

怪談 牡丹燈籠	三遊亭円朝
真景累ヶ淵	三遊亭円朝
小説神髄	坪内逍遥
当世書生気質	坪内逍遥
ウィタ・セクスアリス	森鷗外
青年	森鷗外
阿部一族 他二篇	森鷗外
山椒大夫・高瀬舟 他四篇	森鷗外
渋江抽斎	森鷗外
舞姫・うたかたの記 他三篇	森鷗外
鷗外随筆集	千葉俊二編
森鷗外 椋鳥通信 全三冊	池内紀編注
浮雲	二葉亭四迷 十川信介校注
野菊の墓 他四篇	伊藤左千夫
吾輩は猫である	夏目漱石
坊っちゃん	夏目漱石
草枕	夏目漱石
虞美人草	夏目漱石
三四郎	夏目漱石
それから	夏目漱石
門	夏目漱石
彼岸過迄	夏目漱石
漱石文芸論集	磯田光一編
行人	夏目漱石
こころ	夏目漱石
硝子戸の中	夏目漱石
道草	夏目漱石
明暗	夏目漱石
思い出す事など 他七篇	夏目漱石
文学評論 全二冊	夏目漱石
夢十夜 他二篇	夏目漱石
漱石文明論集	三好行雄編
倫敦塔・幻影の盾 他五篇	夏目漱石
漱石日記	平岡敏夫編
漱石書簡集	三好行雄編
漱石俳句集	坪内稔典編
漱石・子規往復書簡集	和田茂樹編
文学論 全二冊	夏目漱石
坑夫	夏目漱石
漱石紀行文集	藤井淑禎編
二百十日・野分	夏目漱石
五重塔	幸田露伴
努力論	幸田露伴
渋沢栄一伝	幸田露伴
子規句集	高浜虚子選
病牀六尺	正岡子規
子規歌集	土屋文明編
墨汁一滴	正岡子規
仰臥漫録	正岡子規
歌よみに与ふる書	正岡子規

獺祭書屋俳話・芭蕉雑談	正岡子規
子規紀行文集	復本一郎編
金色夜叉 全二冊	尾崎紅葉
二人比丘尼 色懺悔	尾崎紅葉
不如帰	徳冨蘆花
謀叛論 他六篇 日記	徳冨健次郎 中野好夫編
武蔵野	国木田独歩
愛弟通信	国木田独歩
運命	国木田独歩
蒲団・一兵卒	田山花袋
田舎教師	田山花袋
一兵卒の銃殺	田山花袋
縮図	徳田秋声
あらくれ・新世帯	徳田秋声
藤村詩抄	島崎藤村自選
破戒	島崎藤村
春	島崎藤村

千曲川のスケッチ	島崎藤村
桜の実の熟する時	島崎藤村
新生 全二冊	島崎藤村
夜明け前 全四冊	島崎藤村
藤村文明論集	十川信介編
生ひ立ちの記 他一篇	島崎藤村
にごりえ・たけくらべ	樋口一葉
大つごもり・十三夜 他五篇	樋口一葉
修禅寺物語 正雪の二代目 他四篇	岡本綺堂
高野聖・眉かくしの霊	泉鏡花
歌行燈	泉鏡花
夜叉ケ池・天守物語	泉鏡花
草迷宮	泉鏡花
春昼・春昼後刻	泉鏡花
鏡花短篇集	川村二郎編
日本橋	泉鏡花
外科室・海城発電 他五篇	泉鏡花

湯島詣 他一篇	泉鏡花
鏡花随筆集	吉田昌志編
化鳥・三尺角 他六篇	泉鏡花
鏡花紀行文集	田中励儀編
俳句はかく解しかく味う	高浜虚子
回想 子規・漱石	高浜虚子
有明詩抄	蒲原有明
上田敏全訳詩集	山内義雄 矢野峰人編
宣言	有島武郎
一房の葡萄 他四篇	有島武郎
寺田寅彦随筆集 全五冊	小宮豊隆編
柿の種	寺田寅彦
与謝野晶子歌集	与謝野晶子自選
与謝野晶子評論集	鹿野政直 香内信子編
私の生い立ち	与謝野晶子
入江のほとり 他一篇	正宗白鳥
つゆのあとさき	永井荷風

濹東綺譚 永井荷風
荷風随筆集 全二冊 野口冨士男編
摘録 断腸亭日乗 全二冊 永井荷風 磯田光一編
すみだ川・新橋夜話 他一篇 永井荷風
あめりか物語 永井荷風
下谷叢話 永井荷風
ふらんす物語 永井荷風
浮沈・踊子 他三篇 永井荷風
花火・来訪者 他十一篇 永井荷風
問はずがたり・吾妻橋 他十六篇 永井荷風
斎藤茂吉歌集 山口茂吉 柴生田稔 佐藤佐太郎編
千鳥 他四篇 鈴木三重吉
鈴木三重吉童話集 勝尾金弥編
小僧の神様 他十篇 志賀直哉
万暦赤絵 他二十二篇 志賀直哉
暗夜行路 全二冊 志賀直哉
志賀直哉随筆集 高橋英夫編

高村光太郎詩集 高村光太郎
北原白秋歌集 高野公彦編
北原白秋詩集 全二冊 安藤元雄編
フレップ・トリップ 北原白秋
野上弥生子随筆集 竹西寛子編
野上弥生子短篇集 加賀乙彦編
お目出たき人・世間知らず 武者小路実篤
友情 武者小路実篤
釈迦 武者小路実篤
銀の匙 中勘助
鳥の物語 中勘助
若山牧水歌集 伊藤一彦編
新編 みなかみ紀行 若山牧水 池内紀編
新編 啄木歌集 久保田正文編
吉野葛・蘆刈 谷崎潤一郎
卍(まんじ) 谷崎潤一郎
幼少時代 谷崎潤一郎

谷崎潤一郎随筆集 篠田一士編
多情仏心 全二冊 里見弴
道元禅師の話 里見弴
今年竹 全二冊 里見弴
萩原朔太郎詩集 三好達治選
郷愁の詩人 与謝蕪村 萩原朔太郎
猫町 他十七篇 萩原朔太郎 清岡卓行編
恩讐の彼方に・忠直卿行状記 他八篇 菊池寛
父帰る・藤十郎の恋 菊池寛戯曲集 石割透編
河明り 老妓抄 他一篇 岡本かの子
春泥・花冷え 久保田万太郎
大寺学校 ゆく年 久保田万太郎
久保田万太郎俳句集 恩田侑布子編
室生犀星詩集 室生犀星自選
犀星王朝小品集 室生犀星
随筆 女ひと 室生犀星
出家とその弟子 倉田百三

羅生門・鼻・芋粥・偸盗　芥川竜之介
地獄変・邪宗門・好色・藪の中 他七篇　芥川竜之介
河童 他二篇　芥川竜之介
歯車 他二篇　芥川竜之介
蜘蛛の糸・杜子春・トロッコ 他十七篇　芥川竜之介
侏儒の言葉・文芸的な、余りに文芸的な　芥川竜之介
芥川竜之介俳句集　加藤郁乎編
芥川竜之介随筆集　石割透編
蜜柑・尾生の信 他十八篇　芥川竜之介
年末の一日・浅草公園 他十七篇　芥川竜之介
芥川竜之介紀行文集　山田俊治編
美しき町・西班牙犬の家 他六篇　佐藤春夫　池内紀編
海に生くる人々　葉山嘉樹
葉山嘉樹短篇集　道籏泰三編
日輪・春は馬車に乗って 他八篇　横光利一
宮沢賢治詩集　谷川徹三編
童話集 風の又三郎 他十八篇　宮沢賢治　谷川徹三編

童話集 銀河鉄道の夜 他十四篇　宮沢賢治　谷川徹三編
山椒魚・遙拝隊長 他七篇　井伏鱒二
井伏鱒二全詩集　井伏鱒二
太陽のない街　徳永直
黒島伝治作品集　紅野謙介編
伊豆の踊子・温泉宿 他四篇　川端康成
雪国　川端康成
山の音　川端康成
川端康成随筆集　川西政明編
三好達治詩集　桑原武夫　大槻鉄男選
詩を読む人のために　三好達治
中野重治詩集　中野重治
夏目漱石 全三冊　小宮豊隆
社会百面相 全二冊　内田魯庵
新編 思い出す人々　内田魯庵　紅野敏郎編
檸檬《レモン》・冬の日 他九篇　梶井基次郎
蟹工船 一九二八・三・一五　小林多喜二

富嶽百景・走れメロス 他八篇　太宰治
斜陽 他一篇　太宰治
人間失格・グッド・バイ 他一篇　太宰治
お伽草紙・新釈諸国噺　太宰治
真空地帯　野間宏
日本唱歌集　堀内敬三　井上武士編
日本童謡集　与田準一編
森鷗外　石川淳
至福千年　石川淳
近代日本人の発想の諸形式 他四篇　伊藤整
小説の認識　伊藤整
中原中也詩集　大岡昇平編
ランボオ詩集　中原中也訳
小熊秀雄詩集　岩田宏編
夕鶴・彦市ばなし 他二篇 —木下順二戯曲選II　木下順二
元禄忠臣蔵 全二冊　真山青果
随筆滝沢馬琴　真山青果

岩波文庫の最新刊

幸徳秋水著／梅森直之校注

兆民先生 他八篇

幸徳秋水(一八七一―一九一一)は、中江兆民(一八四七―一九〇一)に師事して、その死を看取った。秋水による兆民の回想録は明治文学の名作である。「兆民先生行状記」など八篇を併載。〔青一二五―四〕 **定価七七〇円**

グレゴリー・ベイトソン著／佐藤良明訳

精神の生態学へ(上)

ベイトソンの生涯の知的探究をたどる。上巻はメタローグ・人類学篇。頭をほぐす父娘の対話から、類比を信頼する思考法、分裂生成とプラトーの概念まで。(全三冊)〔青N六〇四―二〕 **定価一一五五円**

カール・ポパー著／小河原誠訳

開かれた社会とその敵 第一巻 プラトンの呪縛(下)

プラトンの哲学を全体主義として徹底的に批判し、こう述べる。「人間でありつづけようと欲するならば、開かれた社会への道しか存在しない。」(全四冊) 〔青N六〇七―二〕 **定価一四三〇円**

佐々木徹編訳

英国古典推理小説集

ディケンズ『バーナビー・ラッジ』とポーによるその書評、英国最初の長篇推理小説と言える本邦初訳『ノッティング・ヒルの謎』を含む、古典的傑作八篇。〔赤N二〇七―一〕 **定価一四三〇円**

……今月の重版再開……

ガーネット作／安藤貞雄訳

狐になった奥様

定価六二七円 〔赤二九七―一〕

アンドレ・ジイド著／渡辺一夫訳

モンテーニュ論

定価四八四円 〔赤五五九―一〕